魔法使いの
ハーブティー
Herb tea of magician
有間カオル
Kaoru Arima

Contents

魔法使いの
ハーブティー

Herb tea of magician

有間カオル

Kaoru Arima

ORIENTATION

月齢1.9　三日月

こんなに坂の多い街だとは思わなかった。

藤原勇希《ふじわらゆうき》は目の前に延びる坂、その先に繋《つな》がる抜けるような青空を恨めしげに見つめ、弱音混じりに文句を呟《つぶや》く。

横浜《よこはま》といったら海、港町のイメージしかなく、浜辺を抱くなだらかな街並みをなんとなく想像していた。

勇希は道脇に伸びる楠《くすのき》の陰に入り、両手の紙袋を木の根に置いて少し休む。拭《ふ》いても拭いても流れ落ちる汗。ハンカチはもうこれ以上吸収するのは無理、と音を上げている。

学校指定のリュックバッグを背中から降ろすと、湿ったTシャツが張り付く背中に微《かす》かに風が当たって、全身の力が抜けるぐらいの開放感が体の中を駆け抜けた。

駅を出てから約二十分。ずっと上り坂ばかり。

駅前の交番で周辺図を見せてもらい、道順は頭にたたき込んである。けれど地図では高低差まではわからず、一センチあたりの距離を確認するのも失念していた。

「あと半分ぐらいかな」

勇希はリュックバッグを背負《しょ》い直し、紙袋を両手に持って再び歩き出した。

足取りが重いのは、暑さのせいばかりではない。

夜行バスの中で一睡もできなかったことに加え、初めて会う藤原家の長男である伯《お》父《じ》が、夏休みの間、自分を預かってくれるのかという不安が、ぬかるみのように勇希の足にまとわりつく。

勇希は七歳の時にシングルマザーであった母親を亡くし、それから約八年間、親戚《しんせき》の家を転々としている。

現在、身を寄せているのは、山口《やまぐち》県横井《よこい》町《ちょう》に住む次兄の伯父の家だ。妻と小学二年生の娘と幼稚園児の息子がいる。伯父は出張でよく家を空け、伯母《おば》と子ども二人は夏休みの間、伯母の実家に帰省する予定だ。伯母とは血の繋がらない勇希がついていくわけにはいかない。かといって、一人で家に残って暮らすのも伯父たちはよい顔をしない。そこで夏休みの間だけ、横浜の伯父の家に身を寄せることになった。

横井町の伯母は話がついていると言ったが、本当だろうか。

勇希は横井町の伯父や伯母が、電話越しに怒鳴っていたのを知っている。相手が承諾せずとも、勇希が訪ねたら断れまいと楽観的に考えられているようで不安だ。

実際に以前、訪ねた相手《さき》が不在で、三日間ほど街を彷徨《さまよ》うはめになったことがある。小耳に挟んだ、正確にはこっそり盗み聞きした親族会議の情報をまとめると、横浜に住む長兄の伯父は先妻の子であり、他の兄弟姉妹とは半分しか血が繋がっていない。それが原因なのかは知らないが、親族の集まりにはまず顔を出さない。だから勇希も長兄の伯父に会ったことがない。

もうすぐ五十歳になるというのに気楽な独身生活を謳歌《おうか》している変わり者、というのが親族の評価だ。

生前分与で横浜の屋敷をもらったというのに、継ぐ子どもがいなくてどうするのか。年老いた時誰が本人と屋敷の面倒をみるのか。以上が、親族の嫉妬《しっと》混じりの心配事で、もう結婚が無理ならせめて養子を、できれば勇希を養子に、というのが藤原家の総意なのだが、本人は女を養子にするなんて意味がないと断り続けているらしい。

駅から三十分ほど歩いていけば、街並みも大分変わる。肩を寄せ合うようにして建っていた住宅も、ずいぶん間隔が広くなった。駐車場や空き地が目立つ。閑散とした二車線道路。しばらく人とすれ違っていない。

平らだった道はまた緩やかに傾斜し、ジリジリという音が聞こえてきそうな日差しを受けながら、勇希はとぼとぼと歩き続ける。

もう何度目になるかわからない上り坂を登り切ったところで、ふと空気が変わったことに気づいた。

太陽に炙《あぶ》られたアスファルトやコンクリート、生温《なまぬる》い水や土や何かの腐敗したにおいが消えた。いや、他のにおいに塗り直された。

風に今までとは違う香りが紛れている。

勇希は立ち止まって、犬のようにクンクンと鼻を鳴らす。

花？　いや花よりは草に近い。とにかく、植物のにおいだ。植物のにおいが濃くなっている。だが、勇希が記憶している林や森とも、田んぼや畑のにおいとも違う。

甘いような、辛《から》いような、苦いような、酸《す》っぱいような、味覚を刺激するような香りが混沌《こんとん》としながらも、ひとつに溶け合っている。

正体がわからない植物の複雑な香りは、不思議と体の中に涼をもたらした。

香る風の手招きに従って進んでいくと、やや年季の入った鉄柵が見えてきた。所有する土地の境界をはっきりさせるために立てたのだろうが、物々しい印象がないのは、越えようとすれば簡単にできそうな柵だったからだ。

不思議な植物の香りは、柵の向こうから流れてくる。

足を止めて、柵の上から敷地内をのぞくと、風に靡《なび》く様々な草花が見えた。

草花と言っても観賞にふさわしいとは思えず、どれも雑草のように見えるのだが、同じ種類のものが、煉瓦《れんが》で仕切られた区画に収まり、整然と並んでいる様子で、これらはきちんと育てられているのだということがわかる。

勇希は荷物を持ち直し、柵に沿うように歩き続ける。鼻をくすぐる植物の芳香に元気づけられ、歩調が少しだけ速くなった。

柵が途切れて現れた、立派な石柱とアーチ形の鉄門に、勇希は思わず目を瞠《みは》る。門の高さは約二メートル、幅は車一台が余裕で通り抜けられる広さ。

さらに門から広がる石畳の先には、白い壁に緑色の屋根を持つ洋館が、ちょこんと座ったおしゃまなお嬢様のように存在していた。

門を支える石柱に埋め込まれている金属プレートを見て、勇希は息を呑《の》む。紙袋を地面に置き、あたふたとポケットから生徒手帳を取り出しページを捲《めく》る。プレートに刻まれた住所と生徒手帳にメモした住所を照らし合わせた。表札こそなかったが、勇希が目指していた住所が刻まれていた。

つまり、ここが藤原家一族からほぼ絶縁状態な、変わり者の伯父の家だ。

勇希の口がぽかんと開く。

なるほど。これでは親族一同から嫉妬されても仕方がない。

両開き型のアーチの門は、右が完全に閉まっていて、左は全開だった。

そして、門柱のすぐ横には黒板の立て看板に、チョークで手書きの文字。

『魔法使いのハーブカフェ
美味《おい》しいハーブティーをご用意しています
茶葉のグラム売りもしています
ハーブについての各種相談に乗ります
お気軽にどうぞ』

まさか自営業、カフェのオーナーだとは思わなかった。藤原家の人々は金融業や公務員などお堅い仕事に就いている。そのせいかレストランや喫茶店でさえ、飲食業はしょせん水商売と見下しているところがある。

その長兄がカフェのオーナーとは。

黒板には営業時間が書いていないが、看板が出ているということは開店しているのだろうと、門をくぐりカフェに向かう。

右手に円形の立派な階段を持つ洋館の玄関が見えるが、看板が指している矢印は左。

館《やかた》に沿って左へ向かうと、すぐにカフェらしきものが見つかった。

洋館から飛び出ているようなサンルーム。入口の近くにはベンチ。

ほぼ円形のサンルームは緑色のとんがり屋根。壁の半分がガラス張りになっていて、店の中がのぞける。

小さなテーブルが三つ、大きめのカウンターに、その後ろの壁には色とりどりのハーブを入れたガラスの瓶が陳列されている。こぢんまりした可愛《かわい》らしい店だ。

しかし、店内には誰もいなかった。客も、店主も。代わりにドアノブにプラカードがぶら下がっている。

『畑にいます。ご用の方は声をかけてください』

勇希はカードを手に取ってひっくり返す。そこには open と書かれていた。open の反対が closed じゃないことに、ちょっと奇妙に思いながらも、勇希は館の裏手に向かって、円形のカフェをぐるりと回った。

そして、すぐに理解する。柵の外から見たのは、ハーブ畑だったのだ。

夏の気怠《けだる》いにおいを蹴散《けち》らして、風に紛れていた甘さや酸っぱさ、苦みが混ざった複雑な香りは、ここで靡いている多種多様なハーブが放っていたのだ。

ハーブは煉瓦で約一メートル四方に仕切られ、行儀よく並んでいる。間の小径《こみち》は人がひとり通れるほどの幅。

雑草にしか見えない鬱蒼《うっそう》とした姿もあれば、小さな花をつけた可憐《かれん》な姿のものもある。大きさも様々だ。勇希の膝丈《ひざたけ》のものもあれば、腰まで伸びているものもある。

微かに風が吹くたび、一歩進むたび、勇希の鼻は違う香りをとらえる。

畑の真ん中まで歩いて行くと、しゃがんで土をいじっている男の人の背中が見えた。

ザクッザクッと、土を掘る小気味よい音が青空の下の畑に響く。

タオルを頭に被《かぶ》り、日差しに反射して眩《まぶ》しい白いシャツをまとい、汚れた軍手をつけ、裾《すそ》を捲《まく》ったベージュのコットンパンツを穿《は》いている。いかにも畑仕様といった感じのサンダルも見えた。

恐《こわ》い人じゃなければいいな。どうか追い出されませんように。

勇希は心の中で祈ってからグッと両手を握って、体が震えるほどの緊張感を押しつぶして、背後から伯父に声をかけた。

「あの、お仕事中、すみません」

土を掘っていたシャベルが止まり、彼が振り返った。瞬間――。

勇希の口が言葉を忘れる。

相手も驚いたように、目を大きくして勇希を見ている。

勇希が言葉を忘れるぐらい驚いたのは、五十近くになるはずの伯父がとても若く見えたことだった。

五十歳間近の男性には見えなかった。三十代、それも前半にしか見えない。陽《ひ》に焼けた肌に、人懐っこそうなタレ目が驚愕《きょうがく》に見開かれていた。大きく見開いてもタレ目はタレ目、ちょっと情けない顔をしたテディベアみたいで愛らしい。

恐い人じゃなさそうだと感じた勇希は、勢いよく頭を下げる。

「初めまして。藤原勇希です。横井町の伯父さんから連絡がいっていると思いますが、夏休みの間、お世話になります。どうかよろしくお願いします」

沈黙十秒。反応がない。

勇希は恐る恐る顔を上げる。しゃがんだまま勇希を見上げる陽に焼けた顔は、キョトンとした表情で、不思議なものを前にしたように瞬《まばた》きを繰り返していた。呆然《ぼうぜん》としている彼の顔からは、断ったのにどうして来ちゃったの、という驚愕と呆《あき》れが見て取れた。

眠らずに夜行バスの中で考えたセリフを、勇希は一気に捲し立てる。

「なるべくご迷惑をおかけしないよう気をつけます。もう横井町の伯母さんたちはご実家に帰られたし、伯父さんは出張でこの夏はほとんど家にはいません。どうか夏休みの間だけ置いてもらえませんか。何でもお手伝いします。料理も掃除も得意です。だからどうか」

「待って、待って、待って。とりあえず、落ち着こうか」

伯父はぎょっとした顔で動転しながら立ち上がり、牛か馬を落ち着かせるように勇希に向かって「どうどう」と、軍手をはめた手のひらを見せる。

むしろ落ち着く必要があるのは伯父のほうではないか、と勇希は思う。自分は緊張はしているが、もっと必死さを演じたほうがいいかなとか、涙を零《こぼ》すのを忘れていたとか考えられる程度には落ち着いている。

絶縁状態の親族から無理矢理、会ったこともない姪《めい》を預かってくれと言われ、断ったのに本人が突然やって来て、焦る気持ちはわかる。

伯父は唖然《あぜん》と口を半開きにして、いきなり目の前に現れた厄災にどう対処していいか、考えあぐねているようだ。

「何でもします。どうかお願いします」

勇希は深く頭を下げ、祈りながら返事を待つ。いい返事が聞けるまでは、頭を上げないつもりだ。とにかく粘って粘って、ここに置いてもらわなくてはならない。

「えーと……、駅から歩いてきたの？」

勇希の切羽詰まった気持ちとは対照的に、伯父の口から出たのは、ほんわかと空気に溶けていきそうなのんびりとした声。

「え？　はい」

「そんなに荷物を持って、暑かったでしょ」

伯父は照れ隠しのような笑顔を浮かべていた。笑うと目尻がさらに下がって、くにゃっというか、ふにゃっというか、ちょっと頼りなさそうな笑顔だ。

「喉《のど》が渇いたでしょ。カフェでお茶でも飲みながら話そう」

勇希の紙袋に手を伸ばしながら言って、さも当然とばかりに持つ。あまりに自然な動きだったので、つい勇希も荷物を預けてしまった。

紙袋を軽々と抱えて歩いて行く伯父の後を慌てて追うと、土のにおいに混じってリンゴに似た甘酸っぱい香りが鼻先をくすぐっていった。

振り返って伯父が作業していた場所に目をやると、白い花びらとその中心にある鮮やかな黄色の対比が美しい、小さなマーガレットのような花が風に揺れていた。あれがきっと伯父に香りを移したのだろう。

畑仕事をしているせいか、伯父の動きはキビキビとして若々しく、歩調も速い。捲ったシャツの袖《そで》から伸びる日焼けした腕は、しなやかな筋肉がついて逞《たくま》しく、若く見えるのは顔だけじゃないんだと勇希は感心した。

軽く息を切らした勇希よりも数十歩早くカフェに着いた伯父は、二つの紙袋を片手に持ち替え、空いているほうの手で扉を開けた。瞬間、ハーブの乾いた香りが二人の体を招き入れるように雪崩《なだ》れてきた。

畑に生えているものとは違って青臭さがないぶん、それぞれの個性を強烈に主張している。しかし、不思議と調和のとれた複雑で優しい香りだった。

鍵《かぎ》がかかっていない不用心さに若干驚きつつ、勇希は伯父に倣《なら》い、外のマットで靴裏の土を落として、土足のまま木床のカフェに上がり込んだ。

外よりは冷えた、でも冷房がガンガンに効いているというほどではないカフェの空気は、木陰にいるような心地よさだった。

「好きなイスに座って待ってて。僕は顔と手を洗ってくるから」

伯父がカウンターの奥の扉に消えると、勇希はサッと店内を見回す。

そんなに広くない、半分ガラス張りの円形のサンルーム。キッチンスペースが三分の一、カフェスペースが残り三分の二。ティーカップを二客置くのが精一杯の小さな丸いテーブルが二つ。二人で軽い食事がとれる程度には大きい三人掛けの四角いテーブルがひとつ。外に三人は座れるベンチがあったけれど、それを入れても最大人数は十人、天候が悪い日は七人が限度。

勇希は、カウンターに一番近い二人用の席を選んだ。

木製のイスに腰を掛けると、ぐっとハーブの香りを強く感じた。イスにもテーブルにも香りが染み込んでいるのだ。

勇希はテーブルに手のひらを当てる。長い間使われてきたのであろうテーブルの細かい傷から、ハーブの香りと、店主が注いできた愛情がじんわりと滲《にじ》み出てくる気がした。

カウンターの奥の壁に備え付けられた棚には、円柱のガラス瓶が並んでいる。瓶は一リットルの牛乳パックぐらいの大きさのものと、その半分の大きさのものがだいたい二対一《だいたい》の割合。

黄、橙、赤、ピンク、紫、緑、黄緑と、色も形も様々なハーブがずらりと並んだ様子は、カラフルで幾何学《きかがく》的な一枚の絵にも見えた。

客席側の背後はガラス張りで、その向こうにはハーブ畑が広がっている。

最初は狭いなと思ったが、ここに座っていると予想以上に落ち着く。ガラス壁の開放感とか、ハーブの優しい香りだとか、温《ぬく》もりを感じる木製のテーブルとか、ひとつひとつが気持ちいい。

夏風に靡くハーブの葉が、日差しを受けて波打つようにキラキラと輝くのをぼーっと眺めていると、いつの間にか伯父が戻ってきていて、カウンターでお湯を沸かしていた。白いシャツにベージュのコットンパンツはそのままだが、丈の長い黒のカフェエプロンを纏《まと》っていた。

「はい、お待たせ」

淹《い》れ立てのお茶が入ったグラスを、無駄のない流麗な仕草でトレイからテーブルへと移動させる。

細長いシンプルなグラスの中には、薄い青紫色の液体とたっぷりのクラッシュアイス。テーブルに映る影までアメシストのようにキラキラしている。

「ラベンダーティーだよ。心が落ち着くから」

心が落ち着くって、ここに置くのを断られても逆上したりするなという牽制《けんせい》なのだろうかと勇希は身構える。

それでも喉が渇いていた勇希は、素直にグラスを手に取った。

ふわりと青紫色が香る。微かに甘いような、でも甘ったるくはなくてむしろ爽やかで、うっとりと眠くなるような香り。

ストローに口をつけ、薄い青紫色の液体をゆっくりと吸い込む。微かに舌を刺激する清涼感がなんとも言えない。

優しい香りは体の中にストンと落ちて、じんわりと疲れを癒《い》やしていく。

「ここまではどうやって来たの？」

伯父がイスを引きながら尋ねる。

「深夜バスで東京駅に。それから電車で」

「そうか。遠いところからひとりで偉いね」

伯父は子どもを褒めるように、優しく表情を崩した。

彼の笑顔はこちらを脱力させてしまうような、不思議な力があった。

それぐらい〝ふにゃ〟っとした笑顔なのだ。特に目が。垂れた目尻のあたりが。

どうかわたしを追い返さないで、と勇希は呪文《じゅもん》のように心の中で何度も繰り返す。

ルルルルル……と突然、歴史を感じさせるカフェに不似合いな電子音が響き、勇希の心臓が跳ねた。

「あ、電話だ。ちょっとごめん」

伯父は立ち上がって、カウンターの上にある電話を手に取る。

「はい。魔法使いのハーブカフェです。ああ、どうも」

営業用の声から、砕けた柔らかい声に変わる。どうやらお得意さんかららしい。

「ちょっと在庫を見てみます。そのままお待ちくださいね」

保留ボタンを押すと、カフェの雰囲気にそぐわない電子の奏《かな》でるメロディーが遠慮がちに流れる。伯父は小走りで再びカウンターの奥へ消えてしまった。

（ここに置いてくれるかな。嫌われてはいないよね）

伯父の笑顔を思い出すと、全身を押さえつけていた緊張が解けていく。

グラスに残ったラベンダーティーを一気に飲み干すと、香りが全身を包んで、なんだか安心する。石けんのにおいがする柔らかいタオルケットにくるまれているような、そんな居心地の良さ。たゆたうハーブの香りが、昨晩一睡もできなかった勇希に優しい子守歌を歌い始めた。


目を開けたら、暖炉が見えた。

勇希が驚いて体を起こすと、お腹《なか》に掛けてあった大きなバスタオルがぱさりと床に落ちた。横になっていたのは、四人は余裕で座れるベルベット地のカバーが掛けられたソファ。背後にはどっしりとした楕円形《だえんけい》のテーブル。イスは八つ。館の中のリビングのようだ。

話の途中、カフェで寝てしまうという失態を犯したことに気がつき、勇希は頭を抱える。なんてマイナスポイント。

伯父がここまで運んでくれたのだろうか。

勇希は伯父を探してキョロキョロと見回すが、彼の姿はない。

緞帳《どんちょう》のようなカーテンに縁取られた窓から、青く染まったハーブ畑と、今にも折れそうな細い月が見えた。

勇希は明治もしくは大正浪漫《ロマン》な雰囲気が漂う柱時計に目をとめる。

長針と短針が示す時刻は七時少し過ぎ。

洋館に着いたのがお昼過ぎだから、約六時間も眠っていたことになる。

慌てて立ち上がり、リビングのドアを開けて廊下に出る。

「伯父さん？」

遠慮がちに呼ぶ。返ってきたのは静寂のみ。

壁には暮れゆく空を切り取ったような窓、反対側には余所者《よそもの》の勇希を無視するように閉ざされたドアが並んでいる。

勇希はなるべく足音を立てないようにして、慎重に廊下を進んでいく。廊下はそれほど長くはなく数メートルで壁に突き当たり、その先の進路は右しかなかった。

右に折れるとすぐに木製のドアがあった。そこからハーブの香りが溢《あふ》れ出てきて、この先がカフェに繋がっていると教えてくれる。

勇希は恐る恐るドアノブに手をかけて、ゆっくりとドアを押す。

ドアの向こうは小さな部屋で、どうやら物置兼更衣室らしい。棚にはタオルやナプキンなどがきれいにたたまれて収納され、ハンガーラックには伯父が身につけていたものと同じ、白いシャツとカフェエプロンが澄ました顔で掛かっている。

三畳ほどしかなさそうだが、きちんと整理された清潔な部屋には、生活の場である館と仕事場であるカフェをきっちりと分けるに相応《ふさわ》しい、ピリリとした緊張感さえ感じた。

開け放たれた反対側のドアの向こうがカフェだ。伯父の気配がする。

カフェをのぞき見ようとした時、横井町の伯母の声が聞こえて、勇希の足が竦《すく》みあがった。

『とにかくそっちで預かってって言っているでしょ！』

勇希には聞き耳を立てる癖がある。敵の足音がしないかと、天敵に怯《おび》える動物のように、いつでも耳に神経を集中させている。息を潜めて、電話を盗み聞きするためにすべての神経と集中力が耳に集まる。

「あの、でも」

伯父の困り果てた弱々しい声。

『とにかく、夏休みの間だけでもそっちで預かってください。絶対にこっちに帰さないで。家には誰もいませんからっ！』

もう耳にこびりついて、夢にまで出てくるヒステリックな声。受話器越しでも、ここまで離れた自分にまで聞こえる。

きっと話し合っている内に、横井町の伯母がヒートアップしたのだろう。

会話が途切れ、沈黙が訪れる。一方的に電話を切られたに違いない。

十秒ほどして、大きなため息が聞こえてきた。

「ふう……。困ったな」

伯父の声に、勇希の体は急に重くなって、足から力が抜けた。背中を壁に預け、ずるずると床に座り込む。

（ああ、困っているんだ）

やはり伯父は勇希を預かるなんて了承していなかったのだ。だけど横井町の伯母たちは、勇希を捨てるように追い出した。そして、この洋館の伯父も勇希が疎《うと》ましいのだ。迷惑なのだ。その事実が想像以上に、重く体と心にのし掛かった。

（バカだな。期待なんて、するものじゃないって、とっくにわかっていたのに）

だけど、笑いかけてくれたから。優しい笑顔を向けてくれたから。

厄介者の勇希に屈託のない笑顔を向けてくれる人は初めてだった。

引き取り手になった親族が勇希を見て浮かべるのは、引き攣《つ》った愛想《あいそ》笑いか冷笑。

あるいは、迷惑と軽蔑《けいべつ》を露骨に浮かべた表情。

だけど、壁一枚隔てた向こうにいる伯父は、そのどれとも違う笑顔を勇希に向けてくれた。勇希が嬉《うれ》しくなるような笑顔を。

だけど結局、やっぱり――。

もう一度、伯父の悲壮感漂うため息が聞こえて、勇希は久しぶりに泣きそうになった。

大人は自分たちだけが世界を回しているような顔をして勝手ばかりしている。

最も勝手なのは、母だ。

肺の中に入っている空気とともに、すべての期待を吐き出した時だった。

「うわ!!」

いきなり頭上であがった悲鳴に驚いて顔を上げると、壁に手をつき斜めになった体を支え、片足を不自然に上げている伯父が目を丸くして勇希を見下ろしていた。

「ああ、ビックリした。もう少しで踏んじゃうところだった」

伯父が体勢を整えながら言う。

「こんなところでしゃがんでいたら危ないよ。何していたの？」

勇希は答えに詰まる。

「あ、わかった。お腹空《す》いたんでしょ」

どうだ正解だろ、と伯父が得意げに胸を張る。

「すぐに夕飯にしよう。今夜はマダムがポトフを持ってきてくれたから、それをみんなで食べよう」

伯父はうずくまっていた勇希に向かって手を伸ばす。勇希はつい反射的に彼の手を摑《つか》んでしまい、ひょいっと立たされた。

そのまま背中を押されるようにして、カフェスペースに足を踏み入れてしまう。

三人掛けのテーブルに、ひとりの婦人が座っていた。

勇希は慌てて頭を下げる。

「すみません。お客様がいらっしゃるとは思わなくて」

女性は四十代後半ぐらいだろうか、品のいいレースの長袖サマーワンピース。ふくよかな体によく似合っている。

「マダムはお客じゃないよ。身内かな。だからそんなに畏《かしこ》まらなくて大丈夫」

伯父は笑いながら勇希の肩にポンと手を置く。その手が優しく感じられて、演技のうまい大人は残酷だな、と勇希は唇を噛《か》む。

「あらあら、ちゃんとお茶代は払っていますのよ。お客扱いして欲しいわ」

反論する言葉とは裏腹に、マダムの表情は優しくて、そして楽しげだ。

きれいにまとめられた髪や艶《つや》やかな指先のネイルを見て、勇希は自分の知っている世界にいる主婦じゃない、とマダムを遠く感じた。

さらにテーブルの上に広げられた剣呑《けんのん》な絵柄のカードも想像がつかない。

黒いマントを羽織った骸骨《がいこつ》、ランプを持った老人、甲冑《かっちゅう》に戦車。中世ヨーロッパの陰鬱さや淫靡《いんび》さを滲ませた煙がカードから立ち上ってきそうだ。

マダムの指先が一枚のカードの上に落ちる。

「これがあなたのカード」

カードには水車のような大きな輪が描かれていた。輪の上には抱き合う男女と、谷底に向かって落ちていく男。そして、目隠しした裸の女が輪に手をかけている。

目隠しした女が逆方向に回したなら、男たちの運命は逆になっただろう。

「運命の輪がどっちに回るかはあなた次第」

ソプラノ歌手のように透き通る声で歌うようにマダムが言う。勇希は予言めいたその言葉にどう返事をしていいかわからず、困惑しながらカードをじっと睨《にら》む。

どっちに回る？

（それは……、わたしが落ちるほうでしょ）

心の中で自棄《やけ》っぱちに答えてカードから目を逸《そ》らすと、マダムの底なし沼のような瞳と目が合って、勇希は心を見透かされたような気がした。

蛇に睨まれたカエルのように、勇希の体が理由もわからずに竦む。

「さて、夕飯にしようか」

キッチンを片付け終えた伯父がエプロンを外しながらふたりのいるテーブルにやってくると、マダムはテーブルの上のカードを手早くまとめてケースにしまった。

「残念だけど、わたくしはもう帰らないといけないの。初めてのディナーはおふたりでごゆっくりどうぞ」

立ち上がるマダムのイスをさりげなく引く伯父の顔は、もともとタレ目で弱り顔なのに、さらに眉尻《まゆじり》が下がって困り果てたような顔になっていた。

「去年は男の子でしたっけ。彼は残念だったわねぇ」

イスから立ち上がったマダムは優雅な仕草で口元に手を当てる。マダムの手を取りエスコートする伯父の表情が苦笑に変わる。

カフェのドアが開いて、湿気を含んだ生暖かい風が吹き込む。

マダムはカフェのすぐ前に停《と》まっているピンク色の軽自動車に乗り込む前に足を止めて、忘れ物を思い出したように振り向いた。

「でも、今度こそは偉大なる魔女が呼び寄せた後継者かもしれないわ」

マダムと伯父が、ちらりと勇希を見る。マダムが勇希に、別れの挨拶《あいさつ》のように言った。

「あなたにも月のご加護がありますように」

「え？」

意味がわからず戸惑う勇希に、マダムは今夜の月のように細く開いた唇に意味深な笑みを浮かべ、すぐに伯父に向き直る。

「では、また明日」

「おやすみなさい、マダム。気をつけて」

マダムは運転席から優雅に手を振り、ピンクの軽自動車は持ち主そのもののように、エンジン音さえ歌うように上品に聞こえた。

「よし、今度こそ夕飯にしようか」

「わたし、夕食いりません。お腹空いていないので」

朝、東京駅で菓子パンを一つ食べたきりだが、電話越しに聞こえた横井町の伯母の声、そして伯父のため息が食欲をどこかに飛ばしてしまった。

「そんなことないでしょう。ちゃんとご飯は食べないと。育ち盛りなんだから」

「ここに来る前に、昼食を食べ過ぎたので」

「じゃあ、お茶とお菓子だけでも。大切な話もあるし」

大切な話――。落ち着きを取り戻していた勇希の鼓動が、再び泣きじゃくるように激しくなる。

結果がわかっていても、ハッキリと言われるのは恐い。でもハッキリ言ってくれるほうがいい。きっぱりと覚悟を決められる。

さっきまで勇希が眠っていたリビングで、ふたりは楕円形のテーブルに向かい合って座る。

ふたりの間にはいかにも手作りといった感じの、すこし歪《いびつ》な丸いクッキーが白い皿に山盛りになっている。

本当に食欲はなかったのだが、伯父があまりにも自信たっぷりに勧めるので断りきれず、勇希はクッキーを一枚つまんだ。

一口齧《かじ》ると、シナモン独特の甘い香りが鼻腔《びこう》と口腔にすっと広がっていった。食欲がなくても、すごく美味しいと舌が喜んでいる。

　こんな場面でなければ、お皿に盛ってあるクッキーを全部平らげたいぐらいだ。

　伯父は透明なガラスのポットから、薄青紫の液体を氷の入ったグラスに注《つ》ぐ。

　涼風が肌をそっと撫《な》でるような、爽やかなラベンダーの香りがふわりと広がる。

「ラベンダーティーにはカフェインが入っていないし、リラックス効果や精神を安定させる効果があって、不眠に効くから、寝る前のお茶にいいんだよ」

　昼間、カフェで伯父が淹れてくれたお茶、勇希が初めて飲んだハーブティーだ。

「さて、大事な話をしようか」

　きた、と勇希の頰《ほお》は熱く、胸の奥は冷たくなる。

　素敵な洋館、心地よいハーブの香り。できればここで夏を過ごしたかった。伯父の柔らかな笑顔に、つい期待を持ってしまった。投げつけられる言葉に耐えるべく、勇希は視線を落とし、膝の上の手をぎゅっと握った。

　伯父は人差し指を天井に向かって立てる。

「この屋敷《いえ》で暮らすにあたって、守って欲しい三つの約束があります」

「……え⁉」

　てっきり帰って欲しいと言われると思っていた勇希は、弾《はじ》かれたように顔を上げた。

伯父は勇希と目が合うと、生真面目《きまじめ》な顔をしてコホンと咳払《せきばら》いをした。勇希の心臓はシンバルのように大きく音を立てて震える。

「まず一つ目。なるべくエコな生活を送ること。特に節電、節水ね。部屋が多いから電気の消し忘れに注意。廊下もね」

ここにいて……いいんだ。握った手の力が抜けていく。

予想外の展開と思わぬ幸運に、勇希は一瞬バカみたいに呆《ほう》けた顔になった。自覚し、慌てて頬を引き締める。

「二つ目は、働かざる者食うべからず。畑とカフェの手伝いをすること」

勇希はあまりの嬉しさに力が抜けて声が出ず、代わりに大きくうなずく。

「三つ目は」

なんでもします、と勇希は意気込んで伯父の言葉を待つ。すべての家事をしろと言われても引き受ける覚悟だった。

しかし、伯父の口から出てきた言葉は、勇希の予想を遥《はる》か斜めに超えていた。

「偉大なる魔女が遺した館の後継者候補として、真摯《しんし》に魔法の修行に励むこと」

大きくうなずこうとした、勇希の首が中途半端な位置で止まった。

「へ？」

思わず口から、炭酸が抜けたような間抜けな声が出た。

魔女？　魔法の修行？

今、夏休みの住居《すまい》を得た安堵感《あんどかん》を吹き飛ばす単語が、耳の中を駆けていったような……。

聞き返すことも、質問することも、素直にうなずくこともできずに面食らっていると、伯父は真面目な表情を崩し、相手を脱力させる破壊的なパワーのあるふにゃっとした笑みを浮かべた。

後継者？　そういえば、さきほどの優雅なマダムも似たようなことを言っていた。

後継者って、養子のことだろうか？

確かに伯父は、藤原一族から養子をとれと強く言われ続けていた。

でも、養子をとるなら男でないと意味がないと、断っていたはずだ。

まさか、自分を男の子と間違っているわけではないだろう。確かに名前は勇希と男の子っぽい名前ではあるが。

「魔法の修行って、あの……その」

勇希は目の前にいる、人を脱力させるその笑顔ももしかして魔法なのかもと思ってしまうほどタレ目の伯父に尋ねる。

「伯父さんが先生？」

「うん」

「ということは、伯父さんも魔法使い……なんですか？」

「うん」

恐る恐る尋ねてみれば、当然というようにさらりと答えられ、それ以上つっこんだ質問ができなくなる。

「だから、魔法使いのハーブカフェなんだよ」

なんだ、そうだったのか、とは素直に思えない。勇希は胡乱《うろん》な気持ちを表情に出さないよう、顔の筋肉に神経を集中させた。

伯父は本気で自分を魔法使いだと思っているのか？

親戚から変わり者と言われているのを何度も耳にした。すごく気難しいとか、度を超えた趣味人とか、変な癖があるとか、いろいろ想像していたが、魔法使い……は、さすがに予想できなかった。

（もしかして怪しい宗教の信者で、変な薬とか嗅《か》がされて洗脳されちゃうとか。いい歳《とし》して本気で妖精とか妖怪とかいると信じている、そういう意味で頭のおかしい人とか？）

未知なる不安と疑問が、メリーゴーラウンドのように勇希の頭を回る、跳ねる。

(でも、追い出されるのは困る)

伯父の気持ちが変わってやっぱり出て行けなんてことにならないよう、うまく話を合わせたほうが利口だ、と勇希は判断した。

「じゃあ、伯父さ……」

伯父さんと言おうとしてハタと迷った。魔法の修行ってことは師匠とか、先生と呼んだほうがいいのかもしれない。べつに媚《こび》を売るつもりはないが、最初に会った時からなんとなく伯父さんと呼ぶのに違和感があった。

「あの……じゃあ先生、って呼んだほうがいいでしょうか？」

伯父は垂れた目をパチクリさせて、不思議そうに首を傾《かし》げてから勇希の言った意味がようやくわかったようで、照れたような笑いを浮かべた。

「好きに呼んでくれて構わないよ。ただ、お店では店長かマスターって呼んでね」

「……はい」

それにしても魔法って、魔女って、魔法使いって。

勇希は戸惑いを隠すようにストローに口をつけようとして驚く。手を添えたグラスを信じられない思いで凝視する。色が変わっていた。さっきまで薄青紫だったお茶は、愛らしいピンク色になっていた。

まさか……魔法？

勇希が問いかけるように視線を上げれば、先生がふにゃっと得意げに笑っていた。

LESSON 1

月齢2.9　四日月

木枠の出窓、猫脚のバスタブ、アンティークな木彫りの机、手の込んだパッチワークのベッドカバー。ヨーロッパのプチホテルの一室みたいな部屋で勇希は目覚めた。しばらく自分がどこにいるのかわからず視線を泳がせた。

部屋のドアが三回ノックされて、勇希の背筋がビクンと伸びた。

「勇希ちゃん、起きている？」

ドアの向こうから牧歌的な伯父、いや先生の声。

「起きてます！」

勇希は髪を手櫛《てぐし》で整えながら、慌てて答える。

「支度をしてリビングにおいで。朝食を摂《と》って畑に行こう。魔女の朝のお務めだよ」

魔女、お務め……。あえて昨夜はスルーした一抹《いちまつ》の不安が頭を擡《もた》げてくる。

怪しい宗教？　それとも、からかわれている？

どちらにしても、先生の機嫌を損ねてやっぱり出て行け、なんて言われたら困るので、おとなしく言うとおりにしようと思う。

勇希は脱兎《だっと》のごとくベッドを抜け出してバスルームに駆け込み顔を洗って、髪をブラシでざっくり梳《す》いてゴムで一つにまとめる。柔らかくて直毛の髪はほとんど寝癖もつかず、伸ばしっぱなしでも広がったりしないから本当に楽だ。

鏡に映る自分の顔を睨む。

勇希は自分の顔が嫌いだ。細かく言うとつり上がった目が大嫌いだ。怒っているとか、生意気そうに見えるとかさんざん言われた。前髪を長くしているのは、コンプレックスである目と額のニキビをなるべく目立たせないようにするためだ。

目尻に人差し指を置いてみる。軽く下に引くと生意気そうとよく言われる大きなツリ目が垂れる。けれど、先生のように人好きされる、ふにゃっとした顔にはならない。

持ってきたTシャツと七分丈のクロップドパンツに着替えながら窓に目をやると、今日も暑くなりそうな真っ青な空に綿のような白い雲が浮かんでいた。

「ラベンダー、ミント、ローズマリー、レモングラス、カモミール、コリアンダー、バジル、パセリ……、えーっと」

知っているハーブを教えてと言われて、勇希は頭に浮かんだ名前を口にする。

先生は子どものような無邪気さで、それ全部畑にあるよと得意げに胸を張った。

畑といっても一反《たん》（三百坪《つぼ》）ほどの広さ。畑と呼ぶには小さい。けれど効率よく整備された畑には、約五十種ものハーブが育てられ、どれも元気よく風と戯《たわむ》れている。

中心には一年草、多年草、低木のハーブがお行儀よく育ち、畑の外側には背の高い果樹が見守るように伸びていた。

「ハーブ《Herb》はラテン語で草を意味するヘルバ《Herba》からきているんだよ。ハーブの厳密な定義はないんだ。一般的には薬草や香草のことを指すんだけど、実や樹皮や根もハーブとして扱われている。紫蘇《しそ》や蓬《よもぎ》も日本の立派なハーブだよ。ハトムギ茶やそば茶は日本の代表的なハーブティーってことになるね。一番簡単に言うと、人間の役に立つ植物ってところかな」

「じゃあ、野菜や果物もですか？」

「野菜や果物以外、いわゆる食物に入らないものがハーブかな。僕にも厳密な線引きはわからない。柿《かき》や枇杷《びわ》の葉は、いいお茶になるんだ。そういう意味では柿も枇杷もハーブだよね」

勇希の屁理屈《へりくつ》みたいな質問に、先生はクスクスと楽しげに笑いながら答え、指先で葉や茎を触ったり、香りを嗅ぎながらハーブの間を歩いて行く。勇希は一メートルほど離れて後をついていく。

「あの、これも、その、魔法……とかの修行なんですか？」

「そうそう。薬草の扱いは魔法使いの基礎知識だよ」

遠慮がちに尋ねれば、やはり当然というようにさらりと答えが返ってくる。勇希は胡乱な思いで、ハーブの講義を聞きながら今日も白いシャツを纏った先生の後をついていく。

「ハーブは雑草のように逞しいものが多くてね、放っておいてもどんどん生えてくるから、育てるよりも刈り取るほうが大変なくらい。観賞用の花や野菜を育てるよりずっと楽なのもハーブのいいところだね。むしろ手をかけすぎるとダメになっちゃうものが多いんだ。よっぽど元気がなかったり、虫がついていたりしない限りは放っておく。手がかかるのは種を蒔《ま》いて苗の大きさになるまでかな」

先生は自分が本当に魔法使いだと思っているのか。勇希が子どもだからと、からかっているのか。楽しそうな先生の背中を見つめながらも、勇希は昨夜、先生が横井町の伯母と電話で話して、困ったなとため息をついたことを忘れてはいない。

自分は困った存在なのだと、勇希は唇を噛む。

先生は諦《あきら》めて、勇希を受け入れることに決めてくれたのかもしれない。だけど、できれば引き受けたくはないという気持ちが完全に消失したわけではないだろう。

だから油断はできない。大人は演技がうまい。優しげな先生の笑顔が偽物だと思いたくはないが、警戒するにこしたことはない。追い出されないよう、慎重に行動しなければ。

魔法ごっこなのか本気なのかわからないが、うまく合わせないと。

あるいは怪しい宗教かもしれない。それでもいいか。勇希は投げやりな気持ちになる。たとえ生け贄《にえ》にされて殺されても仕方ないのかも。

痛いのとか苦しいのは嫌だけど、どうせ自分なんて生まれてきてはいけなかったんだし。

お母さんもさっさと堕《おろ》せばよかったのに。そうすれば――。

先生の説明が途中でぷつりと途絶えた。

「先生？」

振り返って勇希のほうを向いた先生は、怒っているような悲しんでいるような顔をしていた。

勇希は真面目に説明を聞いていないと思われたのかと、慌てて口を開く。

「ちゃんと聞いています」

先生の右手が上がり、叩《たた》かれるのかと反射的に強く目をつぶり肩に力が入った。先生の手は勇希の頭に軽く触れて、ポンポンと優しく二回弾んだ。

「……うん。わかってる」

上目遣いに見たふにゃっとした笑顔が、少し泣きそうに見えたのは気のせいだろうか。先生はそれだけ言うと、またハーブに向き合いながら狭い小径を歩き始める。だけど無言だった。

機嫌を損ねてしまったのだろうか。きちんと謝ったほうがいいだろうか。

勇希が不安なまま後をついていくと、急に先生が立ち止まって振り返った。危うく白いシャツの背中にぶつかりそうになって、勇希はつんのめる。

「ほら、見て見て」

何の前触れもなく、先生が勇希に両手のひらを広げて見せる。それから祈るように手を合わせると、両手の間からピョコンと白い花が飛び出した。

「ね、驚いた？」

「……はい」

先生の唐突な行動に、と心の中で付け加える。

これは有名なコインマジックの応用。

そういえば、魔法も手品もmagic《マジック》だ。

もしかして、魔法って手品のことではないか。できればそうであって欲しい、そうでありますようにと、勇希は期待半分に神様に願いを投げつけてみる。

先生は弱ったようなふにゃじゃなくて、得意げなふにゃっとした笑顔で勇希に白い花を差し出す。受け取った手のひらに甘酸っぱい香り。

「可愛い花でしょう。カモミールだよ」

勇希はここが、昨日先生と初めて会った場所であることに気づく。足下《あしもと》には手の中にある花——白い花びらと鮮やかな黄色が印象的な、デイジーに似た花が互いにくすぐり合うように揺れている。

先生は腰を屈《かが》めて、顔を花に近づける。

「ハーブは雑草みたいで花も地味なのが多いから、観賞用にもなるカモミールは家庭栽培ハーブとしても人気なんだ。香りもいいしね」

先生は嗅いでごらんというように、勇希に場所を譲る。

勇希は先生がいた場所に立ち、ほんの少し腰を屈める。リンゴに似た、甘くて少し酸みがかった爽やかな香りだ。

「少し摘んでカフェに飾ろう。今日〝は〟お客が来そうな予感がするんだ」

今日〝は〟？　勇希の動きが一瞬フリーズする。

「どうしたの、そんな顔して。僕の勘は結構当たるんだよ。勘がいいのは、魔法使いにとって大切な資質だよ」

勇希が懸念しているのは勘が当たるかどうかではなく、今日〝は〟のところだったのだが。

先生は自信たっぷりな笑顔を見せる。魔法使いにとっては客の人数じゃなくて、来るタイミングのほうが重要なんだろうか。

まだ洋館《ここ》に来て二十四時間《にじゅうよじかん》も経《た》っていないのに、勇希の頭と心にはずいぶんと疑問符が溜《た》まった。だけど面と向かっては聞きにくい。聞けないことばかりだ。うっかりと余計なことを口走って、先生の不興を買いたくない。

消化できない疑問符を浮かべながら、摘んだカモミールを手にカフェへ直接向かうと、店の前にピンク色の軽自動車がちょこんとおすまししている。

ガラス越しに店内をのぞけば、昨日会ったマダムがテーブルについて優雅に本を読んでいた。

勇希はオープン前のカフェにどうやってマダムが入ることができたのか気になった。鍵をかけ忘れていたのか。それとも身内みたいなものと言っていたから合い鍵を持っているのか。

先生もマダムも四十代後半、同じぐらいの歳。もしかして……。

勇希が若干下世話な想像力を働かせている間に、先生はさっさと店に入って、さも当たり前のように寛《くつろ》いでいるマダムに声をかける。

「おはようございます」

マダムが丸いレンズの眼鏡《めがね》をそっと下にずらして鷹揚《おうよう》に応《こた》える。

「おはよう」

マダムと先生の間に貴婦人対従者、女教師と生徒という雰囲気を感じ取った。つまり先生のほうが頭が上がらなそうな気配が濃厚だ。下世話な予測はハズレかな、と思いつつ挨拶をする。

「おはようございます」

「おはよう、勇希さん。昨夜はちゃんと眠れて?」

「あ、はい。ぐっすり」

と答えながら、なんで自分の名前を知っているのだろうと思う。そして、すぐに先生が自分のことを話したのだろうと推測した。

別に怒るつもりはない。だけど、ちょっとモヤモヤした気持ちで先生に視線を向ければ、彼は神妙な顔をして手にしたエプロンを広げたり、ひっくり返したりしている。

「ちょっと、これつけてみて。一番丈が短いやつだと思うんだけど」

渡されたカフェエプロンは、先生がつけているのと同じ、腰から下しかないロング丈のものだ。勇希は一度大きくエプロンを広げ、腰に巻き付けてみる。

「うーん。やっぱり大きいね」

大きすぎ、というか丈が長すぎた。裾が床につきそうだ。先生は長身というほどではないが、四十代後半の年代にしては背が高いほうだ。

「エプロンも買わなきゃね。女の子らしい可愛いエプロンがあるといいんだけど」

先生は歌うように言いながらペンを走らせ、エプロンという単語が追加された買い物メモをサイフにしまう。

「じゃ、行こうか」

「え？」

「買い出し。一ヶ月住むのに必要な物とかあるでしょ。あと、食料品も調達しないといけないから。それじゃ、マダム。留守番よろしくお願いします」

マダムは本から目を外さず、きれいに整えられた眉だけを上げて応じる。

「はい、はい、行ってらっしゃいまし。どうせお客は来ないでしょうから」

「それはどうかな」

先生は腰に手を当てて、ふふふと勝ち誇ったように口の端を吊《つ》り上げた。

「今日は客が来る予感がする。それも新規の客。新しい出会いを感じるんだ」

マダムが視線だけを上げて、大げさに肩を竦めてみせる。

「あら、あら。わたくしの先読みが間違っていると？」

先生は何も言わずに、挑戦的なふにゃっとした笑顔（もできるのかと勇希は驚いた）を浮かべると、スキップする勢いで店の外に出て行く。

勇希は置いて行かれないよう、慌ててカウンターの中から出てマダムの前に立つ。

「行ってきます。あの……」

「なにかしら？」

「ところであの……、なんとお呼びしたら？」

マダムは勇希の名前を先生から聞いたようだが、勇希はマダムの本名を知らない。

マダムは悪戯《いたずら》を仕掛けた子どものようにキラキラした目で、背後に花を飛ばしながらフフフと笑った。

「みんなわたくしのことをマダムと呼ぶの。だから勇希さんもマダムと呼んでくださいね」

「では、行ってきます。マダム」

勇希はぴょこんと頭を下げて、先生の後を追う。

真っ青な空の下、午前中なのでまだ日差しは柔らかい。ハーブの香りを乗せた風が追ってくるので、体感温度はそれほど高くない。うっすらと額に汗が浮かんでくるが、いかにもそれが夏らしくて、不快ではなかった。正午を回ると、そんな悠長なことを言ってはいられないだろうが。

「駅の近くにスーパーマーケットがあるんだ。そんなに規模は大きくないけど、衣料品や食料品、ちょっとした雑貨ならたいてい事足りるよ。昨日は駅から大通りを歩いてきたの？」

「はい。わかりやすかったから」

「うん。でも遠かったでしょう。実は近道があるんだよ。坂は急になるけど、そこだと二十分ぐらいで駅に着けるんだ。街の案内を兼ねて、行きは歩きで、帰りは荷物があるからバスに乗ろうか」

洋館の前の二車線道路は、昨日の景色と同じく閑散としていた。車も人もほとんど通らない。それでも先生は、右を見て左を見てまた右を見て、という交通標語を忠実に守って道路を横切る。そしてそのまま、吸い込まれるようにブロック塀《べい》の陰に消えていく。

勇希も後れを取らないよう飛び込む。眩しい日差しからいきなり逃れた目は、一瞬視界を失う。立ち止まった足下に涼やかな風が通り抜け、同時に口の中に苦みを感じる青臭さが上ってきた。

「ここはドクダミの道」

先生の声が下のほうから聞こえてきた。薄暗がりに慣れた勇希の目は最初に、二メートルほど先をゆく先生の白いシャツの背中を捉《とら》える。

勇希の背よりも高いブロック塀に挟まれた幅一メートルほどの急勾配《きゅうこうばい》の小径は、素人《しろうと》仕事かと思うようなあばたのコンクリート舗装がしてある。ひび割れた箇所《かしょ》からは、土が見えていたり、細い葉を持つ雑草が顔を出している。特に両端の劣化はひどく、コンクリートをひっくり返す勢いでドクダミが、濃緑と赤紫が混じるハート形の葉を力強く広げ、権勢を誇っている。突き出た黄緑色が特徴的な花は、風が小径を駆け抜けるたび、葉の上を這《は》うように揺れる。

もとから脆弱《ぜいじゃく》に造られたのか、それとも植物の力が強すぎるのか、暗く静かな小径の主《あるじ》は、間違いなく人間でもコンクリートでもブロック塀でもなく、ドクダミだ。

先生は猫のように急勾配の下り坂をするりするりと下りて時々立ち止まり勇希のほうを振り返る。道はひび割れ雑草の支配を受け、みすぼらしくはあるが歩きにくくはない。車は通らないし、ひび割れは逆に滑り止めになり、圧迫されるようなブロック塀は強い日差しを遮ってくれる。

ほぼ真っ直《す》ぐに延びる小径を五分ほど歩いていくと、出口が突然やって来た。今度は強烈な夏の日差しで視界が白い闇《やみ》になる。

三度瞬きを繰り返すと、見覚えのある大通りが広がっていた。

車が吐き出す音、人々の足音と笑い声、犬の咆吼《ほうこう》、赤ん坊の泣き声。色と音に溢れた道。目と耳に様々な刺激が飛び込んでくる。

ただ、鼻だけは排気ガスとアスファルトのにおいしか嗅ぎ取れない。

勇希は楠を見上げる。不安を背負いながら汗だくになって洋館に向かう勇希に、束《つか》の間の安らぎを与えてくれた木だ。

円周を直径の距離で来たように、半分以下の時間で駅までの中間点に到達した。

「大通りに沿って行くと駅。あっちの細道を行くと隣町。駅までの近道がこっち」

先生は信号のない横断歩道を、さきほどと同じように交通標語を忠実に守りながら渡った。

今度は車がギリギリ通れるぐらいの道幅で、両脇には人家の玄関が連なっている。澄まし顔の大きな家が並ぶ大通りに比べると、年季を感じる家が多い。

早めの昼食や庭に干した洗濯物などの生活のにおいが道に漏れている。

四ツ目垣に囲まれた家の前で、先生は足を止めた。胸の高さの垣根に手を添えて、庭をのぞき込む。

竹の格子《こうし》で柵を作って、内側に椿《つばき》や沈丁花《じんちょうげ》の灌木《かんぼく》を並べて囲った庭は、あまり手入れをしている様子が感じられない。

だが、家屋は素敵だ。かなりの年数を経ているると一目でわかるのだが、老いた屋根も壁も縁側も、古いのではなく歴史を刻んできた、そう表現したくなる趣《おもむき》があった。家族に囲まれて幸せに微笑《ほほえ》む老婆《ろうば》の横顔のように、住人に愛されながら歳を取っていったと感じられる家だった。

先生が庭のすみを指さした。珍しい植物が生えているのかと、勇希が視線を向けたとたん、趣のある家の中から悲鳴のような女性の声が飛び出してきた。

「なんなのこれは！」

何事だろうと、先生も勇希もビクンと動きを止め、縁側と屋内を仕切る障子《しょうじ》に注目する。

ガラリ、と玄関の戸が開いて、白髪交じりのおじいさんが憤慨《ふんがい》した様子で出てきた。八つ当たりするような乱暴な手つきで、玄関先の蛇口についているホースを引ったくる。

「もう、いい加減にしてちょうだい」

再び女性の声が家の中から飛ぶ。うんざりしたような年配の女性の声だった。

おじいさんはその声を無視して力強く蛇口を捻《ひね》る。暴れ馬のようにホースがうねり水が勢いよく吐き出された。

庭の水やりと打ち水を同時に済ませようとしているのか、庭全体にホースの口を向ける。八つ当たりするように植物たちに乱暴に水をかける。

再び年配の女性の苛立《いらだ》ちと心配を含んだ声が家の中から漏れる。

「ねえ、一度、病院に行ったら？」

「うるさいっ！」

おじいさんが家の中に向かって怒鳴りながら、ホースを地面に叩きつけた。

自由を得たホースは狂喜する蛇のごとく、水を吐き出しながら踊り狂う。慌てておじいさんが蛇口を閉める。

最後の抵抗を試みるように、ホースが大きく跳ねた。

バシャッ！

狙《ねら》ったかのように、吐き出された水が先生の顔にかかる。

「せ、先生っ！」

「大丈夫」

先生はぶるっと頭を振ってから、両手で髪を後ろになでつけ、シャツの袖で顔を拭《ぬぐ》った。それでもまだポタポタと髪から水滴が垂れ、顔や首を流れていく。見れば胸の辺りまで濡《ぬ》れていて、シャツが張り付いていた。ずいぶん豪快に水を浴びたものだ。

水を掛けた本人であるおじいさんも、先生のあまりの濡れっぷりに言葉を失って、蛇口を握ったまま呆然としている。

我に返ったおじいさんが、いきなり怒鳴った。

「なんでそんな所に立っているんだ！」

まさか怒鳴られるとは予想外で、今度は勇希たちが呆然とする番だった。

「そんな所で人の家を覗《のぞ》いているのが悪い！」

勇希はカチンとくる。勝手に庭に入ったわけでもないし、覗きといったって垣根越しに眺めていただけだ。

しかし、被害を受けた当の本人は、ふにゃっと目尻を下げて丁寧に謝罪する。

「はい、すみません。お庭が魅力的だったもので、つい下品なことをしてしまいました。お許しください」

おじいさんは虚を突かれたように、顔から怒りの色が消える。毒気を抜かれ冷静になったのか、決まり悪そうにもごもごと口を動かした。

先生はじゃあ行こうか、と勇希に声をかけて垣根から離れる。そこへまた、おじいさんの怒鳴り声が追いすがる。

「ちょっと待て！　今、タオルを持ってくるから」

「あ、お構いなく。この日差しですし、すぐ乾きますよ」

「いいから待て！　縁側にでも座ってろ」

おじいさんはばつの悪さを怒りで誤魔化《ごまか》すように、家の中に駆け込んでいった。

「お言葉に甘えてみようか」

先生は勇希に向かって、ちょっと困ったような笑みを見せて庭に入っていく。まだ先生の髪からは水滴が垂れている。タオルを素直に借りたほうがいいだろう。自分の持っている小さなハンカチでは事足りない。勇希はハンカチをポケットにしまいながら、渋々ついていく。

先生は縁側の中央に腰を下ろし、膝に肘《ひじ》を立てて両手で顎《あご》を支え、口元に柔らかい笑みを浮かべて庭に生える植物たちを眺めている。

とりたてて凝ってるわけでもないし、珍しい植物があるわけでもなさそうなこの庭の、何がそんなに面白いのだろうと、勇希はひとりぶんの間隔を空けて隣に座っている先生の横顔を見つめる。

おじいさんが背後の障子を開けて出てきた。同時にカレーのにおいも、家の奥から流れてきた。

おじいさんは勇希と先生の間に麦茶をお盆ごと置いて、先生にはタオルを手渡す。

「ありがとうございます」

先生はタオルを頭に載せ、軽く叩くようにして髪の毛の水分を染み込ませる。

「この辺りに住んでいるのかね」

おじいさんが探るように尋ねる。

「バス通りをずっと上ったところで、カフェを営んでおります」

先生はタオルを首にかけ、ズボンのポケットからサイフを取り出し、さらにサイフからショップカードを出す。

おじいさんは条件反射のように背筋をピンと伸ばし、畏まってそれを受け取った。これまでの態度からは想像できないほど礼儀正しい姿に、勇希は目をぱちくりさせた。

おじいさんは目を細め、ショップカードの文字を睨むように読む。

「魔法使いのハーブカフェ、自家製ハーブティー？　ハーブとはなんだね」

「お茶とか香辛料《こうしんりょう》になる植物のことです」

「自家製ってことは、畑を持っているのかね」

「ええ、たいして広くはないですけど。お茶のグラム売りもしていますから、よろしければ遊びに来てください」

　世間話のついでのような先生の営業トーク。勇希は先生がショップカードを持ち歩いていることに感心した。まったく商売っ気が感じられなかったが、客が少ないことに一応危機感を持っているのかもしれない。

「畑……か。除草剤とか園芸道具は売っていないのかね」

「除草剤……ですか？」

　おじいさんが庭に向かって顎をしゃくる。

「ご覧の通り、庭木も花も雑草も生え放題だ。生長が早くて、切っても切っても、抜いても抜いても追いつかん」

　おじいさんは忌々《いまいま》しそうに顔を顰《しか》める。

「そうですね。生命力の強い植物が多いようですから」

「要するに、簡単に育てられるようなものばかりだということだな」

　なんて偏屈に受け取るのだろう、と勇希は呆れる。

「除草剤は持っていますがほとんど使わないので、よろしければお分けしますけど。しかし——」

先生は一度言葉を切って、ぐるりと庭を見回す。

「このお庭には必要ないと思いますが」

おじいさんは不満げに眉間《みけん》にしわを寄せた。

「とにかくあの辺の雑草ぐらいは殺さんと」

今度は庭の隅を顎でしゃくる。針のような細い葉を持つ草が、垣根からはみ出す勢いで茂っていた。

「あれは——」

「まあ、まあ、すみませんねえ」

甲高い女性の声が先生の言葉を遮った。他人向けの澄ました声を出しているが、先ほど聞こえた女性の声と同じなのはすぐわかる。おじいさんよりは白髪が少ない髪を一つに纏め、割烹着《かっぽうぎ》を着ている。奥さんだろうか。

煎餅《せんべい》と甘納豆《あまなっとう》を盛った漆器《しっき》を置きながら、先生の胸元を見て大げさに驚いてみせる。

「あらあら、こんなに濡れちゃって。アイロンでも当てましょうか？」

「いえいえ、お気になさらずに。この晴天です。すぐに乾きますよ」

「本当にごめんなさいね。この人、最近、ちょっと言動がおかしいのよ」

非難の籠《こ》もった目でおじいさんを見る。

「病院へ行きなさいって何度も言っているんですけど、頑固者でねぇ」

「俺《おれ》はボケてなんかおらん！」

おじいさんは奥さんに向かって怒鳴ると、顔を真っ赤にして立ち上がり家の奥へ引っ込んでしまった。階段を叩くように上る足音が響いて、消える。

「もう、最近怒りっぽくて、毎日、苛ついているんですよ。嫌になっちゃうわ」

奥さんは遠慮しないで召し上がれと、漆器をさらにふたりのほうへ押し出す。

先生が小さく頭を下げて甘納豆をつまみ、口の中に放り込んだ。勇希も先生に倣い甘納豆を口に入れる。

「ところでご相談なんですけど」

奥さんは声を低くして、先生のほうへ身を捩《よじ》る。

「除草剤って危険でしょう。どうか渡さないでもらえますか。なんか最近、ボケてきているみたいだし。心配で、心配で」

先生は甘納豆を呑み込んでから、患者をいたわる医者のように説明する。

「うちにあるのはホームセンターで身分証の提示なしに買えるものだけですよ。意図して飲んだり食べたりしない限り害はありません。人間にも、土にも」

「それが食べちゃうかもしれないのよ。本当に最近のあの人は、何をやらかすかわからなくて」

「とてもしっかりしていらっしゃるように見えますが」

奥さんは顔の前で手を振り、先生の意見を却下する。顔を顰めた表情は、おじいさんとよく似ていた。

「認知症になると怒りっぽくなるって言うじゃないですか。とくに認知症のなり始め。自分のしたことを忘れたり、理解できなくなったり、ものを思い出せなくなったりして苛つくっていうんですか。もう一日中イライラしているみたいで、こっちまでうつっちゃうわ」

奥さん自身も鬱積しているものがあるのか、相づちを打つ間も与えずに喋《しゃべ》り続ける。

「よく聞くでしょう。定年退職したとたんに呆《ぼ》けちゃう男の話。仕事人間が仕事を失い、一気に老《ふ》けちゃうって話、知りません？　あの人は家庭を顧みない仕事人間でしたから。二ヶ月前に定年を迎えたんですけど、そのあたりから何か妙な行動を取るようになって。今日だって、とんでもないことやらかしてね。そうそう、ちょっと待っててくださいね」

奥さんはいそいそと立ち上がると、小走りに去っていく。とたんに静けさが縁側に戻る。一分後、パタパタと忙《せわ》しなく廊下を歩く足音がし、お盆を手にした奥さんが戻ってくる。

「ちょっと食べてみてくださいな」

菓子の追加かと思えば、持ってきたのはカレーだった。小鉢にスプーン三杯ぶんほどのカレーが盛られている。

空腹でなくても、カレーのにおいは食欲をかき立てる。スプーンと一緒に小鉢を渡されて、勇希はニンジンと一緒にカレーを掬《すく》い口の中に入れる。

んんん、と勇希はスプーンを咥《くわ》えたまま小首を傾げた。吐き出すほどではないが、もう一口いく気にはなれない。

ほぼ同時にカレーを口にした先生も、微妙な顔つきで小鉢を見つめている。

重なり合うスパイスのハーモニーの中に、飛び抜けて和を乱している辛さが舌に残る。どこかで覚えのある辛さ。

先に正解にたどり着いたのは先生だった。

「わさび……ですか？」

奥さんは目と口を大きく開けて感心する。

「あらま、よくおわかりで。そう、そうなんですよ。不味《まず》いでしょう」

不味いものを客にわざわざ試食させるのもどうかと思うのだが。きっと、このカレーを口にしたショックを、誰かと分かち合いたかったのだろう。非常に迷惑だ。

奥さんは賛同者を得た喜びを浮かべて、噂話《うわさばなし》でもするかのように顔を近づける。

「どこをどう間違えたらわさびが入ると思います？　今回だけじゃないの。この前はお酢入りのカレーを食べさせられたわ。ほら、定年になったらやり甲斐《がい》や生き甲斐がなくなって、コロっとボケちゃうって話よく聞くでしょう。仕事人間ほどそうなりやすいって言うから。このままじゃ、料理に除草剤を入れかねないんじゃないかしら。早いところ、一度受診して欲しいんだけど。早期のうちなら、訓練と薬で進行を遅らせることとかできるんでしょう」

奥さんはよほど話し相手に飢えていたのか、愚痴が溜まっていたのか、ふたりを解放する気配がまるでない。

マダムに留守番を頼んでいることを考えると、そうそうのんびりもしていられない。

先生は借りたタオルを軽く畳んで奥さんに差し出し、礼を言う。

「タオル、ありがとうございました。それから除草剤の件はご安心を」

奥さんはタオルを受け取りながら、庭の隅にある、鉢植えの灌木に視線を向ける。

「あの木、だいぶ大きくなったから、そろそろ庭に植えないといけないかしら？」

テラコッタの鉢から真っ直ぐに伸びている木は、観賞用だろうか。一メートルほどの背丈に、花火のような白い小さな花が地面に向かって咲いている。

「いいえ、あれはあのままでいいと思います。庭に植えるとすごく大きく生長してしまうので」

「あら、そうなの？」

先生が立ち上がり、勇希も慌ててそれに続く。

「もうお帰り？　なんならお昼でも召し上がっていって。心配しなくてもカレーはお出ししませんから。お煮染《にし》めを作りましたの。結構、うまくできましたのよ」

「ありがとうございます。でも店をいつまでも空けておくわけにはいかないので」

「そうなの。残念だわ」

庭先まで送ってくれた奥さんが見えなくなったところで、ふたり同時にホッと肩の力を抜いたのがわかり、小さく吹き出す。

カフェに戻ると、さっそく勇希は買ってきたエプロンをつける。先生のカフェエプロンとは違い、胸当てもあるものだ。少しでも広い面積をカバーして汚れから数少ない服を守りたかったのと、両サイドにある大きなポケットが気に入った。黒色でレースも刺繍《ししゅう》もないシンプルなデザインにしたのは、少しでも先生とお揃《そろ》いっぽい感じを出したかったからだ。

「ずいぶんと地味なのを選んだのねぇ。まあ、若い女の子はそれだけで可愛らしいから、シンプルでもいいのかしらね」

「マダムだって十分可愛らしいですよ」

先生がルビー色のお茶をマダムに差し出しながら言う。

「まあ、還暦を過ぎたおばあちゃんにお世辞なんか言っても、いいことなんてありませんよ」

「還暦っ⁉」

思わず勇希が声を上げる。還暦といえば六十歳。それを過ぎたということは……。

「あら、勇希さん、どうしました？」

「いえ、あの、その……マダムはてっきり四十代だと」

マダムの顔がパアっと輝いて、背後に花が飛び散った。

「あらいやだ、勇希さんたら」

マダムが少女のように恥じらい体をくねらせる。

お世辞ではない。勇希は本当に四十代後半ぐらいで、先生と同年代だと思ったのだ。先生とマダムの恋仲まで、一瞬であるが疑ったほどだ。

「このお茶のお陰かしら」

マダムはルビー色のお茶が透けるガラスのカップを口元に持っていき、香りを嗅ぐ。

「これはビタミンの爆弾というあだ名を持つローズヒップのお茶。数種類のビタミンを含んでいるの。特にお肌に効くビタミンCはレモンの約二十倍あるのよ」

確かに、肌の美しさは見た目年齢を大きく左右する。

マダムの肌は二十代、三十代にはさすがに見えないが、シワも少なく、シミはほとんどない。色白で、ぷっくりとした頬はマシュマロのようだ。

額のニキビに悩んでいる勇希は、嫉妬さえしてしまう。

還暦を過ぎたマダムが四十代後半に見えるのなら、四十代後半の先生が三十代前半に見えるのも十分ありうる。

「ローズヒップに、その日の肌の状態に合ったハーブをブレンドしているんだよ。夏の季節に合わせて美白効果のあるジャーマンカモミールを少しプラスしている」

先生が得意げに付け加える。

マダムはティーカップを空にするのと同時に本を読み終え、正午を少し過ぎた頃に帰って行った。

客が来ないので、勇希は基本的なハーブティーの淹れ方を教わったり、畑を見回ったりして過ごす。そうこうしているうちに陽が落ちて、結局夜になってもマダムの言うとおり、客は来なかった。

朝摘みのカモミールが、三つのテーブルの上でそれぞれ寂しげに揺らめいている。

「うーん、予感が外れるとは」

先生が落ち込んだ様子で、食器を洗う。客が来ないことよりも、勘が外れたことのほうがショックが大きいらしい。

昨日も、今日も、客は来なかったことになる。それ以前は……、恐くて勇希は尋ねられない。

大丈夫なのだろうか、このカフェは。

勇希は先生が洗った食器を布巾《ふきん》で拭きながら不安になる。

月齢3.9　五日月

昨日と同じように、今日も朝摘みのカモミールをガラスの器に飾った。少し青臭さが残るリンゴのような甘酸っぱい香りが揺らめく。

勇希は今日こそお客さんが入りますように、と祈りながらカフェの床にモップをかける。先生は館のキッチンで、昼食と夕食の仕込みをしている。すでに午前中は客が来ないのを見越しているようだ。

カフェのガラスは夏の暑苦しさを漉《こ》すのか、差し込む日差しには夏の持つ開放感と清々《すがすが》しさだけが残り、ハーブの香りが溶けた空気に瑞々《みずみず》しさを与える。

カウンターの端には、このカフェの中で唯一溶け込んでいないＦＡＸ電話。アンティークな雰囲気の中で、無骨な黒光りを放つ冷たい電化製品。

ＦＡＸ電話の隣にあるレジスターは素敵だ。もとは銀色であった胴体がいい具合に青錆《あおさ》びている。お金を入れる引き出しには、薔薇《ばら》の模様が彫られていて、古い歴史を持つパリのカフェにでも置いてあるような趣がある。

だけど、動くのだろうか。脇に電卓が置いてあるのは見なかったことにする。

一通り掃除を終え、勇希はカウンターの中にあるスツールに腰をかける。

中央が盛り上がった天井を見つめながら、カフェの年間売り上げはいったいいくらぐらいなのだろうと、世知辛い想像をし始めた時だった。

カフェのドアについているベルが、チリンと可愛らしい音を立てた。

客だ！

勇希はスツールから飛び降りる勢いで立つ。

（あれ、あの人）

眉間に深いしわを寄せて訝《いぶか》りながらカフェのドアを開けたのは、昨日先生に水をかけたおじいさんだった。

家にいた時とは違い、暑い中、きちんとスーツを着て、ネクタイまでしていたので、すぐには同一人物とわからなかった。これから重役会議にでも出るような格好だが、手に持っているのはスーパーのビニール袋。しかも大きく膨らんでいる。

「いらっしゃいませ。お好きな席にどうぞ」

勇希は慣れない笑みを浮かべ、手のひらで空いている三つのテーブルを指す。

おじいさんのほうもカフェに慣れていないのか、胡乱な目で店内を見回す。

「ずいぶん小さな店だな。なんか古くさいし」

おじいさんは二人席に近づくと、乱暴にイスを引いて座り、投げるようにスーパーの袋を床に置いた。

きちんとした服装なのに、態度はとても紳士的とは思えなかった。

そういえば昨日も、結局先生に謝っていない。タオルは貸してくれたけど、貸してやったぞと言わんばかりの偉そうな態度だったし、奥さんが出てきたら途中でいなくなってしまうし。でも、失礼な態度も認知症のせいかもしれない。そう思えば、同情心も湧き、むしろかわいそうだと優しい気持ちに——なれない！

「昨日の店長は？」

なぜそんなに不機嫌なのかと問いたいほど、おじいさんの声は低く、口調はかなり偉そうでぶっきらぼうだ。不愉快そうに胸の辺りをさすっている。

「すぐに呼びます」

勇希はＦＡＸ電話の内線１のボタンを押す。カフェには聞こえないが、館のリビングや二階の階段脇、先生の部屋、など何カ所かにある子機が鳴っているはずだ。

一分もしないうちに、エプロンを手に先生がキッチンの奥からカフェに入ってくる。カウンターの中でエプロンを広げ、それこそ魔法のようにものの三秒で腰に巻き付け、普段よりも二割増しに引き締まった店長の顔になり、勇希にこっそり耳打ちする。

「新しいお客さんだ。出会ったのは昨日だから、僕の予感は完全に外れていたってわけじゃないよね」

無邪気に喜ぶ先生に、勇希は複雑な思いでノーコメントを貫く。

「いらっしゃいませ。昨日はどうも」

先生は水の入ったグラスを差し出す。

「除草剤を貰《もら》おうと思って」

「除草剤を使うのはもったいないですよ。草が伸びすぎて世話が追いつかないなら、刈り取りをお手伝いしましょうか」

おじいさんの表情が険しくなる。

「あいつに何か言われたのか。あんたもわたしをボケ老人扱いするのかね」

「あのお庭には除草しなければならない雑草なんてないです。それで昨日は素晴らしいと思って覗いていました。お庭の植物は、奥さんが選んで育てたんですか？」

おじいさんがカッと目を見開いた。顔を真っ赤にして、イスを後ろに倒して立ち上がる。

「最初から譲る気なんかなかったんだろう。わざわざ来てやったのに！」

バン！　と、テーブルに拳《こぶし》をつく。反動でグラスが跳ね、倒れた。

水が先生のエプロンにダイブする。昨日から水難の相に取り憑《つ》かれているようだ。

先生はテーブルに広がった水がこぼれ落ちる前に、素早く床に置いてあったスーパーの袋を拾い上げて、隣のテーブルに載せた。

グシャっと音がして、ビニール袋が形を崩す。雪崩《なだれ》のように中から、カレールウの箱が飛び出した。

テーブルの上に広がる、二十箱近くのカレールウ。しかも全部、老舗《しにせ》食品メーカーの昔からある銘柄だった。先生は崩れ出たカレールウの箱を袋に戻しながら言う。

「カレー、お好きなんですね」

「べつに好きじゃない」

おじいさんはカレールウが収まった袋を先生の手からひったくり、その勢いのままドアに直進する。

「何に怒りを溜めていらっしゃるのですか？」

おじいさんの背中にかけた先生の声は、大きくもなく穏やかな口調なのに、不思議なぐらいカフェに凛《りん》と響いて、耳を傾けざるを得ないような不思議な引力があった。

モップを手に取った勇希も、ドアノブを握ろうとしていたおじいさんの手も止まる。

「べ、べつに、怒ってなんかおらん！」

ますます怒りを増した様子で、おじいさんが振り向きざまに怒鳴った。勇希はモップの柄を握ったまま、肩を怒らせているおじいさんと、いつものようにどこか牧歌的な先生のやり取りを緊張しながら見守る。

おじいさんは今にも二回目の噴火を起こしそうだった。

捲ったシャツの袖から見える先生の腕は陽に焼けて逞しい。万が一、おじいさんが殴りかかってきても止められるだろう。暴力沙汰《ざた》になる心配はしていないが、先生が何を考えているかわからないので、勇希の不安は増大する。変な人にわざわざ関《かか》わっていくことなんてないのに、と鼓動が速まる。

「今、ハーブティーを淹れますから、どうぞお座りください」

先生は熟練のギャルソンのように右手を横に滑らせてテーブルに誘《いざな》い、相手がとどまってくれるのを信じているのか優雅に踵《きびす》を返してカウンターの中に消える。

ポットやカップを取り出すガラスの触れ合う音、湯を沸かす音、ハーブの葉が擦《す》れる音、その中でおじいさんは鳩尾《みぞおち》を押さえながら、しばらく立ち尽くしていた。

勇希はテーブルと床の水を拭き終え、カウンターの中に戻る。

ガラスポットに湯が注がれると、カフェに爽やかなにおいが突き抜ける。

ああ、これはペパーミントだと、勇希はクンと鼻をひくつかせた。

和菓子にもよく使われている、ハッカによく似た香り。おじいさんが何かを懐かしむように目を細めた。ミントの香りに背中を押されたのか、おじいさんが大人《おとな》しく勇希が整えたテーブルに再び腰を下ろした。

先生はトレイにオーク色のお茶を載せて、おじいさんのテーブルにやってくる。

「ペパーミントとネトルのブレンドティーです。ペパーミントは胃腸や胆嚢《たんのう》、肝臓の働きを促し、ネトルは豊富な栄養素で荒れた胃の粘膜を保護します。まだ熱いので、冷ましながら味わってください」

そっと置かれたカップに揺らぐのは、思い出を掻《か》き出したようなセピア色。

おじいさんはカップに手を添えたが持ち上げることはなく、何かを探すような目で深いブラウンの液体をのぞき込んでいたが、やがて香りに引き寄せられるように、口元とカップが近づいていった。

おじいさんの喉がゆっくりと動く。

先生はトレイを持ったまま、おじいさんを見守るようにテーブルから二歩ほど離れて立っている。視線は鳩尾に当てられたおじいさんの手に注がれている。患者を注意深く慎重に、そして慈愛の籠もった目で観察する医者のように。

「本当に必要なのは、除草剤ではないんでしょう」

おじいさんの肩がビクンと跳ねる。驚いたというより、恐れたような顔をした。

「そのお茶、スッキリするでしょう。スッキリついでに、胸に溜めているものを全部出してしまいませんか」

先生は自分の胸の辺りをノックするように、緩く結んだ拳で叩く。おじいさんの眉が吊り上がり、口の端が痙攣《けいれん》した。怒鳴るのかと、勇希の肩が竦む。

だが、次の瞬間、おじいさんの顔はくしゃっと崩れ、そのまま項垂《うなだ》れてしまった。

先生が子どもを気遣うように優しく声をかける。

「言葉にしなければ伝わらないことがありますよ」

夏の光が燦々《さんさん》と降り注ぐカフェの中を、ハーブの香りたちが、何でも話してごらんと、優しく肩を抱くようにたゆたう。

おじいさんは項垂れたまま、口を閉ざしている。だけどカフェに流れる沈黙は優しく、誰もおじいさんを急《せ》かしたりはしない。

「人間は行動しなければ、指一本動かせないんです」

先生はおじいさんではなく、ガラスの向こうに広がるハーブ畑を見つめながら、独り言のように呟く。実際、独り言だったのかもしれない。

「……忌々しい庭だ」

視線を落としたままのおじいさんの口から、細く掠《かす》れた声が吐き出された。

「たいした庭でもないのに、すぐに雑草が生えてきて、みっともなく茂ってしまう。女房がくだらない草ばかり植えるから」

勇希は話し好きの奥さんを思い出し、確かにあの人なら何でもかんでも植えてしまいそうだと納得する。

「不器用な女房でもできたのに。なんでうまくいかないんだ」

おじいさんは隣のテーブルに置いてある、カレールウが詰まった買い物袋を横目で睨んだ。

「カレーもだ。たかがカレーなのに、女房と同じように作れない」

何の脈絡もなく庭からカレーに話題が飛び火し、勇希の目が点になる。そんなもの直接奥さんに聞けばいいのに。

「奥さんに教えてもらえないんですか？」

勇希の代弁をするかのように先生が尋ねる。おじいさんは眉間のしわを深くして黙り込む。できるものならやっている馬鹿《ばか》もの、という心の声が聞こえた気がした。

「女房には……聞けない」

夫婦げんかでもして、お前の作る料理ぐらい俺だって作れる、という展開にでもなったのだろうか。それとも孫におじいちゃんの作ったカレー美味しくない、おばあちゃんのがいいとか言われて傷ついたのだろうか。

「同じルウを使って、同じ具を入れて、だけど何かが足りない。何か調味料を足しているんだ」

「それを探しているんですか？　もしかして、昨日のわさび入りカレーも？」

おじいさんが気まずそうに眉を歪《ゆが》める。

「食べたのか？」

「はい」

先生が眉をハの字にして困ったような顔をし、おじいさんは苦虫を嚙みつぶしたような顔になる。

「家にある調味料は全部試した。醬油《しょうゆ》、ソース、ケチャップ、マヨネーズ、胡椒《こしょう》、七味、砂糖、塩、みりん、酢、わさび。他にもよくカレーに足されると聞いたすり下ろしリンゴとかヨーグルトとか。だけど、同じ味にならない。もっと、こう、香りとコクが深いというか、パンチが効くというか。どうしても同じ味にならない」

「奥さんのカレー、よほど美味しいんですね。料理上手な奥さんなんて羨《うらや》ましい」

フン、とおじいさんが鼻を鳴らす。

「とんでもない。料理も裁縫も下手で、何をやらせても不器用。あの庭だって、適当に苗や種を買って育てたんだろう。他の家のように目を楽しませてくれるわけでもなく、雑草が茂るばかりのみっともない庭にして」

先生が褒めたのがよほど気に障《さわ》ったのか、おじいさんが一気に愚痴や悪態を吐き出す。聞いている勇希がうんざりしてしまうほどだ。

「カレーは唯一、わたしが褒めた料理だ。そしたら、ことあるごとにカレーばっかり。あんな単純な手抜き料理。もともとレパートリーが少ないんだ。何十年も主婦をやっていたくせに」

その単純な料理に四苦八苦しているのはどこの誰、と勇希は口には出さずにつっこむ。

「肝心なところで失敗ばかりして。何度、失望させられたか。まったく恥ずかしい愚妻だよ」

ボソボソとした口調に、苛立ちと消沈が滲んでいる。おじいさんの気分が伝染したのか、ペパーミントの香りさえ重苦しく感じてくる。

先生は口を挟まずに、じっとおじいさんの愚痴に耳を傾けている。

思いを一通り吐き出して落ち着いたのか、おじいさんは大きく息を吐き、十分冷めたであろうミントティーをあおった。

沈黙が落ち、空気が停滞しかけたところで、先生が話しかける。

「調味料を組み合わせたりは？」

「調味料はひとつだと思う」

「なぜそう思うんですか？」

不思議そうに首を捻る先生に、おじいさんは気まずそうに視線を外しばし黙り込んだが、やがてボソボソと理由を述べ始めた。

「昔、一度だけ自分で作ってみたんだ。同じルウ、同じ具なのに味もにおいも違った。その時、女房がひとつまみの愛情を足すのがコツだと言っていた。だから、たぶん何か一つ加えるんだと」

「ひとつまみ。なるほど」

先生が大きくうなずいた。

「僕、正解がわかった気がします」

「正解？」

おじいさんが不可解そうに眉を顰《ひそ》めた。

「奥さんのカレーの秘密です。せっかくルウがあるんだし、試しに作ってみましょうか？」

「え？」

おじいさんだけでなく、勇希も目を剝《む》く。先生だけは楽しそうに、買い物袋をのぞき込んでいた。

「このルウをお借りしてもいいですか。たぶん、奥さんの味を再現できると思いますよ」

「本当かっ！」

おじいさんが跳ねるように背筋を伸ばし、先生を見る。

「食べたこともないのに、作れるのか⁉」

「優秀なアシスタントもいますから」

誰、と勇希が思う間もなく先生と目が合う。

「ね、勇希ちゃん」

「はいっ？」

カウンターの中で傍観者を決め込んでいた勇希は、いきなり先生に満面の笑みで振られて動揺しながら、ギュッとエプロンを握る。

「が、がんばります」

顔が引き攣っているのが自分でもよくわかる。

「ここのキッチンは狭いので、屋敷にどうぞ」

先生がおじいさんを洋館のリビングへと案内する。

洋館のキッチンは小さなレストランの厨房《ちゅうぼう》ぐらいの広さと設備がある。

お抱えのシェフがいた時代もあったのだろうか。三、四人が入っても狭さを感じさせないだけの広さがある。流し台も調理台も古いけれどきちんと手入れされて、清潔感がある。調理器具が整然と並んでいる様子は、本当にレストランの厨房のようだった。

おじいさんをリビングの八人掛けテーブルに案内し、勇希と先生はキッチンでカレーを作り始める。

「すごいね勇希ちゃん。手際《てぎわ》がいい」

ニンジンの皮を剝く勇希の包丁さばきに、先生が感心する。

「慣れていますから」

こき使われているとまでは言わないが、勇希は預かってくれている先で、お世話になる代わりにいろいろな家事を手伝っている。十四歳にしては掃除も料理も手慣れているほうだと自分でも思う。

「よかった。カレーは作れる？」

「え？」

勇希の口から思わず素《す》っ頓狂《とんきょう》な声が漏れる。

まさかカレーなんて初歩的な料理を先生が作れない!? いや、そんなことはないだろうと、すぐに勇希は否定する。

勇希がこの屋敷に来て、まだ二泊。先生の料理は朝昼夜合わせて五食しか食べていないが、ハーブを使った手の込んだ料理にレベルの高さが窺《うかが》い知れる。

野菜を切る先生の包丁さばきを見ても、勇希よりずっと料理の腕が上なのは一目瞭《いちもくりょう》然《ぜん》。

「実はね、市販のカレールウを使ったことないんだ」

弱ったようにふにゃっと笑って、先生が勇希に打ち明ける。

勇希のまな板から、一口大に乱切りしたニンジンが一かけ転がり落ちた。

「わたしは逆に、市販のルウを使ったカレーしか作ったことないです」

「よかった。心強いよ」

心強いと言われて複雑な気持ちになる。勇希だってパッケージに記載されたレシピ通りに作るだけで、特別に凝ったり、これといったアレンジができるわけではない。

「本当におじいさんの探している味がわかるんですか？」

「奥さんが付け足しているのは、きっとこれだと思うんだよね」

自信たっぷりに、先生が戸棚から手のひらサイズの瓶を取り出す。

タイ米のような形の細長い種が入っていた。

先生は小瓶から種をひとつつまみ、ニンジン、タマネギ、ジャガイモ、豚肉が躍る鋳物《いもの》ホーロー鍋《なべ》の中に放り込んだ。

野菜と肉を炒める香ばしい香りにエスニックな香りが加わって、まだ胃に朝食が残っているのに勇希の食欲が刺激される。

「今入れたのもハーブですか？」

「うん。クミンの種だよ」

それにしても、おじいさんはなんで奥さんと同じ味にこだわるのか。もっと美味しいカレーを作ってギャフンと言わせる、という発想はないのか。

「あの、なんのひねりもなく箱に書いてある通りに作ってますけど、いいんですか？」

「いいんだよ。それが家庭料理なんだ」

鍋をのぞき込む先生の顔がどこか寂しそうに見えて、勇希の手が一瞬止まる。

「先生？」

勇希が声をかけると、先生はハッとしたように顔を上げて、ふにゃりと笑顔を向ける。

ルウを鍋に投入すると、なじみ深い刺激的なカレーのにおいがキッチンに充満し、ますます食欲が刺激される。

「どうかな」

味見皿を先生に渡され、勇希はフーフーと二回息を吹きかけてから唇を近づけた。

「美味しい！」

クミンの旨《うま》みと香りが、味に深みを出している。

「確かに真似《まね》したくなる美味しさですね。奥さんの味にこだわるのもわかります」

「そうだね」

勇希の賞賛に、先生は少し切なげに微笑んでカレーを盛りつける。


勇希がトレイにカレーを載せてリビングに入った瞬間、八人掛けのテーブルの一番奥に座ったおじいさんが目を大きくして振り返った。

「この香り……」

声を震わせ、取り憑かれたようにじっと勇希の持つトレイから視線を外さない。

明らかに市販のカレールウでは出せない強い香辛料の香りが、白い皿から溢れ出ている。鼻と胃を刺激し、食欲がグっと増進する。

「どうぞ」

勇希は白い皿に盛ったカレーを、スプーンと水と一緒にテーブルに置く。

おじいさんが震える手でスプーンを持つ。スプーンはなかなかカレーに触れず、宙で止まったまま。

緊張しているようにも、恐れているようにも見えるおじいさんの表情。

銀色のスプーンがゆっくりとカレーを掬う。掬い取られた面から、湯気とスパイシーな香りが立ち上る。

柱時計の音が大きく聞こえる。

おじいさんの口が開き、銀色のスプーンが呑み込まれていく。勇希は息を殺して、一連の動作を見守る。

銀色のスプーンがおじいさんの口元を離れ、嚙み締めるように咀嚼《そしゃく》する音が、アンティークに囲まれたリビングに微かに響く。

カタンと、力をなくしたおじいさんの手から、スプーンが皿に落ちた。

放心したような、おじいさんの顔。それはあまりの驚きに表情さえ無くした姿。

先生の作ったカレーが間違っていなかったという証拠だ。

やった、と勇希が心の中でガッツポーズをとったところで、後片付けを終えた先生がリビングに入ってくる。

先生の姿を見るなり、おじいさんは跳ねるように立ち上がった。

「どうして。何を入れたんだ！」

両手をテーブルにつき、身を乗り出し、責めるように問うおじいさんに対して、先生は食事を続けるよう微笑みと動作で勧める。

おじいさんは力を抜き取られたように、イスに座り直した。

先生はテーブルを回り、おじいさんの横に立つ。

「加えたのはクミンの種です。ちなみにカレーを作ったのは彼女です。基本の家庭料理です」

先生の紹介で、おじいさんはさらに驚きの表情を強くして、勇希を見た。勇希はどう反応していいかわからず、ぎこちない笑顔でおじいさんの視線を受け止める。

「そのなんとかっていう種を入れただけでこの味が？」

「ひとつまみの魔法です」

先生が得意げに答える。

「だがそんな種、聞いたことも見たこともない。台所にはなかった」

「お宅のお庭に生えていました。あなたが雑草だと指さした針のような葉を持つ草がクミンです」

「え……！」

「繁殖力が強くて、きれいな花が咲くわけでもなく地味な姿。実際、ハーブは雑草扱いされているものが多いです。知らなければなおさら。ほかにも役立つ植物がたくさん育っていて、ちょっとした宝庫ですよ。除草剤を使ってしまうのは惜しいです」

おじいさんは先生の言葉に憮然《ぶぜん》とする。奥さんは育てやすい植物を適当に植えていたのでもなく、雑草を生やし放題にしていたわけでもなかった。

「使ってこそのハーブです。どうか利用してあげてください。そのためのアドバイスなら、いくらでもできると思いますから」

無言でおじいさんはカレーを掬い、口に運ぶ。じっくりと味わうように咀嚼し、それからゆっくりとスプーンを置いた。

「確かに女房のカレーだが、一つ不満がある」

先生と勇希にさっと緊張が走る。おじいさんは唸《うな》るような低い声で言った。

「女房の作ったやつよりうまい」

勇希は小さく息を吐き、先生は困ったような、照れたような表情で頭をかいた。

「奥さんはたぶん、クミンを少々入れすぎたのでしょう」

「なんだ、やっぱり料理が下手だったたってことか」

「いいえ。きっと、あなたのためです。クミンには、健胃作用があるんです。食欲を増進させるだけでなく、消化を助けたり、胃痛を和らげたりするんですよ。あなたは胃腸が弱いのではないですか？」

　おじいさんが驚きの表情を浮かべる。

「なぜ……！」

「今日カフェにいる時に、鳩尾の辺りをさすっていらしたから。奥さんはあなたのためにクミンを多めに入れたんだと思います。でなければ」

　先生がいったん、言葉を切る。

「久しぶりにお口にしたので、そう感じているだけですよ」

　おじいさんの目が驚愕に見開かれ、体が小刻みに震え出す。今までの中で、一番驚いた表情だった。

「なぜ……それを？」

「やはり、そうでしたか。お気の毒に」

　先生は僅《わず》かに頭《こうべ》を垂れ、目を伏せた。

　ふたりは何のことを話しているのだろうと、勇希は意味がわからなくて、ぽかんと突っ立ったまま先生とおじいさんを交互に見る。

　突然、おじいさんの目から涙が零れた。勇希は飛び上がらんばかりにギョッとする。

シワの日立つ手で顔を隠すように何度も目を擦《こす》り、肩を震わせて声を殺している。だけど拭いきれなかった涙がテーブルに落ちる。

先生が真っ白いナプキンをそっと、カレー皿の横に置いた。

おじいさんは濡れた手を伸ばしてナプキンを摑むと、最初に目、それから鼻に当てた。

「一年前、突然だった。あまりに突然だったから」

おじいさんがカレーに向かって懺悔《ざんげ》するように、くぐもった声で話し始める。

「この味を忘れる前に再現できて良かった。女房は料理が下手で。結婚した当初は変に凝って失敗した料理ばかりを並べて。そんな中、わたしが唯一褒めたメニューがカレーだった。……そうか。探していた物は、庭にあったのか」

先生はうなずく代わりにそっと目を伏せた。

「定年間近に、ようやく……、これからようやく夫婦ふたりきりでゆっくりできると思ったのに。定年になったら、のんびり日本中を旅して回ろうと約束したのに」

すん、と鼻が鳴り、一旦《いったん》告白が途切れる。

「いつもそうだ。肝心な時に失敗したり、大切な日に体調を崩したり。気負い過ぎなんだ。無茶をして、無理をして、いつも、いつもそうやって……、わたしを支えてくれたんだな。恩返しの時間もくれずに……、酷《ひど》いやつだ」

先生がそっとおじいさんの側《そば》を離れ、勇希の背中に手を当て、さりげなくエスコートするように出口へと誘う。

「食べ終わったらカフェに来てください。食後のお茶を用意しておきますから」

勇希はおじいさんをしばらくひとりきりにしようとする、先生の配慮に素直に従う。


一体、何が起きたのか。怪訝《けげん》な気持ちを隠しきれず、勇希は顔を顰めたまま先生にくっついてカフェに戻ってくる。振り返った先生が、勇希の顔を見てプッと吹き出した。

「勇希ちゃん、変な顔している」

変な顔とは失礼な、と勇希の顔はますます〝変〟になる。

「わたしひとり、何だか蚊帳《かや》の外にいるみたいなんですけど」

「ああ。ごめんね」

先生は勇希の頭を撫でるように軽くポンポンと叩く。先生の大きくて温かい手は、勇希の機嫌を上向きにさせる。

「おじいさんは、亡くなった奥さんの作ったカレーの味を探していたんだよ」

「亡くなった？　亡くなったって……、だって昨日、会ったじゃないですか！」

おしゃべりで、わざわざ勇希たちにわさびカレーを食べさせたあの奥さんが、まさか亡霊だったなんて言うつもりじゃ……。勇希の背中がヒヤリとする。

「あの人はおじいさんの姉か妹じゃないかな。目元が似ていたし、なにより顰めた顔がそっくりだった。奥さんは一年前に亡くなったのだろう」

『一年前に突然』

『これからようやく夫婦ふたりきりでゆっくりできると思ったのに』

『恩返しの時間もくれずに』

おじいさんの言葉を繋いでみれば、確かに亡くなった妻を偲《しの》ぶ、天《あま》の邪鬼《じゃく》な愛情が浮かんでくる。

「奥さんが亡くなったこと、どうしてわかったんですか？」

先生はケトルを火にかけてから、人差し指で自分の耳をトントンと突《つつ》く。

「僕はね、心の声を聞くことができるんだ」

「は？」

勇希の口から素っ頓狂な声が漏れる。

「奥さんのことを嘆くおじいさんの心の声が聞こえたんですか？」

「読心魔法は得意なんだ。占術はからきしだけど」

　魔法!?

　先生は秘密を誤魔化すように、ふにゃっと曖昧《あいまい》な笑みを浮かべる。

「話し好きのおばあさんが奥さんではないと確信したのは、今日、おじいさんが庭の手入れをしていたのが、ほぼ奥さんだと言ったからなんだけどね。覚えている？　奥さんだと思っていたおばあさんが、庭の隅にあった鉢植えの木を植え替えたほうがいいか僕に尋ねたこと」

　ぼんやりとだが、勇希も覚えている。直径三十センチぐらいのテラコッタの鉢に、少し窮屈そうに伸びていた一メートルほどの木。青々とした葉で、花火のような白い花を咲かせていた。

「あれはリンデンの木。ハーブ畑の北側に大きな木があるでしょ。あれと同じ木だよ」

「えっ」

　遠目からも目立つ、十メートルはある大木、畑で一番大きなハーブだ。

「ヨーロッパでは街路樹としてよく道に植えられている。すごく大きく生長する木なんだ。亡くなった奥さんはそれを知っていて、わざと鉢植えで育てていたんだ。あの庭で十メートルもの木に育ったら大変だから。それを昨日のおばあさんは知らなかった」

だから先生に、庭に植え替えたほうがいいのか尋ねた。

「リンデンは花も葉も樹皮も、すべて使える万能ハーブ。とても役立つ木。夫の体を思いやって、大きくなりすぎないよう注意しながら育てていたんだと思う」

お湯が沸いた。先生がガラスポットに湯を注ぐと、湯気と一緒にほんのりと甘くて爽やかなにおいが立ち上った。勇希もすっかり慣れた、ラベンダーティーの香りだ。

「それに奥さんには聞けないって言っていたでしょ。おしゃべり好きなあの人が奥さんなら、わさび入りのカレーをおじいさんが作った時に、自ら手取り足取り教えると思うんだよね」

勇希はなるほどと感心しつつ、でもそれって魔法ではなく、要するに観察眼に優れているとか、あるいは勘がいいだけではと思う。

「どうして、隠し味がクミンだってわかったんですか？」

「ああ、それは簡単。庭にクミンが植えられていたし、他にカレーにプラスするようなハーブはなかったから。市販のルウを使わずにカレー粉から作るのは、集めなければならないスパイスが多くて手間がかかるから面倒だよね。でも、市販のルウを使ってもスパイスをちょっと足せば、粉から作ったような本格的な味になるんだ。奥さんはそれを知っていたんだろう。奥さん自身がヒントを残していたでしょ。ひとつまみの愛情を足すのがコツ、って。育てたハーブへの愛情か、あるいは夫に対する愛情かな。まあ、間違っていたら、ほかのハーブを片っ端から試してみるつもりだったけど」

「おじいさんの家の庭に生えていた植物は、全部ハーブだったんですか？」

「全部じゃないけど、いろんな種類のものがあったよ。仕事が忙しく、胃腸の弱い夫のために、役に立ちそうなハーブを見つけては育てていたんじゃないかな」

そんなにハーブがあったなんて、勇希はちっとも気づかなかった。おじいさんと同じく、雑草まみれの庭だと思っていたのが恥ずかしい。

先生はキルトのティーコーゼを少し持ち上げて、ポットの中のお茶の色み、抽出具合を確認する。ちらりと見えたポットは、濃い紫色をしていた。

よし、と先生が呟き、氷の入ったグラスにラベンダーティーを注ぐ。

氷が解けて薄まったお茶は、アメシストを溶かしたような美しい薄青紫色。

「どうぞ」

カレーを作ったことへの労《ねぎら》いか、先生は淹れたお茶を勇希に勧める。

勇希は素直に受け取った。ストローに口をつけラベンダーの香りを吸い込むと、気分がどんどん穏やかになっていく。

「ラベンダーって、すごくきれいな色が出るんですね」

カフェに差し込む自然光の下で見るラベンダーティーは、アイオライトのように輝いていて、いつまでもうっとりと見つめ続けてしまいそうになる。

先生は悪戯が見つかった子どものように、肩をすくめ、ふにゃっと目尻を下げる。

「実はね、その色はラベンダーじゃなくて、コモンマロウっていう花の色」

「へ？」

勇希は気の抜けた声を漏らしてしまった。

先生がガラスのポットを勇希の目の前に持ってくる。

米粒ぐらいのラベンダーに混じって、親指大の紫色の花が混じっていた。

「ラベンダーだけだと薄い黄色か黄緑色にしかならないんだ。少しコモンマロウを足すと、いかにもラベンダーらしい色みになるでしょ。だからカフェではブレンドで出しているんだよ。それからね」

先生は冷蔵庫からレモンを取り出して、ナイフで半分に切った。酸みのある刺激的な香りがツンと鼻を弾く。

「軽く搾って、果汁を一、二滴入れてごらん」

勇希は半分になったレモンを手に取り、慎重に指先に力を込めた。

半透明な黄色い実から落ちた一滴が、グラスの中をピンク色になって落ちていった。目を瞠る勇希を、先生が好奇心に満ちた目で見ている。

一度下に沈んだピンク色が、ゆらゆらとグラスの底で揺れ、時間と共に全体に広がっていく。薄青紫だった液体は、若干青みがかった薄桃色に変わった。

「じゃあ、一昨日《おととい》の夜と同じ現象だ。いつの間にか、薄青紫のお茶がピンク色に変わっていた。

「リトマス紙と同じ原理。レモンの酸に反応して青色がピンク色に変化したんだ」

「じゃあ、一昨日は？　レモンなんて入れてないのに」

「レモン果汁入りの氷を入れておいたんだ。時間と共に解けていって、色を変化させたんだよ」

勇希は呆然とピンク色に変化していくハーブティーを見つめる。

魔法じゃなくて、ただの化学変化。なんだか詐欺《さぎ》に遭った気分だ。

啞然としている勇希をよそに、先生はもうひとりぶんのお茶を淹れ始める。勇希に淹れたのと同じ、ラベンダー、正確にはラベンダーブレンドティーを。

「ラベンダーは鎮静効果があり、リラックスティーの定番ハーブ。不安な時や憂鬱な時に飲むといいんだ。きっと悲しみにも効くよ。ほんの少しだけね」

これはそのうちカフェに戻ってくるであろう、おじいさんのぶんだ。

勇希の手の中のラベンダーティーは、ますます赤みを増して、鮮やかな美しいピンク色になっていた。

ラベンダーの鎮静作用が効いてきたのか、勇希の心はゆらゆらと心地よく香りと一緒にゆらめく。

色を変える一滴。

味を変えるひとつまみ。

ひとつまみのクミンは、亡き妻の思い出を鮮やかに蘇《よみがえ》らせる魔法のように、夫とともに在《あ》り続けるのだろう。寄り添っていた妻の代わりとなって。

一滴、ひとつまみが持つ、大きな力。

勇希の心の中にも、一滴の何かが落ちた。

無意識に勇希は先生に真剣な顔を向けていた。胸の熱が、勝手に言葉になって出て行った。

「わたし、ハーブのこと一生懸命覚えますから」

先生はふにゃっと目尻を下げて、勇希の頭をポンポンと軽く叩く。

「覚えようとしなくていい。好きになってくれれば、渇いた体が水を求めるように自然と身につくさ」

　先生が触れた頭のてっぺんに、ふわりと優しい感触が残る。

「だからこの夏は一緒に、たくさんハーブティーを飲んで、ハーブの料理を食べようね。きっと好きになるよ」

　一緒……。その言葉に、勇希の胸は嬉しいのに苦しくなる。

　初めてここに来た夜、先生が困惑しながら横井町の伯母と電話で話していたのを知っている。本当は迷惑なのではないか。仕方なく勇希を預かったのではないか。それならそれで、その優しさにつけ込んでしまえと思った。

　だけど今の先生の笑顔は、たぶん本物だ。本当に勇希に笑いかけてくれた、と思う。ここにいていいよと、ラベンダーの香りに優しく抱きしめられた気がした。

　勇希はラベンダーティーを飲むふりをして、慌てて顔を下に向ける。

　不覚にも涙が一粒こぼれてしまった。バレていなければいいな、と思う。

　一滴。

　そんな小さな力が、何もかもを変えてしまうような魔法みたいな奇跡が、あると思う？

　期待なんかしちゃだめ、と心の奥でまだ警戒を解けない臆病《おくびょう》な自分が震えている。

　だけど、もしかしたら……。

何の歌だかわからない、だけどなぜか懐かしく感じるメロディーを、先生が鼻歌で奏でる。

時々音が外れる鼻歌を聴きながら、勇希は笑い出したいような、泣き出したいような、不思議な気持ちでラベンダーティーをすすった。

勇希の奇妙な夏休みは始まったばかり。

・LESSON 1　一滴の力

レシピ：ラベンダー&コモンマロウ……眠れない夜、不安な気持ちの時に

ペパーミント&ネトル……気分転換したい時、胃が不調な時に

LESSON 2

月齢6.9　上弦の月

「では、そろそろ本格的に魔法の修行を始めます」

勇希が洋館に来て六日目の夜、夕食の後に先生が初めて真剣な顔を見せて宣言した。本人は神聖なる儀式として、あるいは師匠としての威厳を出したつもりかもしれないが、残念ながら人懐こそうなタレ目のせいでそれほどの効果は感じられない。

先生は藤原家の誰とも似ていない。

肌が浅黒いのは日焼けだとしても、彫りの深い顔立ちも特徴的なタレ目も藤原家においては異端だ。勇希の母親も含めて六人の兄弟姉妹の目は、どれも一重か奥二重で、タレても吊り上がってもいない、特徴のない目元だ。いわゆる地味顔。

勇希自身が気に入っていない自分の大きなツリ目は、見知らぬ父親の血を受け継いだに違いない。この目のお陰で、生意気で可愛げのない印象を持たれる。せめて藤原家の血を引いているとわかる顔つきをしていたら、もう少し優しくしてもらえたかもしれない。

藤原家の遺伝子が外見にほとんど現れていない、という点において、勇希は伯父である先生に親しみを感じる。

などと外見における藤原家の遺伝的特徴を考えている間に、飾り気のないシンプルなB5サイズの真新しいノートが差し出された。

「それは過去ノートです。これから毎晩、寝る前に自分の過去を思い出して、それを日記のようにノートに記録していってください」

それが魔法の修行？　と言いたげな勇希の怪訝な表情を読み取り、先生が説明する。

「まず汝《なんじ》自身を知るべし」

「はい？」

「どんな修行も、まずは己《おのれ》を知るところから始めるでしょう。今の自分は過去の自分の集大成。過去を知ることは、自分を構成する要素を、ひいては自分自身を知ることだよ」

そうでしょ、と言うように、先生はトントンと自分の胸を親指で指す。

「寝る前の五分間、過去の自分に向き合ってみて。古い記憶を、思い出すままに、素直に書いていくんだ。時間軸は前後したって構わない。自分にわかれば。僕に見せる必要はないからね。僕も見るつもりはないし。自分の過去を文字にすることによって頭と心を整理することが目的だから」

勇希はホッと肩の力を抜いた。魔法の修行なんて言うから、よほど突拍子もないことをやらされるのではないかと身構えたのだが。面倒くさいけど、このぐらいなら別にどうってことない。

「アンテナを張っている状態になると、普段なら見落としていた情報が自然とひっかかってくるもんだよ。過去ノートを始めると、勇希ちゃんは勇希ちゃんの過去にアンテナを張っている状態になるから、今まで何も感じなかった景色や香りや味に接して、忘れていた記憶が蘇ることが多くなると思う。その時にすぐに書き留められるように、いつでも過去ノートは持ち歩いておいたほうがいいよ」

一番古い記憶ってどれだろう。

勇希はベッドに座って、木枠の窓から月を眺めつつ考える。

勇希の部屋は洋館の中で一番いいゲストルームで、かつては先生の部屋だったという。二階の一番端にあるこの部屋は、屋根裏部屋のように小さくて可愛い。

ベッドとヴィクトリア風の小さな机が肩を寄せ合うように収まっている。そして、奥には猫脚のバスタブがあるレストルームが備え付けられている。

トイレもお風呂も、他の人を気にせずに使えるのが何よりも嬉しい。

部屋にクーラーはないが、吹き抜ける風と天井のシーリングファンのお陰か、苦しいほどの暑さは感じない。

「一番、古い記憶……」

勇希は小鼻にしわを寄せてベッドを降り、時間が染みついた小さな机に向かう。シャープペンの先で引っ掻いたような傷が右端にある。先生がつけたのか、その前の持ち主がつけたのか。勇希は五センチぐらいのその細い傷を、指先でなぞる。

先生はこの机で、どんなことを思い出していたのだろう。

先生が母親を亡くしたのは勇希よりもずっと幼い頃だ。兄弟の中でたったひとり母親の違う先生は、家族に溶け込めていたのだろうか。盆と正月には兄弟が本家に集まるのに、ただひとり何年も顔を出していない長兄。

そもそも先生は誰に教わって魔法の修行を？

勇希の頭にすぐに浮かんだのはマダムの顔だった。なるほど、それならふたりの間に流れる、教師と教え子のような雰囲気も合点がいく。

「ってことは、マダムもやっぱり魔法使いなわけ？」

ふっくらとした体型に上品で優雅な仕草、フリルやレースのついた可愛らしい服。外見は絵本に出てくる良い魔女のイメージそのものだ。

ノートを開いてから十分は経っているが、ページは真っ白のまま。自分の過去を思い出していたはずなのに、いつの間にか先生の過去へ、マダムの過去へと移っていることに気づき、勇希は自分の集中力の貧弱さに愕然とした。

「もしかして、これって集中力を鍛える訓練なのかな」

気を取り直し、机の上に肘をついて祈るように両手を組み、呪文のように「古い記憶、古い記憶」と繰り返す。

勇希は保育園に入園できる生後六ヶ月から預けられた。もちろん生後六ヶ月の頃の記憶があるわけではないので、これは記憶ではなく、知識。シングルマザーだった勇希の母は、そうするしかなかった。頼れる親族がひとりもいなかったから。

「保育園の思い出……」

教室の中からガラス越しに眺める暗い園庭。

陽が沈めばゾウのすべり台も、キリンのベンチも、カバの砂場も、みんな暗い灰色のお化けになる。教室にいた園児たちがひとり、またひとりと消えていく。心細さは寂しさよりも、恐怖を呼ぶ。

（ママ……）

幼い勇希の声が、体の奥で再生された。

今の自分が過去の集成なら、勇希の半分は悲しみで作られている、と思う。

母親を亡くしてからの七年間、肩身狭く、身を縮めて暮らしてきた。心から安らげる場所はなく、母親の悪口を通して語られる自分の存在否定に、ただじっと耐えてきた。

さらに十分経ったが、ページは未《いま》だに真っ白いまま。勇希は唇を固く結ぶ。覚えていないのではない。思い出したくないのだ。ましてやそれを文字にするなんて。

勇希は勢いよくノートを閉じる。そのままノートを机に押しつけるように手に力を籠めた。

嫌な思い出ばかりじゃない。母親と過ごした、楽しい思い出もあるはずだ。だが幼すぎて、はっきりと思い出せない。あるはずなのに。温かい記憶が。

「寝よ……」

初日から一文字も書けなかったのは情けないけれど、思い出せなかったものはしょうがない。諦めよう。

ノートとシャープペンを机に置いたまま、勇希はベッドに潜った。

枕元《まくらもと》の目覚まし時計を六時にセットして、目を閉じる。

魔法使いの朝は早いのだ。

月齢7.9　九夜月

朝はまずリビングで先生の淹れた目覚めのハーブティーをいただく。頭がスッキリするミント系や爽やかな柑橘《かんきつ》系のお茶を、夏なので冷たくして飲む。一緒にクッキーか小さなパンを少しつまむ。

それから畑仕事。ハーブは基本朝摘み。特に夏は生長が早く、刈っても刈ってもすぐ伸びる。花を咲かせるものも多く、収穫に忙しい。

夏真っ盛りとはいえ、朝の畑は過ごしやすい。風はまだ熱を孕《はら》んでおらず、さらに緑の香りが清涼感をもたらす。

刈り取るハーブや量は、すべて先生が指示してくれる。それに従い勇希のバスケットには細長いレモングラスの葉が山盛りになった。レモングラスからはその名の通り、酸っぱいレモンの香りがする。

先生が畑の奥に目を向けた。

「だいぶ枇杷の実がなっているね。勇希ちゃん、二十個ほど取ってきてくれる？　僕は先に帰って、朝食の用意をしているから」

勇希はうなずき、洋館に向かう先生とは反対の方向、畑の奥へと歩き出す。

バス通りよりも少し狭い私道に面した場所には、柵に沿うように比較的背の高い木が植えられている。リンデンツリーなどのハーブだけでなく、枇杷や柿などの果樹も育っている。

「あれ？」

勇希は枇杷の木の下で、足台代わりにしている木箱の脇に、不自然に枝が落ちているのを見つけ首を傾げた。

最近暴風雨があった様子はない。周りを見回したが、落ちている枝は、勇希の足下にある一本だけ。

勇希は枝を拾う。実が一つもついていないどころか、もぎ取られた跡がある。

「誰か畑に入ったのかな」

侵入者がいたとしたら気味が悪い。

枇杷の木は横に広がるように枝を伸ばし、一部は柵を越えて道にはみ出ている。畑の外からでも、背が高い人や、傘などの道具があれば、実を取ったり枝を折ったりすることは可能だ。

どっちにしても、勇希でも先生でもない誰かが、この枇杷の木に触れたのだ。

言われたとおり、二十個ほどの枇杷の実をバスケットに追加して戻ると、すでにリビングには香ばしいパンのにおいが充満していた。

朝食はハーブを練り込んだパンとサラダ。時々、サラダの代わりにスープや、マリネが出ることもある。すべて先生の手作りで、どの料理もふんだんにハーブが使われている。

昼食と夕食も、おしゃれなレストランやカフェに並ぶような、ハーブ料理がテーブルを彩る。

何を食べても美味しい。毎日が外食している気分になる夢のような食事だが、そろそろご飯と味噌汁《みそしる》も恋しくなっていた。そこで提案してみる。

「先生は和食は嫌いですか？　嫌いでなければ、わたしが食事を作りますけど」

「和食！　味噌汁とか煮物とか？　すごい。食べたい」

先生が顔を輝かせる。あまりの食いつきの良さに、勇希は面食らう。

「あの、先生さえよければ、交代で食事当番を。わたし、先生のように手の込んだ料理はできませんけど、親戚の家でよく食事を作っていたので」

先生はパンを咀嚼しながら、ニコニコ顔で考える。

「じゃあ、夕飯を交代で作ることにしようか。楽しみだなあ」

「あ、でも本当に普通の家庭料理しかできませんけど」

「いいね、家庭料理」

先生があまりにも喜ぶので、勇希はつい枇杷のことを告げるのを忘れた。


朝食が終わると、勇希はカフェの開店準備。モップで床を、布巾でテーブルやカウンターを拭く。先生はもう一度畑に出て、朝の時間だけでは終わらなかった収穫の続きや、水やり、肥料やりなどの世話をする。

先生は収穫期に勇希ちゃんが来てくれて助かったよ、とよく言ってくれるが、先生が言うほど自分が役に立っているわけではないと、勇希は自覚している。

もっとちゃんと、役に立ちたい。必要だと思われたい。

食事の手伝いができるのは嬉しい。勇希自身和食が食べられるだけでなく、先生に喜んでもらえるのが嬉しい。

弾む気持ちで掃除を終えた勇希は、テーブルについて数学の宿題を広げる。

客がいない時間（が、ほとんどだが）は先生にハーブの講義を受けているか、お茶の淹れ方を習う。ひとりで留守番の時は、宿題をしている。

宿題に集中して一時間ほど経った頃、チリンと可愛らしく、客を告げるベルが鳴った。

「いらっしゃいませ」

勇希が慌ててノートから顔を上げると、カレーの一件以来、ほぼ毎日のように来店するおじいさんが入ってきた。

仕事一筋だった彼は趣味もなく、近所づき合いもなく、相当暇なのだろう。カフェ通いは、唯一できた趣味かもしれない。お茶を飲みながら本を読んだり、先生に庭の相談をしたりして、一時間から二時間ぐらい時間を潰《つぶ》して帰って行く。

おじいさんが店に通うようになって、わかったことが二つある。

ひとつはおじいさんの名前。生真面目な彼は、あの次の日にさっそくカフェを訪れて、曽我部《そがべ》修蔵《しゅうぞう》と名乗り、カレーの礼としていくらかの金額を包んだ封筒を先生に差し出した。先生はそれを丁重に断り、曽我部の庭で育つハーブの面倒を時々見る代わりに分けて欲しいという交渉をして、成立した。

もうひとつは、アンティークなレジスターがただの飾りだったこと。

このカフェが開店した時からあるもので、昔は現役だったが、先代の時にはもう動かなくなっていたらしい。この店の守り神みたいなものだよ、と先生は錆び付いたレジスターを撫でながら言った。

勇希は急いで教科書とノートを閉じたが、曽我部が構わないと手で制する。

「こっちのテーブルを使うからそのままでいい。どうせ、お茶を淹れたらすることはないのだろう。勉強の続きをなさい。学生の本分は勉学だ」

すっかり常連になった曽我部が懐《ふところ》の深さを見せる。というか、このカフェが常に閑古鳥が鳴いている状態なのを、すでに見切っている。

「ありがとうございます」

勇希は礼を言って、カウンターに戻り、レモンの輪切りと氷を入れたグラスに水を注ぐ。

曽我部が隣のテーブルに開いたままの数学の教科書に目を留める。

「キミはアルバイトかい？　中学生のようだが」

「アルバイトじゃないです。わたしは先生、じゃなくて店長の姪です」

「姪ごさん……か」

曽我部がまじまじと勇希の顔を見上げる。似ていないと思っているのか。

「なぜ、伯父さんの家に？」

何気ない曽我部の質問に、勇希は一瞬言葉に詰まる。へたに同情されるのも嫌だが、嘘《うそ》をつくのも決まりが悪い。

「七歳の時に親が死んで、親戚の家を転々としています。今は山口県の伯父の家にお世話になっているんですけど、子どももいるし、夏休みは親子水入らずで過ごしたいということで、その間こっちでお世話になることになりました」

曽我部の顔が打たれたように強《こわ》ばった。単に親戚の家に遊びに来ていただけと思っていたのだろう。気まずげに視線を落とす曽我部の様子を、勇希はやっぱりという冷めた目で見た。そんな相手を楽にさせる方法はいくらでも身につけてきた。

「ここの生活は楽しいです。ハーブ畑やカフェの仕事とかも初めての体験で面白いし、ハーブのお茶とかお料理とか教えてもらったり食べたり、ホームステイしている気分です」

「そうか……。それはよかった」

曽我部は今まで見たことのない、穏やかな表情をした。

「わたしのことは気にしなくていいから。勉強を続けなさい。子どもに必要なのは、安心できる場所と、勉強だ」

「ありがとうございます。今、店長を呼んできますから」

と言ったとたんに、チリンと音がした。

先生がちょうど戻ってきたのかと勇希はドアに笑みを向けた。

だがドアを開けたのは、見知らぬ親子、母親と小さな男の子だった。

マダムと曽我部以外の客が来たことに驚くあまり、勇希はいらっしゃいませも言えずに立ち尽くす。

授業参観にでも行くようにスーツを着込み、髪を一つにきっちり束ねた母親が、険しい目つきでカフェを見回す。

「この店の責任者はどなた？」

母親の尖《とが》った声に、やわらかいカフェの空気が硬くなる。

「うちの息子に枇杷を渡したのは誰⁉」

母親は怒鳴るような勢いで問いかけると、一番近くにいた勇希に目を留める。

「あなたはこのカフェのアルバイト？　ここの畑の持ち主を知っている？」

「あ、はい。わたしの伯父ですけど」

「その伯父さんを呼んできて。うちの息子に酷い枇杷を押しつけて、お陰でお腹を壊したんですから。きっちり責任は取ってもらいます！」

「え……？」

「うちの子にあんな不味い枇杷を食べさせるなんて。そのせいで昨日、息子は塾に行けなかったんですよ。これで大きく遅れをとりました。どう責任を取ってくれるんですか！」

勇希は母親と手を繋いでいる男児を見る。小学校高学年ぐらいだろうか。彼はふてくされた顔で、床を踵《かかと》で叩いている。

理由もわからず頭ごなしに怒鳴られ、勇希は萎縮《いしゅく》し、どう対処していいかわからず狼狽《うろた》えるばかり。

「ちょっと、なにボサっとしてんのよっ！　早く呼んできなさいよ！」

母親がつかみかかる勢いで勇希を怒鳴りつける。

「坊や、どんな人に枇杷をもらったんだい？」

テーブルに座る曽我部が、穏やかに、しかし毅然《きぜん》とした声で床を蹴っている男児に声をかけた。

母親がキッと目を吊り上げて曽我部を睨む。

「は⁉　あなた誰ですか」

声を尖らせる母親に対して、曽我部が右手を上げて遮る。

「坊や。もらったというのが本当なら、言えるよね」

「うちの子が嘘をついているって言うんですか！」

曽我部は母親を無視し、じっと男の子の顔を冷徹に観察するように見ている。床から顔を上げた男の子は、曽我部と目が合うと、すぐに視線を外した。

「どうした坊や。昨日のことだ。忘れたわけじゃないだろう」

「関係のない人は、横から口を挟まないでください」

曽我部は穏やかに、しかし反論を許さない厳《おごそ》かな声で反論する。

「あなたこそ口を挟まないでいただきたい。真実をはっきりさせる必要がある」

男の子がしどろもどろに口を開く。

「お、おじいさんみたいな人」

「わたしぐらいの年寄りで男だってことだね」

「……うん」

曽我部は厳しい目を、今度は母親に向ける。

「ここにはわたしのような年寄りはいない。息子さんの言っていることは虚偽です」

母親の顔が見る見る赤くなる。

「このぐらいの子から見れば、ほとんどの大人はあなたぐらいの老人に見えます。うちの息子が押しつけられた枇杷を食べて、体調を崩したのは事実なんですから！」

母親が目を吊り上げて勇希に詰め寄る。

「早く、伯父さんっていう人を呼んできて！」

「枇杷は毒じゃない。たとえ不味くても腹は壊さない。それに、そこまで不味いなら一口で吐き出すでしょう。本当に枇杷が原因ですか？」

「何言ってるんですか。あれだけ酸っぱい枇杷を食べれば、気分が悪くなって、ストレスでお腹ぐらい下します」

「ということは、あなたも食べたのですね。自分の意志で食べたのにもかかわらず、頂き物に対して礼を言わずに、いきなりクレームですか？　ただでもらった物に？　第一、受け取ることを強要したわけでもなく、食べることを強要したわけでもない。受け取り、口に入れたのは、すべてそちらの判断によるものですよね。それとも強要された証拠が？」

「なんなんですか、あなたは一体」

曽我部はスーツの上着から名刺入れを取り出す。

「弁護士の曽我部修蔵と申します。今はただのカフェの常連客ですが」

あからさまに母親が怯《ひる》む。驚いたのは勇希も一緒だ。

「どうしてもというなら、出るところに出る覚悟もありますが。しかし、よくお考えを。善意でもらった枇杷の味に対するクレームが、果たして損害賠償の対象になりますかな」

母親が悔しそうに顔を歪める。曽我部の視線を避け、腹いせに勇希を憎々しげにひと睨みしてから、強引に息子の手を引っ張ってカフェを無言で出て行った。

出て行く瞬間、手を引かれた息子が勇希に向かって舌を出したのを、勇希は見逃さなかった。

チリン！　いつもよりも大きな音を立てて、ベルが鳴る。

そして、静寂が訪れた。

まるで嵐の去った後。五分程度の出来事だったが、勇希はどっと疲れて、そのまま床にしゃがみ込んでしまいたいぐらいだった。

「ありがとうございます、曽我部さん……」

勇希が礼を言うと、曽我部はやや照れたようにゴホンと咳をしてテーブルに戻る。

「あれがいわゆるモンスターペアレントってやつだな。出過ぎた真似をして悪かった」

「いえ、助かりました。本当にありがとうございます」

勇希ひとりだったらどうしていいかわからず、下手な受け答えをして、先生に迷惑をかけてしまうところだったかもしれなかった。自分の無力さに悲しくなる。

「それにしても、曽我部さんって、弁護士さんだったんですね」

いつでもきっちりとスーツを着こなしていたのも、なんとなく合点がいった。

勇希は弁護士という職業をドラマぐらいでしか知らないが、曽我部はそのイメージにピッタリだった。

「企業に雇われた組織内弁護士《インハウスローヤー》だから、しょせんサラリーマンだ。いや〝だった〟だな。

今はボランティアで無料法律相談をしに週二日ほど市役所に顔を出す程度だ」

曽我部は少し照れくさそうに目を伏せて、グラスの水を飲んだ。

再びチリンと、ドアの開くベルの音。

あの母親が戻ってきたのかと、一瞬身構えた勇希の目に映ったのは、両手一杯にレモングラスとペパーミントを抱えた先生だった。ホッと、全身から力が抜ける。

カフェに入ってきた先生は、すぐに空気がいつもと違うのに気づく。

「どうしたの、勇希ちゃん。何かあった？」

あまりの安堵感に涙が零れそうになりながら、勇希は先ほど訪れた親子のこと、曽我部に助けてもらったこと、今朝折られた枇杷の木の枝を見つけたことを話した。

勇希はもちろん、先生も小学生と思われる男の子に枇杷の実を勧めた事実はない。

推測するに、男の子が畑の外から枇杷をもぎ取り、それを食べてあまりの不味さにクレームを言ってきたのではないかというところで落ち着いた。

「人の物を勝手に取って食べて、文句を言うなんて、盗《ぬす》っ人《と》猛々《たけだけ》しいとはまさにこのこと。しかも親がこんなことでは。まったく、この国のモラルはどうなってしまうのだ。嘆かわしい」

曽我部が深くため息をつく。

「お腹を壊したというのも嘘っぽいですよね。男の子が塾をサボりたいばかりに、仮病を使っただけじゃないですか。枇杷のせいにして」

「そこまで推察したとは。勇希ちゃんはすごいなあ。それにしてもあの枇杷を食べたのか。酸っぱくてさぞかし驚いただろうね」

先生は無邪気に笑い、呑気に親子の心配をする。

「そんなに酷い味なんですか？」

「この畑の果実は、どれもこれも酸っぱかったり苦かったり、そのまま食べるには耐えられない味なんだ。だからジャムにするか、コンポートにするか、とにかく加工せずには食べられないんだよ」

不味い枇杷を食べて目を白黒させている親子を想像でもしたのか、先生が可笑《おか》しそうに言う。

「今朝、勇希ちゃんが取ってきた枇杷はコンポートにしようと、今シロップに漬けているからね。明日の夕食にはデザートとして出せるよ」

枇杷のコンポート。それはなんだかすごく美味しそうだ。勇希の口の中に唾液《だえき》が満ちる。だが、今はそれどころじゃない。

「あの親子、また来たりしませんか？　勝手に実を取って食べて、不味くて気分が悪くなったとか言って」

今日はたまたま曽我部が撃退してくれたからいいものの、勇希ひとりならどんなに理不尽な要求でも、相手の剣幕に圧《お》されて受け入れてしまいそうだ。

勇希の懸念を、先生がふにゃりとした笑いで払拭《ふっしょく》する。

「大丈夫。もう二度と不味い果実に手を出そうとは思わないだろう。よほど貧していない限り」

「よほど貧して、何度も盗んでいった人もいるんですか？」

「まあね。昔、この畑の実を盗んだ不埒《ふらち》な男子がいてね。不味いのに、それでも空腹を紛らわせるために何度も盗んで、あげく見つかったことがある」

「……よっぽど飢えていたんですね。ホームレス、とか？」

「あはは、ある意味ホームレスかな」

先生は弱ったように笑って、それ以上その不埒な男子については語らなかった。

月齢10.9　十二夜

駅前のスーパーマーケットに買い出しに行くのは、主に勇希の仕事だ。

今夜は勇希が夕食当番。献立はきんぴらゴボウに冷や奴《やっこ》、小松菜《こまつな》のおひたし、ネギの味噌汁と決めている。勇希は一階の食品売り場で、次々と目当ての食材を買い物かごに入れていく。先生は和食を、正確にはありきたりな家庭料理をものすごく喜んでくれるから、勇希も嬉しいし作りがいがある。

先生の料理はいつも、とても手が込んでいて美味しい。でも、誰でもできるような家庭料理を作ったことは一度もない。作れないとは思えない。作らない？　なぜ？

「ま、いいか」

どちらにしても勇希の料理を喜んでくれる。

食材が入ってパンパンになったビニール袋を持ってスーパーマーケットを出ると、ムッとする熱気と湿気に包まれた。洋館にいる時にはあまり感じないのに、街の中心にいると、今が夏なのだとうんざりするほど思い知らされる。

ビルや車からの強烈な照り返しに辟易《へきえき》しながら、勇希はビニール袋を持ち直して歩き始める。

「痛っ！」

ほんの数歩進んだところで、真横から強い衝撃を受け、歩道に倒れ込む。

手から離れたビニール袋が道に落ち、豆腐やニンジンが飛び出た。

地面に手をついたまま、痛む右腰のほうを見れば、自分と同じように尻餅《しりもち》をついている男の子がいた。

「いってーな！　邪魔なんだよ！」

男の子が手の汚れを払いながら怒鳴る。どう考えても、向こうが前も見ずに走ってきて勇希にぶつかったとしか思えない。しかも全速力だ。ぶつけられた腰が痛い。

「そっちがぶつかってきたんでしょ！」

「てめーが、トロトロ歩いてっからだよっ！　ブス！」

何この子、と勇希は男の子を睨み、思わず声を上げた。

「あ、あんたこの前の枇杷泥棒！」

見覚えのある生意気そうな幼い顔は、母親に連れられてカフェにやって来た子だ。

男の子に動揺が見えた。だが、すぐに唇を尖らせ、不遜《ふそん》な表情をする。

「うるせー。クソ不味い枇杷ぐらいで文句言ってんじゃねえ！」

「文句言ってきたのはそっちじゃない。親なんか連れてきて。この泥棒がっ！」

勇希の大声に、周囲の人が立ち止まる。注目されていることに気づいた勇希はとたんに恥ずかしくなる。いくら相手が悪いとはいえ、小学生と同じレベルで言い合いをしているのはみっともない。

勇希は立ち上がると服についた土埃《つちぼこり》を手早く払い、散らばった食材を拾い集める。その中に、算数のドリルと数枚のプリントも落ちていた。全国展開している有名進学塾のロゴが入ったバッグも転がっている。

「小学四年クラス、大儀見《おおぎみ》克哉《かつや》」

「なんだよ。呼び捨てにすんじゃねーよ」

自分の荷物をすべて拾い終えた勇希は、まだ駄々をこねるように歩道に座ったままの克哉を一瞥《いちべつ》してから、仕方なく彼の荷物も拾ってあげる。算数のドリル、国語のプリント、ノート、次々に手に取り、塾のロゴバッグに詰めていく。最後に拾った夏期講習の時間割と書かれたプリントに目を留める。

朝十時から昼休みを挟んで午後四時まで、びっしりと科目が並んでいる。

つまり今は克哉は塾にいるべき時間だ。勇希の眉間にしわが寄る。

「あんた、今度はわたしがぶつかってケガしたから塾に行けなかったなんて、また親と一緒にクレームつけたりしないでよ」

克哉が飛び上がって、勇希の手からバッグを引ったくる。

「ちょっと、何すんのよ！」

「サボっていたこと、親にチクったら、ぶっ殺すかんな！」

克哉は奪ったバッグを胸の前で抱えて、勇希を威嚇《いかく》するように睨みつけてから、猛ダッシュして走り去っていった。

怒りは人を疲れさせる。イラつく心と、ぐったりした体を引き摺《ず》りながらカフェに戻った勇希を、先生がカウンターから迎える。

「お帰り勇希ちゃん。すごく疲れた顔しているね。暑かったんでしょう。今、冷たいミントティーを淹れるから」

「その前に、冷蔵庫に食材を入れてきます」

先生とすれ違った時に、勇希の鼻が強いにおいを捉えてヒクつく。先生から、野生みのある甘いにおいが流れてくる。青みと苦みが混ざった、大人っぽい甘さだ。

香水？　先生が？

「どうしたの？」

思わず立ち止まった勇希に、先生が小首を傾げる。

「あ、いえ」

勇希は決まり悪そうに顔を逸らす。

「あ！」

蒸らし時間を計りながら、先生が何かを思いついたように短く声をあげた。

「もしかして僕、すごくにおってる？　ごめん、ごめん。マジョラムの抽出液を作って、ちょっと服にこぼしちゃってね」

「抽出液？」

「うん。一階の北側の部屋だよ。いろんな道具があって、なんだろうと思った？　何も質問がなかったから、てっきり何をする部屋か知っているのかと思った」

勇希は返答に困る。先生が何のことを言っているのかわからない。

「あれ？　わからない？」

勇希は黙ってうなずく。そんな部屋は紹介されていない。

「そう。じゃあ、部屋を見てみる？」

屋敷には、勇希が開けたことのない扉がたくさんある。勝手にのぞいてはいけないと言われたわけではない。だが他人様《ひとさま》の家を好き勝手に見たり、足を踏み入れたりするものではない。その程度の分別を勇希は持っている。それが居候《いそうろう》先《さき》ならなおさら。少しでも相手に不快感を与えないよう、細心の注意を払い、肩身狭く怯えながらずっと暮らしてきたのだ。

先生の後について辿《たど》り着いたのは、扉の前にさえ立ったことのない、一階の奥まった、日中ほとんど陽が当たらない廊下の突き当たりにある部屋だった。

「ここだよ」

先生が扉を開けた瞬間、勇希の口から感嘆とも驚愕ともつかないため息が漏れる。目に飛び込んできたのは、用途不明の道具、大小様々なガラスの瓶、フラスコ、鍋、バーナー、コンロ、ナイフ、ハサミ、ミキサー、まな板、ドライフラワーの束、かご一杯のハーブの葉や花、仕分けされた種、積み上げられた本、そして濃厚な植物のにおい。

目の細かいレースのカーテンが引かれているが、直射日光は入ってこない。木陰のように、薄暗く涼しい部屋だった。

確かに魔法使いの部屋っぽい。魔女が媚薬《びやく》や毒薬を作っていそうな雰囲気がする。

「すごい。こんな部屋があるなんて」

勇希は遠慮がちに足を踏み入れて、なるべく物に触れないように注意しながら、ひとつひとつを物珍しげに見ていく。

「気づかなかった？」

「え、だって、そんな勝手に部屋をのぞくとか」

先生のタレ目が驚いたように大きく見開かれて、それからクスクスと笑い出した。

「子どもって、勝手に家の中を探検するものだと思ってた。だから特に屋敷を案内しなかったんだけど」

〝子ども〟という言葉に、勇希は悲しいような悔しいような、いたたまれない気持ちになる。

確かに自分は子どもだ。ひとりでは何もできない。嫌で仕方ないけれど、引き取ってくれる親族がいなければ生きていけない。

「育てたハーブはお茶にするだけじゃなくて、ここで精油《エッセンシャルオイル》を抽出したり、チンキ剤を作ったりしているんだよ」

屋敷と同じ歳に見える木製の箪笥《たんす》は、細かい引き出しが縦横にずらりと並んでいる。

そのひとつを先生が引き出した。

中には紫色や茶色の瓶が整理されて並んでいる。薬局の引き出しみたい、と勇希は病院に行った時のことを思い出した。

「ここにあるのはアロマオイルと呼ばれているもの。エステや美容院やマッサージのお店とかに卸している」

「もしかして、カフェではなくこっちが本業ですか？」

勇希の質問に、先生が弱り果てた表情をし、歯切れ悪く答える。

「そんなことは、ないんだけど。ああ、でも、そう思われても仕方ないかな。先代が亡くなってからは、お客は減る一方だし。今では、まあ、勇希ちゃんも気づいていると思うけど、ほとんど客は来ないし……ね」

先生が弱ったようにふにゃりと笑う。

「そのうち勇希ちゃんにも手伝ってもらうかな」

「はい！　ぜひ」

勇希は部屋に響くほどの声で勢いよく返事をした。

役に立つと思われたい、という強い思いが大きな声になってしまった。先生が目を丸くしている。勇希は慌てて口を押さえた。

「うん。ありがとう。そろそろカフェに戻ろうか」

　部屋の外に出て、先生は扉を閉めながら言う。

「屋敷も庭も、好きに見て回って構わないよ。わからないことがあれば聞いてね。本とかも自由に読んでいいから。僕の部屋にあるものも。僕の部屋はわかる？　一階の東側の突き当たりだから」

「いいんですか？」

「もちろん」

　もちろん！　なんて優しい響き。驚きが、じわじわと嬉しさに変わっていく。克哉と会ったことなど、すっかり頭から消え去っていた。


　夕食も風呂も終え、あとは寝るだけの解放感溢れる時間。

　だけど勇希には、もう一つ寝る前にしなければならないことがある。

　ベッドサイドのランプだけをつけて、勇希はうつ伏せに寝転んでノートを開く。

　オレンジ色の明かりの下で、ページの罫線《けいせん》がぼんやりと浮かび上がってくるように見えた。

　ノートが真っ白なのは、勇希が何一つ思い出せないからというわけではない。

むしろ、今まで忘れようとしてきたこと、考えまいとしてきたことが、隠しておきたい自分の醜い部分からゾンビのように息を吹き返す。それは泥沼の底から不気味な音を引き連れて湧いてくる泡のように、粘っこく姿を現しては、臭気を漂わせ、胸の内側から腐っていくような気持ちにさせるのだ。楽しい思い出だってあったはずなのに。嬉しかった出来事だってあったはずなのに。少なくとも、母親が生きていた頃は。浮かんでくるのは、嫌なこと、辛《つら》いこと、悲しいことばかり。

誰かが読むわけではない。それでも、文字にすることに抵抗がある。

ノートに書こうが書くまいが、過去が消えたり変わったりするわけではない。そんなことはわかっている。わかっていても、なんか恐いのだ。文字にすることで、忘れたい過去や、嫌な自分ともう一度向き合うのが恐いのだ。

「なんでこんなノート書かなきゃいけないのかな」

世の中には、過去にこだわるなとか、過去を振り返るなという名言もあるのに。己を知るため？　それが魔法と何の繋がりがあるのか。

勇希は勢いよく、体を起こす。そもそも魔法ってなんだ？

魔法なんて最初に聞いた時は、なんて怪しくて胡散臭いと思ったが、先生との生活にそんなところは微塵《みじん》もない。

ただハーブを育て、収穫し、お茶やオイルにして必要としている人に渡すだけ。医療が発達していない時代は、薬草などを扱う人を魔法使いや呪術師などと言っていた。病原菌を呪《のろ》いだと思っていたのだろう。その頃の医療は、薬草と祈禱《きとう》が主だったに違いない。

つまり先生の言う魔法とは、薬草を扱う知識と腕のことを指しているのでは？　だったらなおさら過去ノートの意味がわからない。ハーブの勉強だけしていればいいのではないか。

「ハーブは好き」

ぽつりと口から漏れる。

ハーブティーも、ハーブを使った料理も、ハーブ畑の仕事も。もっと色々なハーブに触れて、たくさんの知識を得たい。これを魔法と言うのなら、一生懸命にやる価値がある。今日、先生が見せてくれた秘密の実験室のような部屋で、自分もちょっと不格好な器具を使って精油を取り出してみたいと思う。引き出しに整然と並ぶ、光を遮断する濃い色の小瓶を見た時は、なんだかワクワクした。

「魔法の小瓶……」

勇希の脳裏に、大きな男の人の手と、その手が握る黒に近い濃紺の小瓶が、暗闇でフラッシュをたいたように閃《ひらめ》き浮かんだ。シャッター音が聞こえたかと思った。

それぐらい、一瞬鮮明に見えた。勇希は残像を追う。

「魔法の小瓶。違う。魔法の……玉」

瓶じゃない。男の人が持っていたのは、大きさも形も卵に似たカプセルだった。

勇希が小学校に入学した頃に流行《はや》ったオモチャだった。駄菓子店や文房具店で販売されていた一種のクジだ。当たりが出ると本格的な手品道具と交換できるもので、何人かの友だちは色が変わるハンカチや、切れ目がないのに繋がったり離れたりする銀の輪などを持っていて、手品を披露してはみんなに憧《あこが》れの目で見られていた。

ハズレでも、中には変わったデザインのクリップやアクセサリーなどが入っていて、子どもにとってはハズレなしのクジに思えて、とても人気だったのだ。

手品の道具よりも、勇希は近所の子が持っていた、小さな動物の縫いぐるみがついたクリップが羨ましかった。その子は何度も魔法の玉を買っているようで、猫や犬、羊など、何種類ものクリップをランドセルやバッグにつけていた。

勇希は一度も魔法の玉を買ったことがなかった。

小学校に上がった頃には、父親がいないせいで家計が豊かではないと、なんとなく理解していた。魔法の玉もすっごくやってみたかったけど、そのために三百円ちょうだいとは、なかなか母親に言えなかった。

そんなある日の放課後、家に帰る途中の公園で、勇希は魔法の玉を手に入れた。

いや、魔法の玉をもらったのだ。見知らぬ男性から。

——勇希ちゃん、だよね。

ベンチの前を通り過ぎようとした時、いきなり名前を呼ばれた。

立ち止まって振り返ると、薄手のロングコートを羽織った男がゆっくりとベンチから立ち上がり、勇希に近づいてきた。

用心して一歩後ろに下がる勇希を見て苦笑いし、ポケットから真夜中の空のような色をした魔法の玉を取り出したのだ。

男の顔は思い出せない。あるいは男の顔よりも、その手にある魔法の玉ばかりに気を取られ、もともと覚えていなかったのかもしれない。

——あげる。きっと勇希ちゃんの欲しいものが入っているよ。

知らない人に物をもらってはいけないという言いつけも、魔法の玉の前では無効だった。勇希は躊躇《ためら》いなく素直に手を伸ばし、魔法の玉を受け取った。小さな手に力を込めてカプセルを開けると、いつも羨望《せんぼう》の目で見つめていた近所の子のランドセルについていたものが現れた。

――わあ！　猫のクリップだ！

勇希にとっては、当たりクジよりも、当たりだ。

――おじさん、すごい！　どうしてこれが一番欲しかったってわかったの？

飛び上がってはしゃぐ勇希に、男は人差し指を口元に立てて腰を屈める。

――おじさんは魔法使いなんだ。

勇希は跳ねるのを止《や》め、ぽかんと口を開く。

――魔法使いに会ったことも、そのクリップのことも内緒だよ。秘密守れる？

勇希は困惑する。だが、おじさんの機嫌を損ねて、猫クリップをやっぱり返せと言われたら嫌なので、コクンと小さな頭を縦に振る。

――約束だよ。

男はポケットから、さらに二つ魔法の玉を取り出した。

――いい子だから、これもあげる。勇希ちゃんが気に入ってくれるといいな。

両手を差し出し、二つの玉を受け取ると、勇希の戸惑いや疑念は、さっと消えてしまう。何が入っているんだろう。頭を占めるのはそれだけ。

――魔法使いがひとつ予言しよう。十五歳になったら……。

音もなく回り続けるシーリングファンが見える。

勇希は天井に腕を伸ばし、両手でそっと空気を包み込む。手のひらに、猫クリップの感触が蘇る。

「夢じゃないよね」

確かに現実にあったことだった。男の顔は覚えていない。勇希はおじさんと呼んだ。だから若い男や老人ではなかったはずだ。三十代？　四十代？　五十代？

ぬいぐるみや人形を持っていなかった勇希は、クリップの猫にミーちゃんと名前をつけて、本当のペットのように愛していた。

魔法使いと名乗った男との約束通り、母親に見つからないよう、いつもポケットやランドセルに忍ばせていた。律儀《りちぎ》に約束を守ったというよりも、知らない人からものをもらったとバレたら叱《しか》られるかもしれないという恐れのほうが強かったから。

思い出せば、あんなに大切にしていたのに、勇希自身が驚愕するほどスッポリと記憶から抜け落ちていた。

魔法使いと名乗る男と会って半年も経たないうちに母親が事故で亡くなり、勇希の世界が暗転する。母を亡くした悲しみと、親戚をたらい回しにされる慌ただしさと、人々の心ない言葉の数々が、きっとその前後の勇希の記憶を削《そ》いでいったのだ。

親戚の家を転々としている間に、宝物だったはずのミーちゃんは、いつの間にか手元から消えていた。

——魔法使いがひとつ予言しよう。十五歳になったら……。

男が最後に言った言葉が思い出せない。

「そういえば、もうすぐ十五の誕生日だ」

勇希は体をひっくり返し、シャープペンを手に取る。

『おじさんから魔法の玉を貰って、欲しかった猫のクリップが手に入る。

おじさんが十五歳になったら……と予言する。

（おじさんの言ったことは忘れた。十五歳に何が？）』

とりあえず三行埋まったことに、勇希は満足してノートから顔を上げた。

窓から月が見えた。ハーブ畑の香りを乗せた夜風が、勇希の頬を撫でていく。ふと名前を呼ばれたような気がして、窓を覗けば、眼下で大きな影が動いた。

勇希は網戸を開けて身を乗り出す。

館から離れて畑へ向かおうとしている先生の姿が見えた。

こんな時間に畑仕事だろうか。勇希の訝る視線を背中に感じたのか、先生が突然振り返った。真っ直ぐに勇希の部屋の窓を見上げ、目が合う。遅くまで起きていたのを咎《とが》められるかと勇希は首を竦めたが、先生は月明かりに揺らぐように手招きした。

「眠れないなら、おいで。月がきれいだよ」

顔を上げると、まん丸よりも少し欠けた真っ白に輝く月が空高く浮かんでいた。透き通るような月の光と、先生の手招きに釣られて、勇希は勢いよくベッドを降りて部屋から駆け出した。

外に出た瞬間、纏わり付く生暖かい風と草のにおい。それらを振り払うように先生に向かって走る。

「急ぐ必要なんかないのに」

走ってきた勇希に、先生がふにゃっと目尻を下げる。

畑には外灯がない。洋館は真っ暗だ。一部飛び出たカフェの窓だけが、頼りなく明かりを灯《とも》している。洋館に背を向けてしまえば、月明かりだけが頼り。

月の光を受けて、先生の身につけている白いシャツがぼんやりと浮かぶ。

先生はいつも白いシャツを着ている。ワイシャツのようなパリっとした生地ではなく、コットンガーゼのようにフワッとした、手触りの良さそうなシャツだ。

「月光浴だよ」

悪戯っぽく笑って畑の奥へと進んでいく先生の後を、勇希はカルガモの子のようについていく。

ふたりの足音も草木が靡く音も、夜の闇に反響して耳に届く。聴覚だけが剝き出しにされたように、太陽の下では気にならなかった音まで敏感に拾っていく。

遠くで虫が鳴いている。ジージーと地を這うような鳴き声。

夜の空気に漂うハーブ畑のにおいは、朝や昼よりも濃度が強く、重たく感じる。

ハーブ畑に粛々《しゅくしゅく》と月明かりが降り注ぐ。様々な形をした花や草が、踊るように白く浮かび上がる。

「十三夜の一歩手前だね。十三夜のように、少し欠けた月のほうが雅《みやび》だと好む人もいるんだ」

勇希は空を見上げる。満月より少しだけ歪な月が、ハーブ畑に光を注いでいる。青白く浮かび上がる勇希と先生。

風が止むと、畑は静止画のように一切の動きを失い、音さえ無くして、代わりに月の息吹《いぶき》が聞こえてきそうだ。

畑の中央で先生は立ち止まり、月を愛《いと》おしそうに見上げる。

「太陽は誰にでも平等に恵みを与えるが、月は自ら望み、得ようとする者にしか恵みを与えない」

先生の声が響いて、闇に溶ける。

どういう意味だろうと、先生の顔を見上げる。月に照らされた先生の横顔は、陽に焼けた肌も、ふにゃっとした表情も消えて、無機質な彫像のように冷たく厳かに見えた。

「先生」

遠慮がちに呼びかけると、先生は風に溶けそうなぐらいふんわりと振り返る。

「魔法って何ですか？」

月の光に酔ったのか、勇希は自分の口から正直な疑問が漏れたのに驚く。

「そうだね。肝心なことを教えていなかった。先人の言葉を借りるなら、『魔法とは意志に従って、意識の中に変化をもたらす業《わざ》である』ってとこかな」

「意識の中に変化……」

考え込む勇希に、先生が優しい目を向ける。

「急がなくていいよ。徐々にわかってくると思うから」

勇希は曖昧にうなずく。急いでいるわけじゃない。知らないと、不安だから。先生を疑っているわけではない。でも、心の置き所が、わからなくなる。

先生はもう一度、焦るなというように、勇希の頭をポンポンと優しく撫でるように叩く。

「もしも迷った時は月を仰ぐといい。月の光は心の中を照らしてくれる。本当の願望を、進むべき道を、ちゃんと照らしてくれるよ」

勇希は顔を上げる。ほんの少し欠けた、白い月が勇希を見下ろす。

「どう？　過去ノートは進んでいる？」

「あんまり。わたし、作文……、苦手なので」

僕も、と先生が寝惚《ねぼ》けているような蕩《とろ》けた笑いを漏らす。

「きれいで読みやすい文章でなくていい。読み返して自分が理解できればいいんだ。それに急ぐ必要はない。自分と向き合うのは、とても難しく、勇気のいることだから。戸惑っても、立ち止まってもいいんだよ」

すべてわかっていると言いたげな先生の言葉に、勇希はホッとすると同時に、過去を見られたような恥ずかしさを覚えた。藤原家とほとんど接触を絶っていたとはいえ、今回のことで勇希がどんな生い立ちであるかは知っているに違いない。

先生は他の親族のように勇希を責めたり、罪の証拠として嫌悪を示すようなことはしない。

それはとても嬉しいのだが、逆に慣れていないせいか、時々いたたまれなくもなるのだ。

満月よりも美しいと言う人もいる十三夜。欠点のない人間がつまらないように、完《かん》璧《ぺき》な形よりも、どこか欠けているほうが親しみ深く感じるものなのだろうか。

月齢11.9 十三夜

午前中はマダムがちょっとだけ顔を出し、その後、曽我部が来てお茶を飲みながら一時間ほど先生と話をしていった。

昼食後、勇希はカウンターの上に英語の教科書とプリントを広げ、スツールに腰をかけて問題を解きながら留守番をしていた。手元にはミントのアイスティー。

夕食当番の先生は、今夜のために屋敷のキッチンで肉の仕込みをしている。

ハーブの香りが漂う静かなカフェで、勇希は一枚目、二枚目と、順調に宿題のプリントを仕上げていく。

チリン、というベルの音に、勇希の集中力が途切れた。

マダムも曽我部さんももう来店したのに、他に誰が？

まさか新規の客！

勇希が期待を込めて顔を上げると、克哉がドアの前に立っていた。母親も来るのかと、身構えたが、どうやら克哉ひとりらしい。

「何しに来たのよ？」

つっけんどんに勇希が声をかけると、克哉は肩を怒らせ、睨みながら勇希のほうに歩いてくる。

勇希は克哉の左頰に青痣《あおあざ》があるのに気づく。

「頰の痣、どうしたの？」

「お前がチクったせいだろ！」

カウンター越しに、克哉が唾《つば》を飛ばす。

「え？」

「お前が塾サボったの喋ったんだろ！」

克哉がガンガンとカウンターを蹴る。グラスの中のミントティーが波打ち、食器立てのカップやソーサーがカタカタと揺れる。

「ちょっと、やめなさいよ！」

「お前が言ったんだ、お前が言ったんだ！」

克哉は顔を真っ赤にし、涙ぐみながら、今度はカウンターを両手でバンバンと叩く。

跳ねたミントティーがプリントにかかる。

「お前のせいだぁぁぁ！」

克哉は床をドンドンと踏み鳴らし、カウンターを蹴ったり叩いたりを繰り返す。

「いいかげんにしなさい。何なのよ、一体！」

克哉の手が英語のプリントに伸びる。ぐしゃっとプリントを握りしめた克哉の手首を、とっさに勇希が手を伸ばして強く摑んだ。

「わぁぁぁぁぁ！」

克哉が摑まれた手を振り回した。

「ちょ……！」

勇希の手が克哉の手首を離れ、バランスが崩れる。背もたれのないスツールには、崩れる勇希の上半身を支える術《すべ》はない。丸い座面から勇希の尻がズレ、そのまま後ろに倒れるようにしてスツールから体が落ちた。

背中を背後の壁に強く打ち付ける。

壁がドンと鈍い音を立てた。備え付けの棚に並んでいる、ハーブの瓶が震える。

「あっ!!」

悲鳴を上げたのは克哉だった。勇希は反射的に腕で頭を覆い、身を丸くする。

棚から瓶が落ち、床に当たって、派手な音を立てる。

ガラスの割れる音が耳に突き刺さる。

カフェに静寂が戻ってきた時、強烈なハーブの香りが鼻に飛び込んできた。

恐る恐る目を開けると、転がる瓶やガラスの破片、色とりどりのドライハーブが散らばり、キッチンの床に絨毯《じゅうたん》を敷いたようだった。

先生の大切なハーブが床に広がっている。

それを見た瞬間、勇希の目に涙がこみ上げてくる。

「勇希ちゃん！　今、大きな音が聞こえ――」

奥のドアから先生が駆け込んできて、カウンターの中を見て息を呑む。

「先生……」

体を丸めたまま、勇希は立ち竦む先生を見上げる。

「ケガは！　勇希ちゃん、ケガは⁉」

先生は上半身を折って、両手を勇希へ伸ばす。

「ガラスに気をつけて、ゆっくり立ち上がって」

勇希は先生の手を取ると、引き上げられるように立ち上がる。そのまま抱き寄せられるようにして、ハーブとガラスの破片が散らばるカウンターの外に出た。

先生に謝らなきゃ、と思うのに、勇希の唇は震えるばかりで動かない。

「どこか痛いところは？」

先生は勇希の髪やエプロンについたハーブを軽く手で払いながら、ケガがないか見回す。

「……大丈夫……です」

「そうか、よかった」

先生が勇希の頭を抱いてポンポンと優しく叩く。

「……お、俺は悪くない」

克哉の声に、先生が驚いて勇希から身を離す。初めて、カウンターの前で恐怖に固まっている、泣き顔の克哉がいるのに気づいた。左頰の痣にも。

先生が克哉のそばに寄り、腰を屈めて顔をのぞき込む。克哉が怖がるようにビクンと身を竦めた。

「キミは？　どこか痛いところは？」

克哉が首を横に振る。

先生はよかったと言って、克哉の肩に優しく手を置き、勇希に顔を向ける。

「カフェは危ないから、リビングに行こう。ちゃんとケガがないか確かめないと」

「わたし、ここ片付けます」

「片付けは後でいい。さ、おいで」

勇希は涙を手の甲で拭う。

本当は逃げ出したかったのに、足が竦んで動けなかった克哉は、背中に添えられた先生の手に誘われるまま、ぎこちなくリビングのテーブルにつく。

オドオドと忙しなく目を動かしているのは、叱られると恐れているのだろう。

先生は勇希を克哉の隣に座らせ、お茶を淹れてくると言ってキッチンに引っ込む。

克哉は、部屋を見回して唾を吐くように言う。

「ボロイ家。家具も古くさい」

勇希はキッと横目で克哉を睨む。だが、彼の怯えたような目を見て、すぐに悟る。

精一杯、虚勢を張っているのだ。

先生がトレイを持って戻ってくると、克哉は勢いよくイスから立ち上がった。

「俺、何も悪いことしてないよ！　こいつが勝手に転んだんだ！」

克哉は勇希を指さす。

先生はトレイをテーブルに置き、勇希を指す克哉の小さな手をそっと包んだ。

「人を指さしてはいけないよ。それにこの女の子は、こいつではなく勇希ちゃんだ。

僕はカフェの店長だよ。さあ、座って。枇杷のコンポートを作ったんだ。甘くて冷たくて美味しいよ」

先生はガラスボウルに盛られた枇杷のコンポートを、五つずつ小皿によそって克哉と勇希の前に置く。種まで丸ごとシロップ漬けにした枇杷からは、杏仁《あんにん》に似た甘い香りがする。

勇希はデザートフォークで実を二つに割り、ひとつを刺して口に入れる。舌にざらつきを感じる冷たい枇杷の実。噛むと、甘いシロップが枇杷の香りと一緒に広がる。すごく美味しい。

克哉も同じなのだろう。まだ警戒心を解いてはいないが、美味しいものには逆らえないといったように、口だけは忙しなく動きっぱなしだ。コンポートにがっつく。

「和」という漢字は穀物を表す「のぎへん」に「口」と書く。穀物が口に入れば、人は和み、平和になる。お見合いや商談の席で料理や酒が出てくるのは、美味しいものを食べれば人は穏やかになり、相手に対してよい印象を持つからだ。

勇希の心はだいぶ落ち着き、隣の克哉もほんの少し警戒を解いたようだ。

「ところでふたりは知り合いなの？　友だち？」

先生がふにゃりとタレ目をさらに下げて尋ねる。

どう話せばいいか考え込む勇希よりも早く、克哉が口を開いた。

「こいつがチクったんだ。塾をサボったこと！」

先生がメッというように、克哉を見る。克哉は一瞬怯んで、渋々言い直す。

「ゆ、勇希ちゃんが、チクったんだ」

「チクってなんかないわよ。だいたい、わたし、あんたの家なんか知らないし。どうやってチクるのよ」

「嘘だ。俺の名前見たじゃん！」

「だから何？」

「そういえば、キミの名前は？」

先生に聞かれて、克哉が鼻息荒く答える。

「大儀見克哉」

「もしかして、キミは駅前の豪邸の大儀見さんの子？」

「そうだよ」

克哉が胸を張る。訳がわからない勇希のために、先生が解説する。

「駅前の商店街を抜けたところに、豪邸があってね。この辺りじゃ有名な不動産王の大儀見さんの家なんだよ」

確かに大儀見という苗字《みようじ》は珍しいし、駅前の豪邸も近所では有名らしいが、ほんの十日前にこの街に来た勇希にわかるわけがない。

「枇杷が不味いって怒鳴り込んできた親子です。枇杷泥棒です」

勇希が克哉を睨みつける。

「盗んでないよ！　落ちてきたんだ。俺の目の前に」

「嘘！　だいたい、この家の誰かにもらったとか言っていたじゃない」

勇希の反論に、克哉が怯んで口を尖らせる。

「もらったっていうのは嘘だけど、本当に落ちてきたんだ」

「嘘でしょ。わたし、折れた枝が落ちているのを見つけたんだから」

先生が手を上げて勇希を制した。勇希は不満ながら口を閉ざす。

「克哉くんは、枇杷が欲しかったんだね」

「俺は盗んでなんかない」

克哉は仏頂面《ぶっちょうづら》で繰り返す。先生が克哉の頭を撫でる。

「うん。克哉くんは盗んでなんかないよ。うちの畑になっている果実の木には、〝実を欲しがっている者が現れたら、惜しみなく与えよ〟という魔法がかかっているんだ。克哉くんが欲しいと思ったのなら、それは枇杷の木が克哉くんに与えたんだよ」

簡単に許されて拍子抜けしたのか、魔法という言葉に面食らったのか、克哉がキョトンとする。

「欲しかったらいくらでも持っていっていいよ。だけど、コンポートやジャムにしないと、とても不味くて食べられない」

先生は悪戯っぽく笑い、トレイに載っているおしぼりを広げてから四つ折りに畳み、痣のある克哉の左頬に当てる。

「新しい痣だね。まだ痛むだろう。打ち身に効くセントジョンズワートのエキスに浸けたおしぼりだよ。しばらく当てていれば、痛みが和らぐ」

克哉が神妙な顔つきで、頬をおしぼりで押さえる。

「セントジョンズワートは、十字軍遠征の時、止血や打撲《だぼく》の薬として兵士たちが持って行ったという記録があるぐらい、古くから人々の役に立っていたハーブだよ」

克哉がますます、神妙な顔になる。

「小学生に十字軍は難しかったかな？　一体、どこでこんな大きな痣を作ったんだい？」

克哉が恨めしそうに勇希を睨む。

「……お前がチクるから、お母さんが怒って」

「だから、わたしは何もしていない！　キミの家なんか知らなかったし……え、ってことは、それお母さんに殴られたの？」

勇希の苛立ちと怒りは、途中で驚きと同情に変わる。

「ち、違うよ！　これは……、これは怒られた時に俺が驚いて転んだんだ」

克哉の声には力がなく、二人の視線から逃れるように枇杷のコンポートをつつく。

嘘をついている。勇希も先生も気づいた。

「なんで塾をサボるの？　塾はお金がかかるもん。サボったら、そりゃ親は怒るよ」

だからといって、目の下から頬骨にかけて大きな痣ができるほど殴るのは明らかにやり過ぎだ。しかし、習い事なんてしたことのない勇希には、克哉が羨ましい。

「そんなに行きたくないなら、辞めさせてもらえば？」

「何度も言ったよ。成績もビリだし、テストのたびに怒られるし」

「でも、サボったらよけいに勉強できなくなるでしょ」

「授業は出ているよ。テストだけ受けたくないんだ」

そうすれば怒られることはないと思っているのだろう。浅はかだ。

「そんなの後でバレるよ。成績表とか、三者面談とかあるんでしょ」

「怒られる回数は減るじゃん」

小学生なりに知恵を絞っている。

「どうでもいいけど、もうわたしたちを巻き込まないで。ママと一緒に乗り込んでくるとか、やめてよね」

克哉は空になった小皿を悲しげに見つめる。

「お母さんは、最近ちょっとおかしいんだ。ずっとイライラしてて、怒ってばかりだし。前はもっと優しかった。知らない人に怒鳴ったりとか、しなかったのに。学校とか、友だちの家とかにも。そのせいで、友だちもいなくなっちゃった」

ずっと勇希と克哉のやりとりを一歩離れて見守っていた先生が、ハーブティーと一緒に口を出す。

「そっか。克哉くん、それは辛いね。今まで、よくがんばってきたね」

先生が克哉の頭を、ポンポンと撫でるように叩く。

克哉の目から、ブワっと涙がこみ上げる。いきなり克哉がしゃくり上げた。と、思ったら、号泣し出した。先生が立ち上がり、テーブルを回って克哉を抱きしめる。

「うん。がんばったね。えらい、えらい」

先生に抱きつきながら泣きじゃくる克哉を、勇希は複雑な気持ちで見ていた。

泣きたいのはこっちだ。

カフェに戻った勇希は、カウンターの床に広がったハーブとガラスの破片、瓶を目にして、再び涙がこみ上げそうになる。

混沌としたハーブの香りが、あまりにもせつない。

危ないからと勇希を下がらせて、先生が箒《ほうき》を持ってカウンターの中に入っていく。

散らばった色とりどりのハーブは無邪気に美しく、まだ自分たちがお茶であることを信じているようだ。箒によって無骨に集められてしまうのを見るのが辛い。

勇希が広げたゴミ袋に、先生が慎重にちりとりを傾ける。

ガラスがぶつかり合う音と、混濁したハーブの複雑な香りが、ゴミ袋の中に収まった。ずっしりと、実際の重さ以上の重さを腕に感じる。

「先生、ごめんなさい。こんなにダメにしちゃって」

先生がわかっているよ、とふにゃりと笑う。

「克哉くんが暴れるのを止めようとしたんでしょ」

先生はお見通しだ。だけど、もっと早くに克哉を止めているか、スツールから下りていれば、瓶を落とすことはなかった。

手にぶら下げているゴミ袋を見つめる勇希の頭に、大きな先生の手が乗せられる。

ふんわりと温かい。

「ごめんね。トラブルがあった後なのに、勇希ちゃんだけに店番を任せて。僕がもう少し気を使っていればよかった。勇希ちゃんにケガがなくて本当によかったよ」

「でも、先生が一生懸命育てたハーブが……」

「ハーブは人間よりもずっと丈夫で強いんだ。一年後にはまたぐんと伸びて、たくさん花を咲かせるよ。僕はね、ハーブのそんな逞しさが大好きなんだ。育てているようで、育てられている。いつも元気をもらっている」

先生が勇希の手からゴミ袋を取る。

「勇希ちゃんは立派だったよ。克哉くんを責めたりせずに、話を聞いてあげる姿は、本当のお姉ちゃんみたいだった」

勇希は先生の前で言い訳がましいことをしたくなかったし、下手に克哉を刺激してまた暴れられたら困ると自重したのだ。

「なかなか元気が出ないね。どうしようか」

先生が勇希の顔をのぞいて、困ったように目尻を下げる。

「夕食を食べても、お風呂に入っても、一晩寝ても元気が出なかったら、心を洗濯する魔法を教えてあげる」

勇希は驚いて顔を上げる。魔法の修行としてハーブの知識や世話の仕方、過去ノートは教えてもらったが、魔法そのものを教えてもらってはいない。好奇心と戸惑い。

先生がガラス窓を指す。勇希が目を向けると、夜を孕みつつある紺色の空に、青白い半透明の月が昇っている。

「新しいことを始めるには月が満ちている時に、何かを終わらせるには月が欠けている時がいいんだよ」

夜がだんだん濃さを増し、星が二つ瞬《またた》いた。

月齢12.9　小望月《こもちづき》

夕焼けが、カフェを茜色《あかねいろ》に染めていた。

突然、チリンというベルの音。

勇希も先生も、こんな時間に客が現れると思っていなかったので、目を丸くしてドアを見る。

入ってきたのは、仏頂面をした克哉だった。セントジョンズワートのおしぼりが効いたか、痣は昨日よりもずっと薄くなっていた。

「こんにちは、克哉くん」

　先生が声をかけると、克哉は気まずそうな顔をし、わざと尊大な声を出す。

「いつでも枇杷を食べに来ていいって言ったから来た」

　来てやったぞ、という態度。だけど、それが克哉の精一杯の強がりだとわかって、勇希は責める気にはならなかった。

　先生に抱きついて号泣した克哉。そんな克哉を見送りながら、確かに先生はいつでも果実を食べに来ていいよと言っていた。

「塾はちゃんと行ったの？」

「行ったよ。塾の帰りだよ」

　克哉は頬を膨らませて塾のバッグを掲げてみせる。

「じゃあ、休憩にしようか。今、お茶を淹れるから、勇希ちゃんも座って」

「え。わたしも手伝います」

「そう？　なら、キッチンから枇杷のコンポートを取ってきてくれる？　冷蔵庫の真ん中あたりの棚に入っている」

　勇希はカウンターの奥から屋敷に入って、枇杷のコンポートが入ったガラスボウルをそのまま持ってくる。

カフェに戻ると、マスカットに似た瑞々しい甘い香りを鼻が捉えた。

三人用の四角いテーブルには、克哉と先生がすでに座っていて、三人ぶんのハーブティーが用意されていた。

勇希が隣のテーブルにガラスボウルを置くと、先生が用意していたスプーンで、ソーサーに枇杷を盛る。

「あんまり、甘くない」

克哉がハーブティーを一口すすって、不満げに感想を述べる。

マスカットのような香りから、ブドウジュースのような味を期待していたようだ。

「蜂蜜《はちみつ》を入れる？」

克哉はもう一口お茶を飲んで、生意気に大人ぶって先生の提案を断る。

「いい。このままでも、まあ美味しいよ」

勇希は冷ややかにふたりのやりとりを眺める。昨日、あんなことをしておいてケロっとコンポートを食べに来る克哉の図々《ずうずう》しさも気に入らないし、甘やかす先生にも少しイラッとする。

克哉は塾帰りでお腹が空いていたのか、枇杷を三個ぺろりと平らげ、さらにおかわりをし、ボウルが空になった。同時に克哉のカップも空になる。

食べ終わったらさっさと帰れとばかりに、勇希は空いたカップとボウルを持ってカウンターに入り、洗い始める。食器を洗う音が、大きくカフェに響く。

片付いたテーブルを前に、克哉がもじもじと体をくねらせ、何か言いたげに口を尖らせたり、足をブラブラさせたりする。

「どうしたの？　トイレならカウンターのすぐ脇のドアだよ」

先生がカウンターの手前の木目のドアを指さすと、克哉は勢いよく頭を横に振った。

「俺……」

克哉は気まずそうにうつむいて、さっきまでの生意気な勢いをどこに置いてきてしまったのか、隣にいる先生がようやく聞き取れる程度の声でぼそりと呟く。

「俺、なんか恩返しするよ」

先生のタレ目が一度大きく開いて、ふにゃりと下がった。

「勇希ちゃん、克哉くんと一緒に枇杷の実を取ってきてくれるかな。また、コンポートを作ろう」

勇希と克哉が同時に、エエッという顔をする。

勇希が木箱に登り枇杷をもぎ、バスケットを持った克哉が受け取る。

カフェを出てから、今まで、ずっと無言が続いている。

「背中……痛かった？」

持っているバスケットの中にずっと視線を落としていた克哉が、上目遣いで勇希を見て、か細い声を出す。

勇希は顔を上げたまま、バスケットにもいだ枇杷を放り入れた。

「キミの頬ほどじゃない」

克哉が黙り込む。今の言い方はさすがに意地悪すぎたかな、と少し決まり悪く振り返れば、克哉が泣きそうな顔でバスケットをのぞき込んでいる。

「……ごめんなさい」

王様の耳はロバの耳、ではないがバスケットの枇杷に向かって、克哉が謝る。

「もう、怒ってないよ。ちゃんと、塾行くんだよ。テストの時も」

「今日、ちゃんとテスト受けたよ。でも、全然できなかったから、テストが返ってきたら、たぶん……またご飯抜きだと思う」

「え！」

勇希の手から枇杷がこぼれる。土の上に落ちた枇杷を、克哉が拾ってバスケットに入れた。

「そんなに厳しい家なの？　お父さんも？」

「お父さんはあんまり家にいないし、僕に無関心なんだ。勉強ができれば関心を持ってくれるって、お母さんが言ってた」

「枇杷を盗んだのも、お腹が空いていたから？」

「盗んでないよ」

克哉は下唇を噛む。

「……家に帰りたくなくて、なんとなく歩いていたんだ。そしたら、風が吹いて、柵を越えて目の前に枇杷をたくさんつけた枝が飛び出てきたんだよ。だから、つい」

勇希は広がる枇杷の枝葉を見上げる。横に広がる枝は、確かに実を差し出すように伸びている。柵は低く、盗《と》ろうと思えば、いくらでも簡単にできるだろう。

枇杷の木だけではない。隣の柿の木も、他の果樹も、盗りたければどうぞといわんばかりに横に広がっている。だから小さな木箱一つで、身長が高くもない勇希でも、好きなだけ実を取れるのだ。

相手の良心に問いかけているのか。それとも、こんな不味い実ならいくらでも取っていってよいと思っているのか。

「ねえ、またここに来てもいい？」

克哉が恐る恐る尋ねる。

「いいよ。先生もいいって言ってくれると思う」

泣いているのか笑っているのかわからない顔で、克哉が勇希を見上げた。

月齢13.9　満月

チリンチリン、と涼しげな風鈴の音《ね》。

曽我部家の縁側で、先生と勇希は差し出されたタオルで汗を拭う。

ゴミ袋には曽我部家の庭で取れた、ハーブの葉が詰まっている。一見ゴミに見えるが、立派な商品だ。ローズマリーやコリアンダーなど、件《くだん》の一件でダメにしてしまったハーブもあり、カフェとしては大助かりだ。これでだいぶ補充が利く。

勇希は軍手を取って、額の汗を拭った。手から土と草のにおいがした。

「ありがとうございます。こんなにもらっちゃって」

先生が首筋の汗をタオルで押さえながら、庭先に出てきた曽我部に礼を言う。

「いやいや、こっちも助かったよ。そろそろ草むしりしなきゃと思っていたんだ。この歳になると、庭の手入れも億劫《おっくう》でね。スッキリして、なんだか涼しくなった気がするよ。必要な草があれば、いつでも好きなだけ持って行ってくれ」

奥から曽我部の姉が現れる。以前、奥さんだと思っていたおしゃべりな女性で、良《よし》枝《え》と言う。近所に別所帯を構えているのだが、曽我部の妻が亡くなってから、料理一つ満足にできない弟を心配して、週に二、三回、訪ねてくるそうだ。

麦茶を先生と勇希に勧め、庭を見て大げさに喜ぶ。

「あらぁ、お庭がずいぶんさっぱりして。本当にありがとうございます。これで風の通りもずいぶんよくなりますわ。さ、麦茶をどうぞ」

庭仕事の後の冷えた麦茶は格別に美味しい。

「ところで大儀見さんのこと、いろいろ近所の方に聞いてみましたよ」

良枝が声を潜める。神妙な顔で先生と曽我部に目配せする。

「今の奥さんは後妻で、七年前に子どもを連れての再婚。お上品で、腰の低い方だったらしいんですけど、去年辺りから人が変わってしまったって近所でも噂なの。旦那《だんな》のほうはもともと留守がちだったけど、最近はとくに顔を見ないって。なんかねえ、先妻のところに通っているらしいわ。先妻との間に男の子がいて、その子が筑波《つくば》大学附属駒場《ふぞくこまば》中学校に今年から通っているんですって。東大進学率が抜群の学校。すごいわねぇ。やっぱり自分の血の繋がった子どもだし、優秀だし、可愛いんでしょう。それで後妻さん苛立っているんじゃないかって。後継者問題とか、いろいろ出てきそうですものぉ。金持ちは金持ちで大変ねぇ」

相手に相づちを打たせる間もなく、喋り続けた良枝がようやく息継ぎをする。

「お力になれたかしら？　何かありましたら、お気軽に声をかけてくださいね。わたし、婦人会を掛け持ちしていて、結構顔が広いんですよ。ほほほ」

良枝が去っていくと、近くで聞こえる蟬《せみ》の鳴き声さえ大人しく思える。

「まったく、どうして女ってやつは、噂好きで、他人の家庭に興味を持つのかね」

曽我部が呆れたようにため息をついた。

「僕がお願いしたんですから」

麦茶のグラスについた水滴を軽くタオルで拭き取りながら、先生が良枝を弁護する。

「確かに、その男の子は気になるな。まあ、わたしらの時代なら、親からタンコブができるほどのゲンコツをもらったり、食事抜きなんて罰は珍しくなかったがね」

曽我部が顎に手を当てて、庭先を険しい目つきで睨む。

「お母さんのほうも、いろいろ鬱積していそうですね」

「その鬱積したものがすべて息子の教育に向いているってわけか。それだけでなく、息子の成績が芳《かんば》しくないのを周りのせいにして当たり散らしている」

そして孤立し、ますます鬱屈は溜まり、さらに攻撃的になる悪循環。

先生は麦茶のグラスを回しながら黙り込む。カラン、と氷が鳴る。

騒いでいた蟬たちが、空気を読んだように鳴き止んだ。

「大人も大声で泣ける場所が必要ですよね」

先生がぽつりと呟くと、曽我部が勇希たちの前で泣いたことを思い出したのか、気恥ずかしそうに口をもごもごさせた。

大声で泣ける場所。

勇希は庭先で揺れる花をぼんやりと眺めながら、先生の言葉を心の中で繰り返す。

そういえば克哉も、先生に抱きついて大泣きしてからは、憑き物が落ちたようにいい子になった、とまでは言わないが、ごく普通のちょっと意地っ張りな男の子になった。長所も短所もある、本来の克哉に。

また、蟬が鳴き出す。鬱陶しい暑さが纏わりつく。

勇希はパタンとノートを閉じ、机から離れるとベッドにダイブする。

相変わらず文字量は増えず、魔法使いと名乗るおじさんの言った言葉も思い出せないままだ。

真っ白い満月と目が合った。

「きれい……」

体を起こして窓に身を寄せる。こんなにきれいな月ならば、光を浴びないといけない気がする。このまま眠ってしまうのはもったいない。月光に靡くハーブの枝葉が、踊るように誘っている。

ピョンとベッドを飛び降りて、その勢いのまま部屋を出て、階段を下りる。

もしかして、先生はもう畑にいるのかも。

玄関に向かう前に、先生の部屋をのぞきに行く。

閉じた扉の隙間《すきま》から明かりが漏れていた。

勇希は遠慮がちにドアをノックする。返事がない。エコな生活を、と言っているのに電気を消し忘れて畑に出て行ってしまったのだろうか。

勇希はそーっとドアを開く。

ベッドの上で、膝を抱えるように丸くなって寝ている先生が見えた。

「こんなに大きなベッドなのに。もったいない」

以前は夫婦の寝室だったと思われるダブルサイズのベッド。さすがに布団とマットは買い換えているようだが、ベッドはかなりの年季物だ。寝具を支える四本の太い樫《かし》の脚からアンティークな気品が滲み出ている。カーテンも引かず、スタンドランプも点《つ》けっぱなしなところからみると、少しだけベッドで横になるつもりで、深い眠りに引きずり込まれてしまったのだろう。

勇希は足音を立てないよう慎重に部屋を横切る。スタンドランプのチェーンに指をかけて引くと、思いの外カチッと大きな音がして、部屋が暗くなる。

すぐ隣には、直接外に出ることができる両開きのガラス戸。今は完全に開け放たれていて、網戸越しにハーブ畑と月が見え、青い香りが夜風と一緒に流れ込んでくる。

目が慣れてくると、月明かりが差し込む部屋は、青と銀を混ぜたような薄暗闇に輪郭をハッキリと浮かび上がらせた。

「勇希、ちゃん?」

掠れた声に名前を呼ばれ、驚いて振り返れば、ベッドの上で丸まっていた先生の体が羽化した昆虫の羽のようにゆっくりと伸びていく。

「あ、ごめんなさい。ランプ、消さなきゃと思って」

先生は気怠げに体を起こし、ベッドに座り顔を上げる。目を細めたのは、月明かりが眩しかったからだろう。

「つい、うっかり眠っちゃった。疲れやすいのは歳かな」

先生は失敗を恥じるような照れ笑いを浮かべると、まだ眠たげに目を擦って、勇希の背後に広がる夜の風景をうっとりと見つめる。

「ああ、きれいな月だね」

先生に視線で誘導され、勇希はベッドに腰をかける。思ったよりも硬いマットのスプリングが、ギシッと微かな音を立てる。

ふと、先生が前に言った言葉を思い出した。

「先生、前に教えてくれるって言った魔法……」

元気が出なかったら、心を洗濯してくれる魔法を教えてくれると先生は言った。

先生の手が上がり、勇希の頭を撫でる。

「過去ノートを書いてたら、辛いことを思い出しちゃった？　自分を見つめるのは難しいよね。特に辛い過去の中にいる自分を見つめるのは」

未だ文字にできずにいる思い出したくない過去と、思い出せない過去。空気を通して勇希の心が伝わったのか、先生がくすっと笑みを漏らす。

「だけど手放しちゃだめだよ。喜びも、悲しみも、苦しみも、すべて味方になる。大丈夫だよ」

傷つくほど人は優しくなれる、なんてきれい事だと勇希は思う。そうなる人もいるだろうけど、卑屈で捻くれた性格になったり、世の中に恨みや憎しみを抱いて犯罪者になる人もいると思う。衣食足りて礼節を知る、貧すれば鈍する、という言葉もある。

そうだね、と同意するように、先生が勇希の頭をポンポンと優しく叩く。心を読まれたのかと、勇希はビクリとして先生の顔を見た。

「悲しくなったり、苦しくなったり、恐くなったり、心が乱れた時には、今から教える魔法を試してごらん」

先生は自分の胸を指さす。

「目を閉じて、深呼吸して、胸の奥に美しい光の小さな玉があるのを想像して」

「美しい光の玉？」

「なんでもいい。勇希ちゃんが今まで見た一番きれいな光。想像したものでもいい。もし今すぐに思いつかなければ、あの月はどうだろう」

先生が満月を指す。

勇希は深呼吸をして、そっと瞼《まぶた》を閉じる。ビー玉のように小さな月が、コロンと胸に落ちる。

「胸の光が、少しずつ大きくなっていくのを想像して」

勇希の胸にあるビー玉の月が、ゆっくりと膨らむ。真っ白い汚れのない光を体の中に感じる。

「光は胸に広がって、さらに、上へ下へ。首や肩、お腹や腰まで光は流れ、やがて手足の先や頭のてっぺんにまで届いていく。抱いていた負の想いを包み込んで光は広がる。追い出すのでも、消すのでもなく。やがて体の全身に光が満ちる」

魔法というよりも、瞑想《めいそう》とか、精神統一だな、と思った瞬間、勇希の集中力が途切れる。光が消えた。

「あっ……！」

先生が笑った。

「最初からうまくはいかないよ。でも、何度もやっているうちに、自分の心がコントロールできるようになる」

さっきよりも高くなった月が、窓枠から、もうすぐはみ出そうだ。

勇希はもう一度挑戦しようと、目を閉じ深呼吸をする。先生がポンと、優しく勇希の肩に手を置いた。

「焦らないで。急ぐ必要はないんだ。今夜逃しても、二十九日待っていれば、また満月の夜はやってくる。満ちていく月も、欠けていく月も、それぞれに美しい。だから待っている間も、楽しいでしょ」

空にはくっきりと完璧な円を描いた月が昇っていた。

しばらく無言のまま、ふたりは月の光を浴びた。

やがて、月は窓の外に逃げてしまい、星明かりだけが頼りの部屋はさっきよりもずっと青く、暗くなる。

「ねえ、勇希ちゃん。呪文を唱えるだけで相手を幸せにできる、そんな魔法があればいいね」

「ないんですか？」

先生が夜空に向かって、寂しそうに微笑む。

「存在するかもしれないけど、それを会得するのは難しいんだろうな。僕は目の前の人に、手を伸ばすのが精一杯だ。それすらも、ちゃんとできているかわからない」

先生が悲しそうな顔をしていると、勇希も悲しくなる。

克哉のことを考えているんだろうか。

勇希は子どもの自分が弱くて嫌いだ。何もできなくて嫌いだ。

でも、大人になったからといって、なんでもできるわけじゃないことを知った。

先生がふにゃりと笑った。

「月が優しい魔法をかけてくれるように、お願いしてみようか」

月齢14.9　十六夜《いざよい》

　鼻の奥でツンと苦みを感じる刺激的なローズマリーの香りが漂うカフェで、スツールに座った先生が大きくあくびをした。

　テーブルに座っていた勇希は、英語のプリントから顔を上げる。

「わたしが店番していますから、少し横になってきたらどうですか？」

「体力がなくなった。歳かなぁ」

　先生は照れるように笑って、頭をかく。ふたりとも、少し寝不足だ。

　勇希は眠気を覚ますために、熱々のローズマリーティーを口に含む。

　ラテン語で海の滴《しずく》という意味を持つローズマリーは、別名記憶のハーブとも言われ、記憶力や集中力を高めるので勉強時に飲むのにうってつけのお茶だ。ペリドットを溶かしたような美しい薄緑色なのに、味は薬草っぽい苦みとクセがあり、ぼんやりとした頭をキリリと引き締めてくれる、はずなのだが。

　車のエンジン音が聞こえた。

　先生が気怠げに顔を上げると、エンジン音が消え、少ししてからチリンとベルが鳴り、マダムが姿を現した。

「ごきげんよう、みなさん」

ベビーピンクのシフォンスカートがふわふわと揺らめく。

「毎日、お勉強熱心ですのね。とてもよいことですわ」

マダムも曽我部同様、勇希がカフェで勉強することに好意的だ。ということで、昼間のカフェは勇希にとって勉強部屋になっている。洋館の中で、唯一冷房のあるカフェで勉強ができるのは勇希にとってもありがたい。

「一応、受験生ですから」

「まあ、まあ。それは、大変ですわね」

「一応……、ですから」

勇希は誤魔化すように笑って、カウンターの中に入っていく。すでに先生は湯を沸かし、茶葉を調合している。その中に、ビタミンの爆弾、ローズヒップはない。この前、すべて床にぶちまけてしまったのだ。

勇希が薄く切ったレモンを入れた冷水をマダムに出すと、甘いマスカットの香りがカウンターから流れてきた。

「今日はいつもと違うお茶なのね」

マダムが目を閉じ、鼻をひくつかせる。

「エルダーフラワーをベースに、マリーゴールドとオレンジピールを少々。抗酸化作用に優れたお茶です」

「アンチエイジングってわけね」

ハーブを入れた瓶が減っていることに気づいていたマダムには、ローズヒップが何らかの事情で使えなくなったとバレているはずだが、そのことに触れはしなかった。

「そういえば、屋敷の手前で信号待ちをしている時、畑にエルダーフラワーが咲いているのが見えましたわ」

先生がタレ目をパチクリさせる。エルダーフラワーの開花時期は春から初夏で、今は実をつけているはずだ。

「気づきませんでしたの？」

「今朝はちょっと、朝の畑仕事をサボってしまって」

先生がお小言をもらった生徒のように、弱った顔をして頭をかく。共犯者である勇希と、ちらりと目を合わせる。

いつもの時間に起きて、朝のお茶を飲んだまでは通常通りだったが、ふたりとも寝不足で怠く、なかなかイスから立ち上がれなかったのだ。いつもは畑を一周してから朝食をとるのだが、今日は収穫予定のハーブだけに寄り、さっさと引き返してきてしまった。

マダムは澄ましてお茶を飲む。

「いろいろあったみたいですけど、ちゃんと運命の輪は順調に回っているようね」

運命の輪。運命……。勇希の記憶の弦が震えた。

「運命の輪とは、初めてお会いした時に、お見せしたカードの名前ですよ。覚えていらっしゃるかしら?」

——魔法使いがひとつ予言しよう。十五歳になったら……。

——十五歳になったら、運命が回り出す。きみが望むのなら、会いたい人にも会えるだろう。

感電したように、勇希の頭から爪先《つまさき》へとピリリとした緊張が落ちる。

そうだ。魔法使いと名乗った男は、確かにそう言ったのだ。

夕方になると、塾帰りの克哉がカフェに顔を出す。

「すげー不味い枇杷が、こんなに美味くなるなんて不思議」

克哉がコンポートを豪快に頬張る。

熟しても甘くならない酸っぱい枇杷だが、逆にそれが甘いシロップに漬けると長所になる。ほんのりとした酸みが、シロップの甘みを緩和する。とっても甘いのに、食べた後は口の中がさっぱりする。

「もっと欲しいの？」

枇杷のコンポートを六つ平らげた克哉が、空の皿の中に小さくため息を落とす。

おかわりの催促かと勇希が空の皿に手を伸ばすが、克哉は首を振って断った。

「あのさ……、お願いがあるんだけど」

「お願い？」

克哉が言いにくそうに、ちらりと上目遣いで勇希を見る。

「枇杷、取ってもいい？」

「はぁ？　まあ、構わないと思うけど。どうするの？」

「ありがと。じゃ、俺、取ってくる」

勇希が止める間もなく、克哉はカフェを飛び出していった。

克哉がカフェを去ると、緞帳が下りたように静けさが支配する。

音が無くなると、香りが濃く感じられる。今、カフェを支配しているのは、テーブルの上に飾られた、エルダーフラワー。昨日の満月を連想させる、真っ白な花。グラスの中の小さな花が、甘い香りを放っている。

マダムが言ったとおり、狂い咲いたのか、生長が遅かったのかわからないが、他の枝が実をつけている中、花を咲かせている株が木の陰になっている場所にあった。

枇杷が欲しいという克哉の願いを、先生は断ったりしないと思うが、一応許可を取っておこうと、勇希は先生のいる屋敷へと行く。

キッチンからは、焼き菓子の香ばしいにおいが漂ってきた。

先生がちょうどオーブンからクッキーを取り出したところだった。

「エルダーフラワーを練り込んだクッキーだよ。克哉くんへのお土産《みやげ》。あ、もちろん僕たちのぶんもあるからね。ひとつ味見してみる？」

勇希は大きくうなずき、熱々のクッキーをふーふーと冷ましてから口に入れる。

サクっと前歯がクッキーを二つに分け、口の中にほんわりと優しい甘みが広がる。

エルダーフラワーのマスカットの香りを引き立たせるため、バターは少なめ。小麦の旨みが引き立っている。噛むほどに美味しさが増していく。

「すっごく美味しい。香りもいい」

勇希の口から素直な感想が零れ、先生の目尻がふにゃりと下がる。

「でも、お土産って、克哉くんがご飯を食べさせてもらえなかった時のためですか？」

先生が悲しげな顔で口を結ぶ。言葉にしたら、現実になってしまいそうなのを恐れているようにも見えた。

「そうならないといいんだけどね」

口の中のクッキーが、少しだけ硬く感じた。

虫さえ大人しい静かな夜。空には僅かに欠けた白い月。

勇希がベッドに座って乾かしたての髪をブラシでとかしていると、ドアの外からルルルル……という電子音が聞こえた。

何だろうとドアを開けると、階下で足音がした。

爪先で階段を駆け下りると、白いシャツのボタンを留めながらカフェに続く廊下を歩いている先生の姿が見えた。

足音を殺していたつもりだったが、先生が振り返る。

「お客さんが来たみたいだ」

「こんな時間に？　もう十時ですよ」

「僕がいる時はずっと営業中なんだ」

勇希が目を丸くする。

「それって二十四時間年中無休ってことですか⁉」

「基本的にはね」

カフェのドアノブにかけられていたプラカードの open の反対が closed ではなく『畑にいます。ご用の方は声をかけてください』であった違和感も、門に立てかけられていた黒板の看板に営業時間が書いてなかったことも、先生がいつも白いシャツを着ていることも、勇希はすべて理解した。

それにしても、こんな時間に誰が？

僕ひとりで大丈夫だからもう寝なさい、という言葉を振り切って、勇希は先生の後についていく。

バックヤード部屋に入った時、カフェの中央に人影を見つけて、勇希は思わず腕を伸ばし、カフェに出て行こうとする先生のシャツを手でギュッと摑んだ。

「店の中に誰かいる」

「お客さんだよ。自由に入れるようになっているから」

「……え？」

「カフェのドアに鍵はかかってないんだ。ドアの取っ手には『FAX電話の内線1のボタンを押してください』のプレートがかけてあるだけ」

さっき聞いた音は、いつも勇希が屋敷の中にいる先生を呼ぶのに使っている内線の音だったのだ。

先生は三秒でエプロンを腰に巻きつけカフェに出て行く。

「お待たせして申し訳ございません。いらっしゃいませ」

勇希もあたふたとエプロンをつける。

「あなたが店長？　克哉、うちの息子がこちらにお邪魔しているようですね」

カフェから聞こえてきた覚えのある女性の声に、勇希の手が止まる。克哉の母親だ。

「一体、どういうつもりなんです！」

ハーブの香りを一掃しそうな怒鳴り声で、彼女が礼を言いに来たのではないと悟る。

「ここでお菓子を食べさせたり、クッキーを持たせたり」

「今度は不味くなかったでしょう？」

先生の言葉に、母親の表情がぐっと険しくなった。

先生は話しながらケトルを火にかけ、湯を沸かし始める。

「わたしは客じゃありません！　それより質問に答えてください！」

母親が先生に詰め寄る。カウンターを挟んで向き合う形になると、

「立ち話もなんですから、お好きな席にお座りください。すぐお茶を淹れますから」

「お茶なんていりません。あなたも変な噂を真に受けて、息子を甘やかしているんですか！」

母親が持っていたバッグをグッと握って、先生を睨む。

「え？」

スプーンでエルダーフラワーの茶葉をすくう先生の手が止まる。

「とぼけないでください！　わたしが息子を虐待しているとか言いたいんでしょ！厳しくするのは、我が家の教育方針です。子どもなんて、勉強が嫌いに決まっています。遊んでるほうが楽しいんですから。だから親がしっかりと勉学に向き合わせなければいけないんです。それが親の務めなんです。たとえ今、子どもに恨まれようと、大人になれば感謝されますよ！」

母親が一気に捲し立てる。

「それに、あの痣は体罰なんかじゃありません。近所の人たちが勝手に想像して虐待なんて言ってますけど、あれは運が悪かったんです！　わたしは軽く叩こうとしただけで、避《よ》けた克哉がバランスを崩してテーブルにぶつかったんです！　わたしが痣を作ったわけじゃありません！」

「そうなんですか？」

「そうですよ！」

「克哉くんは、自分が勝手に転んで床で打ったって言っていましたけど」

母親が不意を突かれたように立ち竦んだ。

熱湯をポットに入れると、甘いマスカットの香りがカフェを支配する。

「この香り……」

母親が鼻をひくつかせる。

「エルダーフラワーって言います。クッキーに入れたのもこのハーブです」

「と、とにかくもう克哉には構わないでください。ここに来たら、すぐに家に帰るように言って追い返してください。道草なんてしている時間はないんです。一分でも、一秒でも、勉強させないといけないんです。成績が悪くてはダメなんです」

「ダメなんですか？」

「当たり前でしょう。学歴は高いにこしたことはないじゃないですか」

「そうですね。学歴は大切だし、幼いうちは楽な道へ流されないよう、親が子どもをしっかり見張ることは重要だと思います」

先生はエルダーフラワーティーを注いだカップをトレイに載せるとカウンターを出て、テーブルに向かう。不本意そうながらも、先生を追うようにして母親もテーブルについた。勇希はカウンターの中から、先生を見守る。

「どうぞ」

母親は手さえ伸ばさず、危険物でも見るようにジッとカップを睨む。

「質問に答えますね」

先生の言葉に、母親が弾かれたように顔を上げた。

「僕と、あとカウンターにいる彼女と克哉くんとは友だちなんです」

「え？」

母親が先生と勇希の顔を交互に見る。

「克哉くんは、友だちの家に遊びに来ているだけだし、友だちが遊びに来たらおやつぐらい出すでしょう。ただ、それだけですよ。クッキーはお裾分けです。よかったら、お母さんも一緒に遊びに来てください」

母親がぽかんと口を開ける。

「お茶、どうぞ。冷めないうちに」

気を落ち着かせようと、母親がお茶に口をつける。母親の目が見開かれた。何も言わなかったけど、美味しさに驚いたのだろうと勇希は彼女の表情を見て確信した。

先生はテーブルに飾られてある、エルダーフラワーの花に手を伸ばす。

「これがそのお茶ですよ。白くて可愛い花でしょう」

先生はグラスから花を抜いて、母親に差し出す。

「いい香りでしょう」

母親がエルダーフラワーを受け取って、鼻を近づける。表情が一瞬和らぐ。

「葉っぱも嗅いでみてください」

先生の言葉に、母親が素直に従い、思い切り顔を顰めた。

先生が勇希に向かって仇《かたき》をとってやったとばかりにしたり顔をする。

「なに、この臭《にお》い！」

母親が花を放り投げる。床に落ちた花を、先生が腰を折って拾い上げた。

「臭かったですか？　よくネズミの巣の臭いと表現されます」

「知っていて嗅がせたんですか！」

母親がまた沸騰する。臭いを消すかのように、お茶を乱暴に口に含む。

「お茶にしているのは花の部分。葉は毒素があるので、口に入れるのは危険です」

先生の言葉に、母親は険しい表情で自分の手を見る。指に毒がついたと思ったのだろう。

「だけど葉は殺虫剤になるんです。そうして人間の役に立つんですよね」

先生は拾ったエルダーフラワーを愛おしげにグラスに戻す。

「エルダーフラワーは花、葉、実、根、それぞれに効能があって、歯痛から疫病までカバーする〝庶民の薬箱〟という二つ名を持っている植物です。病院に行ったり、薬を買ったりできない貧しい人々を助けたそうですよ」

「それがなにかっ！」

「成績の面で克哉くんはあなたの期待に応えてないかもしれません。でも、彼には他に素敵なところがたくさんあるって、知って欲しいんです」

「は？」

「克哉くんの物怖《ものお》じしない、堂々とした性格は立派だと思います。大切な人を庇《かば》う義侠心《ぎきょうしん》も持っている。悪いと思ったら、躊躇いながらもちゃんと謝る素直さも可愛いし、美味しい美味しいと言ってお菓子をたくさん食べてくれるところも好きだなって思います」

先生はふにゃっと笑いながら、克哉のいいところを挙げていく。

「この花と同じです。悪いところもあるけれど、いいところもたくさんある。だから、僕たちは克哉くんと友だちになったんです」

先生がグラスに挿したエルダーフラワーに触れると、月の色をした狂い咲きの花が、乱れるように濃厚な香りをまき散らす。

「そ、そんなことはどうでもいいんです。今は、成績を上げることが第一なんですから。こんなところで遊んでいる場合じゃないんです。お菓子を食べたり、ノートに落書きしたり。無駄な時間です！」

先生の言葉に呑まれていた母親が、我に返って勢いを取り戻す。乱暴にバッグに手を突っ込んで、ビニール袋に入った枇杷をテーブルの上に置く。

「これはお返しします。こんな不味い枇杷、また克哉に塾を休ませる気ですか！」

先生が目を丸くして枇杷を見つめる。

「これはうちの枇杷ですか？」

勇希はクッキーに気を取られ、克哉が枇杷を持って帰ったことを先生に話していないのに気づき、カウンターの中からふたりの会話に割って入る。

「それは克哉くんが、お母さんに食べさせたいからって持って行った枇杷です」

テーブルから母親が鋭い声で詰問《きつもん》する。

「わたしに食べさせたいですって。不味い枇杷を？　どうして！」

母親の鋭い目に一瞬勇希は怯んだが、負けずに続ける。

「その枇杷はそのまま食べると不味いけれど、コンポートにするとすごく美味しいんです。克哉くんも大好きです。だから克哉くんは言ったんです。お母さんにも食べさせてあげたいって。お母さんに作ってあげたいって」

母親が息を呑み、絶句する。

「だから枇杷が欲しい、作り方を教えてくれって。コンポートは蜂蜜とお砂糖とレモン汁を入れて煮るだけです。簡単だから克哉くんにもできると思って教えました。ノートの落書きは、コンポートのレシピです。お母さんのために書いたんです」

言い忘れた枇杷のことや、会話に割って入ったことを咎められるかと、勇希は躊躇いがちに先生の顔を見る。けれど先生は責めるわけでもなく、ふにゃりと嬉しそうに微笑んだ。

突然、母親がイスを鳴らして立ち上がる。

「とにかく道草は禁止です。克哉が来たら、家に帰るように言ってください！」

母親は捨て台詞《ぜりふ》のように言うと、勢いよくカフェを飛び出していった。

ビニール袋に入った枇杷を手にして。

月齢15.9　立待月《たちまちづき》

チリンとベルが鳴る。

勇希がノートから顔を上げると、克哉が神妙な顔で立っていた。

「昨日、お母さん来た？」

「うん」

「怒ってた？」

「うん」

「ごめんなさい」

「克哉くんが悪いわけじゃないよ」

「俺がミスったんだ。クッキーの袋、リビングのゴミ箱に捨てたから。においでばれちゃったんだ。外のコンビニにでも捨てに行けばよかった。でも、夜だったし」

「夜お腹空いたって、夕食抜かれたの？　テストが悪かったから？」

「うん、まあ……」

克哉が気まずそうに返事をする。

「バッグの中とかも見られて、枇杷も見つかっちゃった。うまい嘘も思いつかなくて」

「嘘はだめだよ」

勇希がクスリと笑って窘《たしな》める。

先生はわざとわかりやすいように、香りの強いハーブを練り込み、母親をカフェに誘い込んだのだ。

克哉がキョロキョロと店内を見回す。

「店長は？　店長にも、謝らなきゃ」

「店長は畑にいる。呼んできてもいいけど、謝る必要はないよ」

克哉が迷うそぶりを見せる。

「あのさ、店長が……、お母さんになにか言ってくれたのかな」

「どうして？　お母さん、変わった？」

期待を持って勇希が尋ねる。

「よくわかんないけど、朝はちょっぴり優しかった。朝食もたくさんあったし。それに……俺の作った枇杷のコンポートを食べたいって」

「へえ」

「帰ったら、コンポートを作るんだ」

「そっか。じゃあ、早く帰ったほうがいいね」

克哉の表情が少し恥ずかしげに、そして、とても嬉しそうに華やぐ。

「うん。だから、今日はもう帰るね。道草しちゃダメだって言われたし。ここに寄ったことは内緒ね」

「わかった」

「今度、またこっそり来るね。店長にちゃんとありがとうって言いに」

「うん」

「あのさ、勇希ちゃんもありがとう。作り方教えてくれて。じゃあね」

カフェを出た克哉が弾むように駆けていく。ポン、ポン、ポン、と足跡から花が咲きそうなぐらい楽しげな後ろ姿に、勇希はとりあえず安堵する。

あの気性の激しい母親が簡単に変われるとは思わない。だけど、少しでも、少しずつでもよい方向へ傾いていけばいい。

少なくとも克哉には、ここに逃げ場がある。だから、きっと大丈夫だ。

テーブルでは、今年最後のエルダーフラワーの花が香る。

・LESSON 2　欠点を長所に変える力

レシピ：エルダーフラワー、オレンジピール、マリーゴールド

……心身をリフレッシュしたい時、肌が疲れている時に

ローズマリー……気分転換に、勉学のお供に、頭をすっきりさせたい時に

枇杷のコンポート……疲れた時に、ティータイムのお供に

LESSON 3

月齢16.9　居待月《いまちづき》

夏の日差しがカフェに差し込む。ガラス壁を通ってきた金色の光の帯は、暑さを捨てて、爽やかさだけを残して木の床に降る。

今日はカフェ宛《あ》てに宅配便が来るはずだから留守番よろしくね、と言って先生はハーブ畑に出て行ってしまった。

克哉の一件でだめになってしまったローズヒップを、知り合いのハーブ農家から譲ってもらうことになっていた。

明日からは今まで通り、マダムにローズヒップティーを飲んでもらえる。それが嬉しい。先生もきっと同じ思いだろう。

過去ノートに目を落とす。

——十五歳になったら、運命が回り出す。

魔法使いと名乗った男のセリフは思い出せたが、その意味はわからない。

単に小学生をからかっただけ？　自分のことを魔法使いなんて言うのも怪しい。

しかし、ただの通りすがりの愉快犯ではない。

なぜなら、勇希の名前を知っていた。公園で勇希を待っていたのだ。会ったのは、あのたった一回だけ。

もうすぐ、十五回目の誕生日が来る。

勇希の誕生日は八月二十二日。夏休み中なので、友だちの間で話題になったことはなかった。母親だけが祝ってくれた。そして、今は誰もいない。

誕生日はただの日常。何も変わらず、誰にも気づかれず、勇希はひとつ歳をとる。それだけ。

だけど、もしかしたら今度の誕生日は違うかもと、少し期待してしまう。少なくとも、この洋館で過ごせるなら、去年や一昨年《おととし》よりもずっと素敵な誕生日だ。たとえ何もなくても。

勇希はカウンターに肘をつき、ガラス壁の向こうを眺める。

夏風に葉が揺れ、茎がたわみ、花がこぼれた。

不意にチリン、とベルが鳴った。

勇希は宅配業者が来たと立ち上がり、カフェのドアに顔を向けた。

そして、目を瞠った。正確には、現れた青年に目を奪われた。

芸能人かモデルがやって来たのかと、大きなツリ目をさらに大きく見開く。

涼やかで整った顔に、栗色《くりいろ》の髪をやわらかく跳ねらせて入ってきた青年。歳は二十歳前後《はたちまえご》。服装はなんでもないTシャツにジーンズなのに、日本人離れした長い手足のせいか恐ろしく格好良く見える。

カフェに差し込む夏の日差しにも負けない、全身から溢れ出るイケメンオーラ。

勇希はカウンターから、ぼーっと彼に見とれる。

こんなに格好いい人が宅配業者なんて、もったいない。

いや、ちょっと待て。Tシャツにジーンズ⁉　持ち物はデイバッグのみ。

彼の服装は宅配業者の制服ではない。つまり――――客‼

「い、いらっしゃいませっ」

思わず声が上擦《うわず》った。

青年はきょとんとした目をして、勇希を頭のてっぺんから爪先まで眺める。

「アルバイト？　そんなに儲《もう》かっているんだ、このカフェ」

自分はアルバイトでもないし、このカフェが儲かっているとは考えにくいという二つの答えのどちらも口にする間もなく、もともと答えを欲してはいなかったのであろう青年は、長い脚を颯爽《さっそう》と動かしてテーブルにつく。

勇希は初めての客に緊張しながら、レモン水とメニューをトレイに載せる。早く先生を呼んでこなくちゃ、と焦りながら青年のテーブルへと急ぐ。

青年は真ん中のテーブルで、肘をついてガラス壁の向こうを眺めている。アンティークな木製のテーブルに頰杖《ほおづえ》をつく横顔、背景にはガラス越しのハーブ畑。

そこだけ別世界が浮き上がっているようだ。

少しふわふわした気持ちで、勇希はできる限り丁寧に水の入ったグラスとメニューを置く。

青年がふいに勇希のほうに顔を向けた。

「タレ目のマスターは？」

「えっ」

先生のことを知っている。ということは、新規の客ではない。落胆。

「畑に出てます。すぐ呼んできますので、メニューをご覧になってお待ちください」

踵を返そうとする勇希の手首を、彼が摑んだ。

引き戻された勇希が驚いた顔で青年を見る。青年は勇希の手首を握ったまま、ニッコリと何もかもを蕩かすような美しい笑みを浮かべた。

「今なら誰もいないから、しやすいでしょう。さ、どうぞ」

「へ？」

何をすればいいのだ。真剣に考え込む勇希に、青年はいらつきを見せる。

「もったいぶってもしょうがないから、さっさと言ってよ」

「えっと……、何を言えばいいのでしょう？」

青年が弾かれたように、上半身を反らした。それから信じられないという表情で、勇希の顔をのぞき見る。

「何って、俺に告白したいでしょう？」

「え？」

「さ、どうぞ」

十秒の沈黙の後、勇希が素っ頓狂な声を上げた。

「はっああああっ⁉」

青年はそれこそ一目惚《ぼ》れしてしまいそうな極上の笑みを浮かべる。

「照れなくていいから。俺、告白慣れしてるし。ちゃんと最後まで聞いてあげる」

勇希は唖然と目の前の美形を見つめる。相手の言っている意味がよくわからない。いや、わかるけれど理解できない。

トレイを両手で持ったまま立ち尽くす勇希に、青年はさらに促す。

「ほら、お互い時間がもったいないから。いつまでも熱視線で見られる俺も疲れるし、見るキミも疲れるだろう。もうさ、後つけ回されたり、遠回しにアプローチされるのとか面倒だから。キミだってスッキリ告白して、ハッキリ断られれば、いつまでもウジウジしなくていいんだよ。だから、はい、どうぞ」

ファッション雑誌の表紙になりそうな笑顔で、早く早くと楽しげにせっつく。

勇希の頬が引き攣る。

確かに見とれてはいた。文句なく目の前の彼は美形だ。でも、それと好きになるのとは別問題。性格だってわからないし、いや、今の一分ほどのやりとりでわかった。

この人、変！　いくらイケメンでも変人は嫌だ。

「すみません、好きじゃないです」

「え？　なんて言ったの？　ちょっと聞き取れなかったかも」

「好きじゃないです。あなたのこと」

青年の顔から笑顔が消えた。

「嘘！」

「いいえ、嘘じゃないです」

「俺のこと好きじゃないの？」

「はい」

「そんな……、俺のこと、ジッと見つめていたじゃん」

勇希は言葉に詰まる。見とれたのは事実だ。彼は文句なく格好いい。だけど、それと好意とは別問題だ。

「ひどい……」

青年が青ざめて、うつむく。目に涙が浮かんでいた。

「そんな目で俺を見て、好きじゃないなんて……」

青年がポタポタとテーブルに涙を落とした。

勇希はギョッとしてトレイを胸に抱く。いい歳した男が人前で泣くなんて！　しかもその理由が初対面の女の子に出会って数分で告白されなかったから、って。どんだけナルシスト、どんだけ心が弱いんだ。しかも、勇希が彼の心を弄《もてあそ》んだように変換されている。

とにかくこの場から逃げ出したい。と思った時、チリン、と耳の後ろでベルが鳴った。同時にミントとレモングラスの青いにおい。

天の助けとばかりに振り返ると、期待通り、先生が額の汗を拭いながらカフェに入ってきた。手に持っているバスケットには、山盛りのハーブ。長いレモングラスの葉先が、先生の動きに合わせて揺れる。

「さすがにお昼近くになると暑いね」

前髪をかき上げた先生は青年の姿を見つけて、タレ目を大きくする。

「あれ。陽斗《はると》くん？」

陽斗と呼ばれた変人の青年は涙を素早く拭ってニッコリと微笑んで立ち上がり、惜しみなくイケメンオーラをまき散らしながら先生のそばに寄る。

目尻にまだ涙の跡は残っているものの、この変わり身の早さは一体……。勇希は愕然とする。

「お久しぶり、マスター」

「元気そうだね」

「あはは、お陰様で。マスターも元気そうで」

「それで、今度は何をしでかしたの？」

先生の言葉に、陽斗が決まり悪そうに肩を竦める。

「やだなあ。今回はノー・トラブルだよ。ちょっとこの近くに用ができて、しばらく通うことになりそうなんだ。それでまた泊めてくれないかと思って」

ふたりの会話に聞き耳を立てていた勇希の神経が尖る。泊まりに来るほど、先生と親しい人だったのか。こんな変人とどんな接点が、と勇希は眉根を寄せる。

先生は顎に手を当てて苦笑を浮かべる。

「うちのルールが守れなくて一週間もたずに逃げ出したくせに。それに今は女の子がいるから、もっとルールが厳しくなるよ」

「えっ？　まさか！」

栗色の髪を跳ね上げて、陽斗が勢いよく振り返る。勇希と目が合うと、ゲゲッと、美形にはふさわしくないカエルが潰れたような擬音が口から飛び出した。

「アルバイトじゃないの、あの子。泊めているの、ここに？　なに、家出少女？　マスター、ロリコン？」

家出少女でも、ロリコンでもない、親族だ！　と声を大にして言いたいが、先生の知り合いに怒鳴るわけにもいかず、ぐっと唇を噛む。

「うちで預かっているんだ。去年のキミと同じようにね」

陽斗がギョッと目を見開いた。勇希も同じアクションをした。

マダムが言っていた去年の男の子って、まさか。

勇希は改めて、陽斗をまじまじと見る。

青年は二十歳ぐらいに見えるが、確かに還暦を過ぎたマダムから見たら〝男の子〟になるかもしれない。

でっかい男の子だ。そして、精神年齢的には間違いなく男の子だ。

先生が言っていた、昔、何度も果樹の実を盗んで見つかった不埒な男子っていうのも、きっとこの男だ、と勇希は陽斗に不信の目を向ける。

「とりあえず、お茶にしよう」

先生はカウンターに入って、バスケットからレモングラスをひと束取り出して水洗いする。一センチの長さに刻み始めると、レモンに似た香りがすーっとカフェを流れていく。摘みたてのフレッシュティーはとても美味しい。

勇希も手伝おうとテーブルを離れ、カウンターへ向かう。途中、陽斗の前を通った時、ジロリと無遠慮に一瞥され、小声で悪意をぶつけられる。

「そっか。アルバイトならもっと愛想のよい、可愛い子を雇うよな」

勇希は絶句する。好きと言わなかったことへの報復だろうか。立ち止まって陽斗を睨みつけると、彼は無視してプイッと顔を背け、さっさと席に戻ってしまった。

濃いめに淹れたレモングラスティーを氷の入ったグラスに注ぐと、爽やかなアイスティーが出来上がる。小さなミントの葉を一枚浮かべて、ストローを挿すと、先生は三つのグラスをトレイに載せて、陽斗のいるテーブルに運んでいく。

「勇希ちゃんもおいで」

ふにゃりとした笑みで手招きされれば、カウンターから出て行くしかない。できれば無礼な変人イケメンの相手は先生だけにお任せしたかった。勇希は渋々、先生と陽斗のいる三人掛けテーブルにつく。

「ここに住んでいるってどのくらい？」

「もう二週間になるかな」

勇希の代わりに先生が答え、陽斗が悔しそうに顔を歪める。

「ふーん。二週間。よくもつね」

嫌味っぽく呆れたように言う陽斗を、先生が優しくたしなめる。

「勇希ちゃんはとても優秀だよ。それに、強くて優しい子だからね」

間接的に褒められて、褒められ慣れしていない勇希はどうリアクションをとっていいかわからず、薄黄色のレモングラスティーに口をつける。

それにしても、一週間で逃げ出したとはどういうことだろう、と勇希はレモンの香りを口に含みながら、こっそり陽斗を横目で見る。

ここに住むにあたって先生が課したルールは、節電節水、畑とカフェの手伝い、魔法の修行の三つだけ。

魔法の修行はどうかと思うけど、やることといえば過去を思い出してノートに書くという、たいていの人にはたわいもないこと。たった一週間で音を上げる理由がわからない。

陽斗はますます不機嫌さを募らせて、ライバル視するように勇希を睨む。

「こんな無愛想な子が？　本当？」

「本当だよ」

先生が誇らしげに微笑むと、陽斗は忌々しげに言い放つ。

「彼女、見る目ないよ。俺のこと好きにならないし」

「勇希ちゃんは賢いから、一目で陽斗くんの中身を見抜いたんだよ」

「ええっ。なにそれ！」

先生が遠慮がちに笑う。

「今まで起こしたトラブルの数々を、胸に手を当てて思い出してごらん」

陽斗はぶすっと不機嫌な表情をし、キレイな唇を尖らせ反論を試みる。

「でも、この子は愛想はないし、おでこにニキビだって作ってるし」

「なっ！」

勇希の頬が恥ずかしさと怒りで赤くなる。

「ニキビは関係ないじゃない！」

今まで先生の手前、ずっとしおらしく口を閉じていたが限界がきた。無意識に前髪に手を当てて反論する。

「ニキビあるの？」

先生が無邪気に問う。

「うっ」

隠している肌のトラブルが男の人にばれるのは、たとえ相手が変人でも伯父《せんせい》でも、なんだか恥ずかしい。勇希にだって、それなりの乙女心はある。

一矢《いっし》報いてやったとばかりに、陽斗がはしゃぐ。

「野暮ったい前髪が悪いんだよ。ブスだから顔を隠したいのはわかるけどさ、長い前髪越しにツリ目で見られると、怖いって言うか、気味悪いって言うか」

ブス！　勇希の手が震える。美人だとは思っていないが、会ったばかりの人間に、いきなりブスとけなされるいわれはない。勇希の口が開きかける。

「陽斗くん」

先生の厳しい声はしなやかな鞭《むち》のように、陽斗をシュンと萎縮させた。泣きそうな顔でストローを口にくわえる陽斗を見て、勇希の溜飲《りゅういん》が下がる。

先生はいつもの穏やかな調子で、勇希に向き直る。

「後でドクダミの小径から、袋いっぱいに葉を摘んでおいで。ニキビに効くドクダミ水とお茶を作ってあげるよ」

「ドクダミ⁉」

毒々しい名前からして、ニキビに効くというよりは、かえって悪化しそうな感じがする、という勇希の心を読んだかのように、先生が説明する。

「優秀な日本のハーブだよ。十薬《じゅうやく》という生薬名が付けられ、十種類の薬効があると考えられていたほど。カリウムをはじめ解毒作用に優れた成分が豊富で、ニキビなんかの肌のトラブルに効くんだ。そこらへんに野生しているから、畑で育てなくても手に入って助かるよ。そういうハーブ、他にもたくさんあるんだけどね」

ふにゃっとした先生の脱力スマイルに、勇希の怒りと恥ずかしさも溶けて消える。

「ところで、このへんに通う用ができたっていうのは？」

先生に話しかけられ、陽斗は許してもらったとばかりに、再び輝くイケメンオーラ全開になる。

「強《し》いて言うなら、宝探しかな」

「へえ、宝探し。どんな宝を？」

「それがまだよくわからないんだ。俺のじゃなくて、他人の宝なの。俺はその人の手伝い。それでしばらくこの街にいたいんだけど、また泊めてくれないかな」

やだ。絶対、やだ！　勇希は心の中で叫ぶ。いくら美形でも、こんな傍若無人の変人と一つ屋根の下なんてごめんだ。部屋があるとか、屋敷が大きいとか、そんな問題じゃない。それに赤の他人だし、年齢だって先生よりもずっと近いし。

「寝る場所がなくて本当に困っているなら、僕の部屋に泊まってもいい。その場合は去年と同じルールを守ってもらわないと。そこは譲歩する気はない。できるかい？」

「なんでマスターの部屋？」

「広いよ。ベッドもダブルサイズだし。ふたりでも窮屈じゃないよ」

「そうじゃなくて、ほかにも空いている部屋あるでしょ」

「去年キミが使っていた客間は勇希ちゃんの部屋だから。ほかの客間は全然手入れしていないし、寝具もないし。それに見張っていないと危なそうだから」

「俺は紳士だよ。額にニキビをつくるガキなんか眼中にないよ！」

勇希はムッとする。好かれたいわけじゃないが、その言い方は気に入らない。

「そうじゃないよ。また二階から飛び降りられても困るから。僕の部屋は一階だから、その点でも安心だ」

先生がふにゃりと微笑みながら窘めるように言うと、陽斗は意表をつかれたようにのけぞった。そして、じゃあ泊まらないとふてくされた。

勇希は陽斗に対してますます不信を募らせる。

一週間で音を上げ、二階から飛び降りた!?　一体去年、何があったのだろう。

月齢17.9　寝《ね》待月《まちづき》

ローズヒップも無事届き、カフェは完全に通常営業に戻った。

マダムがルビーを溶かしたようなハーブティーを愛おしそうに飲む。

「そういえば、昨日、陽斗くんが来ました」

先生の報告に、マダムが困ったようにため息をつく。

「まあ、また何かやらかしたの？　しばらく顔を見せないから落ち着いたと思っていたのに。複数の女性と交際していたのがバレて殺されそうになったり、人妻に騙《だま》されて夫に慰謝料を請求されたり、ホストクラブで殺傷沙汰になったり、あとは何がありましたっけ」

「マダム、しー」

先生が弱った顔をして、人差し指を口に当てる。

「あらあら、わたくしったら。勇希さんの前で下品なことを」

マダムが恥じらうように口に手を当てる。

「陽斗くんは悪い子じゃないんだけどね。いろいろ問題を抱えていて、ちょっとそれが行動に出《おもて》ちゃうんだよね」

その〝ちょっと〟の中には、いきなり告白を強請《ねだ》ってきたり、初対面の人にニキビ面だブスだと肉体的欠陥を指摘したり、二階から飛び降りることも含まれているのだろうか。

「陽斗さんはいつ頃、この屋敷にいたんですか？」

「ちょうど去年の今頃だったかな。真夜中に泣きはらした顔でカフェに飛び込んできたっけ。そして突然ここを出て行って心配してたんだけど、三ヶ月後ぐらいに仕事も住む場所も見つかったって連絡が来て安心したんだけどね。それからいろんな問題が起きるたび、カフェに駆け込んでくる」

先生は笑い、マダムは肩を竦める。

「わたしはあの人、ちょっと苦手です。誰でも自分に一目惚れすると思っているようだし、急に泣き出すし、かと思えば次の瞬間にはケロっとしているし、人の気にしていることをズケズケと指摘するし」

勇希は勇気を出して、自分の気持ちを打ち明ける。

「え、気にしていることって？」

先生に一番スルーして欲しいところを突っ込まれ、勇希は少し後悔した。

「あ、ニキビのこと？」

先生が的確に引っ張ってしまい、いたたまれなくなる。

「そうだ、ドクダミ水渡すの忘れていた。洗顔後につけるといいよ。前髪も切る？

あまり長いと暑いだろうし、目も悪くなる」

勇希はとっさに両手を前髪に当てた。

「い、いいです」

「わたくしがカットして差し上げますわよ。これでも美容師ですの。今はもう引退して、お得意さんに頼まれた時しかハサミを持ちませんけれど」

前髪はいつも自分で、ギリギリ目に入らない長さに切っている。美容院代がもらえないからだけでなく、なるべくツリ目が目立たないようにしているのだ。

「『ローマの休日』のオードリー・ヘップバーンってわかるかしら？　あんな感じの短い前髪なんて、勇希さんにとても似合うと思うの」

額の半分ぐらいの長さしかない前髪なんて、絶対ムリだ。目だけでなく、眉毛まで見えてしまう。

「似合うと思うよ」

先生もニコニコと期待するように勇希を見る。

「わ、わたし、今日は夕食当番なので、下ごしらえしてきます」

このままカフェにいたら、なんだかんだで丸め込まれて前髪を切られてしまいそうで、勇希は夕食当番を盾にして、屋敷のキッチンへと逃げ込んだ。

月齢18.9　更待月《ふけまちづき》

本日も通常通り、客のいないカフェ。

時刻は午後二時。一日の内で一番暑くなる時刻。さすがに先生も畑には出ず、カフェでのんびりと本を読んでいる。

勇希は隣のテーブルで英語の教科書とノートを広げていた。

チリンとベルが鳴り、陽斗がカフェに入ってきた。しかも、白地に赤い小花を散らした絽《ろ》の着物に、薄紅の帯を合わせた女性の手を取って。

陽斗にエスコートを受けながらカフェに足を踏み入れた女性は、マダムよりもさらに年上、齢《よわい》七十は超えていると思われる女性だった。

長い銀髪を束ね、襟元から伸びた首はあまりにも白く、枯れ木のようにシワがあるにもかかわらず、ほんのりとした色気があった。はにかみながら陽斗の隣に立つその表情には、若い頃はさぞや美人であっただろうと思わせる淑《しと》やかさと華やかさが漂う。

先生は席を譲るようにスクッと立ち、テーブルの脇に身を寄せ、「いらっしゃいませ、どうぞこちらに」と店長の顔で声をかける。

勇希は驚きと不信を隠しながら立ち上がり、急いで教科書とノートを閉じる。

陽斗が誇らしげに女性を紹介する。

「新しい恋人を連れてきたよ。彼女は紫乃《しの》さん」

恋人という言葉に、勇希はひっくり返りそうになる。なんなんだろう、この男は。

だが、紫乃さんと紹介された老齢の女性は特に臆することもなく、勇希たちに向かって丁寧に頭を下げた。

先生がイスを引き、陽斗に手を取られてテーブルについた紫乃は、カフェをぐるりと見回した。

「いいにおいですこと。いろいろなお花の香りがしますわ」

「ありがとうございます」

にこやかに答えて、先生はカウンターに向かう。勇希も教科書とノートを胸に抱え、逃げるようにちょこちょこと先生の後についてカウンターへと入る。

グラスに水を注ぎつつ、勇希は陽斗と紫乃のテーブルを睨むように観察する。

陽斗自身に対しても好感は持てないし、さらに彼がまるで自分の家のようにカフェで我が物顔に振る舞うのも気に入らない。それに紫乃との関係も恋人なんて本当だろうか。ヒモ、ジゴロ、遺産狙い、保険金殺人。陽斗の悪印象と相まって、勇希の想像はどんどん物騒になっていく。

油断したら寄ってしまう眉間のシワを意識して伸ばしつつ、勇希は二つのグラスとメニューをテーブルに置く。

紫乃が少女のような無邪気な目で、勇希を見上げた。

「大きな目をした可愛らしいお嬢さんですこと。子猫みたいに愛らしいわ」

老齢とは思えないはりのある声で、勇希を褒めた。

「えっ、あ、あの、ありがとうございます」

コンプレックスの目を可愛いと言われ、戸惑いと嬉しさに言葉がつっかえる。

「まあ、知らないお茶がたくさん。おすすめはどれかしら?」

陽斗が紫乃の手に自分の手を添えて言う。

「ローズマリーがいいよ。別名記憶のハーブ」

紫乃に柔らかな笑みを向けて、滑らかにハーブの説明をする陽斗は知的なハンサムに見える。油断すると勇希までうっとりしてしまいそうになるのが恐ろしい。

年齢を超えて女性を魅了する外見なのは認める。紫乃が陽斗に注ぐ視線は、孫ではなく、確かに恋人を見る目だ。シワの寄る目元にも、着物の重さに折れてしまいそうな薄い肩にも、筋と血管が浮き出た細いというよりも枯れたと言ったほうがふさわしい手にも、儚《はかな》い少女の面影がうっすらと透けて見えるのは、やはり恋をしているからだと思う。

だけどいやらしさはまったく感じない。花を愛《め》でるような、嫋《たお》やかな恋心が感じ取れた。

「ではローズマリーというのをいただきましょうかしら」

「俺はアレ。肌にいいやつ」

「アレ？」

勇希が聞き返すと、陽斗はなんでそんなこともわからないんだとでも言いたげな一瞥を投げ、カウンターに向かって言う。

「マスター、肌にいいアレ」

自分を無視された勇希は正直面白くない。それを顔や態度には現さないよう、奥歯を噛み締め忍耐力を総動員させる。

確かに美形なのは認めるが、男のくせに肌を気にするとかキモイと心の中で毒づいたのが聞こえたように、陽斗が勇希のおでこに目を向けてフフンと鼻で笑う。

「顔の造作は簡単に変えられないけど、肌はなんとかなるからね。そして肌の美しさは顔の美醜にかなり影響するから。キミも早くニキビを治したほうがいいよ」

余計なお世話です！　と勇希は湧き上がる怒りをなんとか抑え、一礼してカウンターに戻る。先生はすでに二つのポットに茶葉を入れて熱湯を注ぎ込んでいた。

ひとつはローズマリー。個性的で清涼感のある香りがすっと立ち上ってくる。

もうひとつはローズヒップとカモミールのブレンド。甘い香りがゆっくりと広がってくる。

数分蒸らしてカップに注いだお茶は、美しい黄緑色とほんのりと赤みのある黄色。

外見だけなら文句の付け所がない陽斗と、白い着物を粋《いき》に着こなしている紫乃がハーブ畑を背景に座っている様子は、一枚の絵画のように美しかった。

そこに流れるような仕草でカップを置く先生も、絵になっていた。

紫乃はまず香りを嗅ぎ、それからゆっくりと唇にのせるようにお茶をすすって顔をほころばせた。

「まあ、美味しい。体中にスッキリとした香りが通っていきますわ。頭が冴《さ》えるお茶ですわね」

先生は無言のまま、ふにゃりとした笑顔を浮かべて小さく頭を下げる。

「本当に頭が冴えてくれればいいんですけど。なにしろ最近、物忘れが多いんですの。もうこんな歳ですから仕方ありませんけど」

紫乃はふふふと上品に照れ笑いを浮かべ、カップをソーサーに戻す。

「でも不思議なんですよ。この頃ふと、今まで忘れていた昔のことを思い出すの。幼い頃や、少女だった頃のことを。あれかしら。死ぬ間際に見る人生の走馬灯」

「何言ってんの」

陽斗が怒ったというよりも拗《す》ねた声を出す。紫乃が叱られたように薄い肩を竦めた。

「それにしても、おふたりはどこで知り合いに？」

先生が見守るような眼差《まなざ》しで陽斗に問うと、彼は待ってましたとばかりに背筋を伸ばした。

「紫乃さんは俺に一目惚れしたんだよ。ね？」

紫乃が恥じらうように口元に手を当てた。

「庭先に陽斗さんが現れた時は、夫の生まれ変わりが会いに来てくれたのかと思いました」

うっすらと紫乃の頬が染まる。

「よっぽどカッコいい旦那さんだったんだね」

陽斗が紫乃の夫を通して自分の美貌《びぼう》を褒め、カウンターの中で聞き耳を立てていた勇希はイラっとする。

「ええ。背が高くて、整った顔立ちをしていて、ハイカラな人でした。自分のような何の取り柄もない女が許嫁《いいなずけ》なんて、本当に申し訳なくて。初めて親に紹介された時も、恥ずかしさといたたまれなさで、目を合わせることができませんでした。本当は秀麗なお顔をずっと眺めていたかったのに」

「俺の顔は好きなだけ見つめていいからね」

勇希の手の中のグラスがキシっと音を立てた。自画自賛丸出しのナルシストに、苛立ちを通り越して怒りが湧き上がる。しかし先生は楽しそうにふたりの話を聞いている。

紫乃は胸の前まで持ち上げたカップの中の、黄緑色の液体を愛おしそうに覗く。

「夫はコーヒーが大好きで、戦後のあまり豊かでない時代でしたけど、余裕ができると喫茶店に連れて行ってくれました。家でコーヒーを淹れてくれたりもしました。ああ、懐かしい」

「メニューには載せていませんが、コーヒーもありますよ。ご希望なら用意します」

先生の勧めに、紫乃は小さく首を振る。

「せっかく勧めてくださったのに、ごめんなさい。今はすっかりコーヒーが飲めなくなりましたの。飲むと体調が、特に胃の辺りが辛くなってしまって。歳のせいかしらね、ふふふ」

ローズマリーティーの水面に向かって微笑んでいた紫乃の表情に、すっと影が差す。

「本当、歳をとるとだめね。大切なことさえ忘れてしまって。自分が情けないわ」

「大丈夫だよ、紫乃さん。きっと思い出せるから」

陽斗が励ますように力強く言う。

「そうだよね、マスター」

先生はふにゃっと弱った顔をする。

「ローズマリーティーは記憶を取り戻す薬じゃないからねぇ」

「でも、この刺激的な香り。何かを思い出せそう」

紫乃はカップに鼻を近づけて、深呼吸するようにローズマリーティーの香りを堪能《たんのう》し、それからお茶を少しずつ口に含む。

「ところで、忘れてしまった大切なこととは？」

先生が尋ねると、紫乃はカップをソーサーに置き、切なそうにガラス越しの空を見上げた。

「老いた頭の中に、幸せな思い出が欠片《かけら》のように降ってくるんですけど、ひとつひとつがジグソーパズルのピースのようになかなか繋がらないのです。確か、結婚式を挙げる前。わたしは夫から、とても素敵な贈り物をもらったの。彼はとても眉目《びもく》秀麗で、知識の広い人で、わたしは初めて会った時から、自分のようなつまらない女は相応しくない、結婚してもすぐに愛想をつかされてしまうだろうと、幸せな家庭を築いていく自信がまったくなかった。でも、あの時夫から、いえ夫になる前のあの人から贈られたものが、わたしに自信をつけさせてくれた。この人となら、きっと幸せになれると、そしてこの人を幸せにしてみせると思った瞬間が確かにあった。あったはずなのに、それがなんだったのか思い出せない……」

紫乃が悲しげな微笑みを浮かべて、そっとカップの縁をなぞる。

「夫に愛され、子どもにも恵まれ、とても、とても幸せな結婚生活でした。短かったことを抜かせば」

陽斗と先生の顔が曇る。

「三十五歳の若さで夫が逝《い》ってから、女手一つで子どもたちを育てて、過去を懐かしむ間もなく、必死で生きてきて、幸せだった日々をどんどん忘れていってしまったようです。それを今、少しずつ思い出しているのは、夫のお迎えが近づいているってことかしら。あの世で夫に会った時、ちゃんとお礼を言えるように思い出したいのに」

「思い出すよ」

湿ってきた雰囲気を一掃するように、陽斗が紫乃の手をぐっと握る。

「それに、それを一緒に探すのが、俺たちのデートじゃない」

陽斗が蕩けるような笑みを浮かべると、紫乃は嬉しそうに、そして少し悲しげにうなずく。

話が一段落したところで、先生がカウンターに戻ってくる。勇希は少しホッとした気持ちになって、洗い終えたポットを慣れた手つきで拭いていく。

時々、陽斗と紫乃が言葉を交わす以外は音もなく、静かな時間がカフェを通り過ぎていく。特にやることのない勇希はボーッとハーブ畑を眺めていた。

ふいに、穏やかな時間は破られる。

「あ、まずい、時間だ！」

陽斗がカフェの壁掛け時計を見て、慌てて立ち上がった。

「どうしたの陽斗くん。何かあるの？」

先生が驚いてカウンターから身を乗り出す。

「紫乃さんの門限。次のバスに乗らないと間に合わない。マスター、お金はあとで持ってくるから。俺、紫乃さん、送ってくる」

陽斗は紫乃を引っ張るようにしてカフェを出て行く。だが紫乃の足では陽斗についていけず、カフェを出てすぐによろけて転びそうになる。一緒に走るのは無理だと早々に判断した陽斗が紫乃を背負って、石柱の門を駆け抜けていった。

月齢21.9　下弦の月

買い出しに出かけた勇希は、駅のバスターミナルで見覚えのある小さな、しかし凛とした後ろ姿を見つけた。

水色の絽の着物に、銀髪を結った小柄な女性がバスを待っている。

紫乃だ。今日は陽斗と一緒ではない。それが勇希の警戒心を解いた。

「紫乃さん、こんにちは」

勇希は紫乃の前に立って、にこやかに挨拶をした。だが、相手の反応は勇希の想像したようなものではなかった。

紫乃は一瞬、訝るように顔を顰めて、それから相手が中学生の女の子だと認めて表情を崩す。

「あら、目の大きな可愛らしいお嬢さんですこと。こんにちは。何かご用？」

勇希は笑顔を落として、きょとんと紫乃の顔を見た。

まるで初対面のようなよそよそしさ。それでもコンプレックスの目を褒めてくれるところを見ると、外見の似た他人ではないようだ。それに、紫乃さんと呼びかけたら反応したのだ。

「あの、先日、陽斗さんと一緒にハーブカフェに来てくださいましたよね。わたしはそこのウェイトレスです」

紫乃が困惑した表情を浮かべる。

「陽斗さん？　陽斗さんって、どなた？　どこのカフェですか？」

勇希は紫乃以上に困惑の表情を浮かべた。

「えっと……」

どうしよう、と勇希が目を泳がせていると、紫乃の背後から五十歳ぐらいの女性が近づいてきた。

「お母さん、知り合い？」

女性は不審げに勇希に目を向ける。

「こ、こんにちは、初めまして」

勇希はぎこちなく頭を下げる。

「母に何か？」

紫乃の娘と思われる女性に警戒心丸出しで問われ、勇希は逃げ出したくなる。

「先日、わたしの家のカフェに来ていただいたのでご挨拶を」

「カフェ!? カフェですって。いつ？」

「え、えっと、三日前……です」

「時間はっ！」

険しい顔で詰め寄られ、わけがわからず、勇希は混乱する。

「ちょっと洋子《ようこ》。なにをそんな剣幕で。お嬢さんが怖がっているじゃない」

母親にたしなめられ、洋子はばつが悪そうに謝罪する。

「いきなりごめんなさい。母が外出していたなんて、思いもよらなかったので」

「いえ、平気です。確か午後二時頃にご来店いただきました。あ、でも人違いかもしれません。すみません」

　絶対に人違いではないと思うが、紫乃が来店したことを知られるとなんだか面倒なことになりそうな予感がして、勇希は予防線を張った。

　排気ガスの臭いが濃くなって、横浜駅行きのバスがゆっくりと横付けされる。

「さあ、バスが来ましたよ」

　紫乃が体をバスのほうへ向け、着物の裾を整え乗り込む準備をしている。

「そのお店ってどこにあるの？　この近く？」

　内緒話をするように洋子が顔を近づけてきて、こっそりと尋ねる。

「バス通りをずっと上ったところにある、魔法使いのハーブカフェという店です」

「母はひとりで？」

　なんだか嫌な予感がどんどん膨らんで、勇希は本当のことを言おうかどうしようか迷う。沈黙している勇希を見て、洋子が察した。

「もしかして、ハンサムな男性と？」

　ドキンと胸が鳴る。とっさに嘘がつけるほど、勇希は世慣れていなかった。

「やっぱり！　あの男、また勝手に母を連れ出しているのね」

　勇希はますます混乱する。なぜ洋子が陽斗を知っているのか。

それよりも、勝手に陽斗が紫乃を連れ出しているというのはどういうことだ。紫乃の様子から、陽斗が無理矢理彼女を連れ出しているわけではないと思うのだが。

「ほら、バスに乗らないと」

紫乃は着物の裾を少し持ち上げて、バスの昇降口に足をかける。

「お母さん、先に乗ってちょうだいな」

洋子はかき混ぜるようにハンドバッグの中を漁《あさ》る。

「あなたも薄々感づいたと思うけど、母は記憶障害があるの。昨日のことをリセットするように忘れてしまうの。簡単に言えば、新しいことがまったく覚えられないのよ。昔のことは覚えていて、ちゃんとわたしが誰かとかはわかるんだけどね」

勇希はそれで自分のことも忘れたのかと、思い切り他人行儀だった紫乃の態度に納得した。

「足腰もしっかりしているし、昔の記憶はちゃんとあるから元気な老人に見られるんだけど……っと、あった」

洋子は名刺を一枚抜き取った。

「近所の人から、最近モデルのような青年と一緒に母が外出しているって聞いて、最初はまさかと思ったんだけど」

怒りを押し込めた表情で、洋子は勇希に名刺を押しつけるように渡す。洋子の名前の下に、家の電話と携帯電話の番号が神経質そうな字で記載されていた。

「もし、母がまた店に現れたら引き留めておいて、わたしに連絡をいただけないかしら。青年が連れ出すのはわたしが外出している時だから、携帯電話のほうに。それと可能なら、その青年も引き留めておくか、連絡先を聞いておいてもらえると助かるんだけど」

「はあ」

事情がわからず、混乱気味の勇希は曖昧に返事をする。それを面倒くさがられたと捉えたのか、洋子がとってつけたような笑みを浮かべる。

「もちろんお礼はさせていただきます。母の財産を守ってくださるのだから」

「財産⁉」

「ええ。母の財産を狙っているとしか思えない。だって、そんなにカッコいい青年が、もうすぐ八十になる母の相手なんかするわけないでしょう。老いらくの恋に目覚めた母もどうかと思うけど。家からお金が無くなっていくのもそのせい。母が外出するたびにお金を持っていってるんだわ。とにかく、お願いします」

よろしくねと、さらに念を押され、勇希は気圧《けお》されながら黙ってうなずく。

洋子は、勇希が味方になったと思ったのか、安堵した表情でバスに乗り込んでいった。

「どうしたの勇希ちゃん、恐い顔をして。何か嫌なことでもあった？」

買い物を終えてカフェに戻ってきた勇希に、先生がふにゃっとした笑顔を向けて言った。反対に勇希の顔はさらに強張る。

先生はなんでもお見通しだ。それとも自分は感情を表に出し過ぎなのだろうか。感情を隠すのは得意だと思っていた。少なくとも自分では、ずっと感情を押し殺してやってきたつもりだ。ハーブの優しい香りに、勇希が自分自身を守るために纏ってきた鎧《よろい》が溶けてしまったのだろうか。

勇希はぎこちなくエプロンを着ける。

先生はそれ以上詮索《せんさく》せず、ただカウンターに入ってきた勇希の頭をいつものようにポンポンと撫でるように叩いて終わりにしてしまう。

勇希にはそれが嬉しい反面、苦しい。もっと詰め寄ってくれたなら、自分は正直に吐露できるのに。

と、思っていたらその悩みの元凶がカフェに入ってきた。

ったような気さえする。

陽斗が入ってくるだけで、店内の雰囲気が華やぐ。甘い香りがひときわ濃くなったような気さえする。

「やあ、マスター」

「いらっしゃい。今日はひとり？」

「うん。紫乃さんは出かけているみたい」

紫乃はさきほど洋子と横浜駅行きのバスに乗っていったのだから、当然家を留守にしている。陽斗は紫乃のスケジュールを知らずに会いに行ったが、不在で暇を持てあましカフェに顔を出したのだろう。

紫乃と一緒ではないということは、洋子に連絡せずとも義理を欠いたことにはならない、と勇希は屁理屈のような結論を出し、とりあえず陽斗のことは保留にしておく。

陽斗は長い脚を放り出すようにイスに座り、ぐったりと背もたれに上半身を預ける。

「ああ、暑かった。喉渇いちゃった。お水早くちょうだい」

まるで自分の家にでも帰ってきたかのようにリラックスして、図々しく言う。

勇希はグラスに水を注ぎ、陽斗のテーブルに持って行く。

「お茶はいつものアレね」

肌によいと言われるローズヒップベースのハーブティーのことだろう。

「何？　俺の顔に何かついてる？」

陽斗が怪訝そうに自分の頬を撫でる。勇希はずっと彼の顔を見つめていたことに気づいて、慌てて踵を返しカウンターの中に逃げ込む。

ローズヒップの茶葉をスプーンですくう先生の横顔をちらりと盗み見て、ズキンと後悔が胸を打つ。紫乃に声なんかかけなければよかった。

もし陽斗が本当に悪巧みをしていたら、先生に迷惑がかかるかもしれない。勇希は洋子にカフェの場所を教えてしまったし、先生は陽斗と知り合いであることを隠したりしないだろう。

勇希の視線に気づいた先生が含み笑いをする。

「どうしたの、勇希ちゃん。ソワソワして」

「べ、別に、そんなことないです」

陽斗が口を挟んでくる。

「なんかさあ、さっきから俺の顔ばかり見てない？」

「見ていません」

瞬時に否定するが、陽斗はふふんと鼻を鳴らしていなす。またまた、という声が聞こえた気がして、不愉快極まりない。だが、陽斗の顔を見ていたのは事実だ。

「俺の顔が気になるのはわかるけど、自分の顔のことをもっと気にすれば。早くニキビ治したほうがいいよ。そうでなくても、たいした顔じゃないんだから」

「はあっ!?」

「鬱陶しい前髪をなんとかすれば、少しはマシになると思うのに」

「よっ、余計なお世話です」

先生がカップにお茶を注ぎながら、楽しげにクスクスと笑っている。

まさか、仲がいいとか、陽斗に気があるとか誤解されていないだろうかと、勇希は不安になる。

ちょうどお茶をカップに注ぎ終えたところで、電話が鳴った。

先生がこれをお願いというように、カップの載ったトレイを勇希のほうへ押し出す。

勇希は黙ってうなずき、トレイを持つ。

「はい、魔法使いのハーブカフェです。いつもお世話になっております。はい、では在庫を確認して、折り返しご連絡します」

先生の声を背に、勇希は陽斗のテーブルにカップを置く。慣れてはきたが、まだまだ先生のような流麗な仕草とはかけ離れている。

「勇希ちゃん、僕ちょっと屋敷にいるから。何かあったら内線ね」

収入源である精油の注文が入ったらしい。先生がカウンターの奥へ消えていった。

先生がいなくなったとたん、陽斗はウキウキと昂揚感《こうようかん》を全開させて、勇希にイケメンオーラ爆発の笑みを向け手のひらを見せる。

「はい、どうぞ」

勇希は眉間にシワを寄せ、陽斗のイケメン顔と彼の手のひらを交互に見る。

「ほら、ほら。早く、早く」

なんだかわからないが、急かされている。

「マスターもいなくなったし、チャンスじゃん。言っちゃいなよ」

「何を？」

「何をって告白だよ。やっぱり俺のこと好きになっちゃったんでしょ」

「しつこい！　好きじゃないって言っているでしょ」

「またまた、意地張っちゃって。可愛くないぞ。もともと可愛くないけど」

陽斗がぷぷぷと小馬鹿にするように笑うと、勇希の中の何かが切れた。

「人が悩んでいるのに、なにを脳天気に！　わたし知っているんだから。あなた、紫乃さんを家族に内緒で連れ出しているんでしょ。家族の人、すっごく怒っているよ」

　陽斗が不機嫌さを丸出しにして、背もたれにだらしなく体重を預ける。

「内緒で連れ出したなんて人聞きの悪い。紫乃さんが外出したいって言うから、付き合ってデートしているんだよ。記憶を呼び覚ます手伝いをしてあげているんだ」

「デートなんて言って、紫乃さんに貢がせているんでしょ」

　一瞬、陽斗は言葉に詰まり、歯切れが悪くなる。

「貢がせるなんて。紫乃さんが自分が出したいって言うから……、ちょっと素直に、甘えているだけで」

「紫乃さんのこと、食事代の代わりにしているの？　最低！」

「最低ってなんだよ。出してもらってるのはデートのお茶代やタクシー代ぐらいで、なんか物を買ってもらうわけじゃないし。俺たちがやっているデートは、紫乃さんの記憶を取り戻すために必要なんだよ」

「嘘！」

「なんで嘘なんだよ！」

「紫乃さん、記憶障害なんでしょ！　昨日のこと覚えていないんでしょ。だったら、意味ないじゃない！」

「意味はあるよ！　このブス！」

「ブスで悪かったわね！　それこそ関係ないじゃない！」

「もう、あっち行け！」

陽斗は背もたれから体を起こし、腕を伸ばして勇希のお腹の辺りを押した。

勇希の頭にカッと血が上る。反射的に陽斗の腕を勢いよく振り払った。

ガツン！

「あ……」

金属製のトレイと骨のぶつかる鈍い音がした。

振り払った勇希の手から落ちたトレイが、勢いよく陽斗の右頬骨を直撃し、床に落ちた。鈍い音がカフェに響く。

右頬を押さえながらショックで呆然としている陽斗に、予想外の出来事に狼狽える勇希。

「あ、ご、ごめ……」

謝らなくてはと思っているのだが、あまりに動転して勇希はうまく呂律《ろれつ》がまわらない。

「あ、あの……」

勇希がケガの具合を見ようと、陽斗の顔に手を伸ばそうとした時、陽斗が我に返った。

「なにすんだよ！」

いきなり怒鳴られ、伸ばしかけた勇希の手がビクっと引っ込む。

「顔に傷がついたらどうしてくれるんだ！」

「ご、ごめんな、さい」

「ごめんじゃねーよ。俺の顔に物投げつけるなんて！　最低どころじゃないぞ！」

「わ、わざとじゃ」

陽斗が立ち上がって、バンとテーブルを叩く。

カップから盛大にローズヒップティーが跳ね上がり、ルビー色の飛沫《ひまつ》が飛び散る。

「ふざけんな！　わざとじゃなかろうと、何だろうと、俺の顔に傷をつけるなんて！」

勇希は恐る恐る視線を上げて、陽斗の顔を見る。右頬は少し赤くなっていたが、傷はなかった。陽斗の怒号に怯えながらも、少しホッとする。

「ごめんなさい。あの、早く手当てを」

「だから、ごめんじゃねーって言ってんだろ！」

今にも殴りかかってきそうな勢いで、勇希を罵倒《ばとう》し始める。

「俺の顔は、お前みたいなブスとは価値が違うんだ！　謝って済む問題じゃないんだよ。ふざけんな！」

陽斗の怒りは収まらない。思いつくままの言葉で勇希を攻撃する。勇希は萎縮するばかりだ。だが、さんざん喚《わめ》かれると、怒声にも罵声にも慣れてくる。

やがて、恐怖が減ったぶん、怒りが湧いてきた。

「なによ、傷、つかなかったんだからいいじゃない！」

勇希がいきなり反論したことに、陽斗が面食らって黙り込む。

「何度も謝っているでしょ！　これ以上どうしろっていうのよ！」

「どうしろって……」

「怒鳴る暇があるなら、さっさと冷やすか何かしなさいよ！」

陽斗は感情のままに怒り狂っていただけで、解決方法や落としどころなどはまったく考えてなんかいない。

「だいたい顔、顔って、男のくせに外見ばっか気にして。情けないし、気持ち悪い！」

陽斗の体がビクンと震えた。

「だって……、だって、しかたないじゃん」

陽斗の声が震え、掠れる。

今度は勇希のほうが面食らって、言葉を失った。

先ほどまでの怒りは一体、どこへ行ったのかとカフェの中を捜索したくなるほど、陽斗は今にも泣きそうな顔で、弱々しく項垂れている。

「お、俺なんか、見てくれしか取り柄がないいんだから」

よくわかっているじゃない、と相づちを打ちたいところだが、陽斗の目に涙が浮かんでいるのを見て、勇希は何も言えなくなった。もう一度、謝るべきかと迷っているうちに、ぽたり、ぽたりと陽斗の涙がテーブルに落ちる。

二度目とはいえ、自分よりもずっと年上の相手に目の前で泣かれるのは当惑する。

陽斗が手の甲で涙を拭いながら、しゃくり上げる。

「俺には、外見しか残っていないいんだから……」

勇希の背後で空気の動く気配がした。振り返ると、カフェに戻ってきた先生が、バックヤードとカウンターの仕切りのところで、首を傾げてこちらを見ていた。

「先生……」

勇希に少し遅れて、先生の姿に気づいた陽斗は、泣き顔を見られるのを避けるがごとく、突然カフェを飛び出して行ってしまった。

チリンと悲鳴のようにベルが鳴り、陽斗の姿はすぐに見えなくなる。

取り残された勇希は、気まずい思いで床に落ちたトレイをそっと拾う。どう説明すればよいか迷っているうちに、先生が先に口を開く。

「ケンカでもしたの？」

「……そんなところです」

きっかけは陽斗が告白を強請ってきたことだった。先に手を出したのも陽斗だ。だけど、勇希を退《ど》けるように手で押しただけで、力は入っていなかった。それでも、女の子の体に無遠慮に触るのはどうかと思う。勇希の反撃は当然のことだけど、わざとではないにしても、トレイを飛ばしてしまったのはこちらの落ち度だ。陽斗の顔に傷はつかなかったが、万が一、目を直撃していたら、言い争いでは済まなかった。

それに、彼を泣かせてしまった。泣かせるつもりはなかった。たぶん、彼の一番触れられたくない部分を抉《えぐ》ってしまったのだ。

きっかけは陽斗が作ったが、事を大きくしたのは勇希だ。

うなだれる勇希の頭を、先生が撫でるようにポンポンと叩く。

「どうせ陽斗くんが悪いんでしょ」

陽斗の性格がわかっているのか、勇希を信頼してくれているのか、先生は断定する。

「許してあげて。彼はね、子どもなんだよ。子どもの時に受け取るべきものを受け取れずに、成長できないままでいるんだ。そして、自ら得たものさえ失ったんだ。だから今でも、我が儘《まま》な子どものままなんだよ」

「わたしも悪いんです」

「そっか。じゃあ、どこかで仲直りしないとね」

先生は何があったか尋ねようとしない。代わりにリンデンティーを淹れ始める。千の用途を持つ木と言われるリンデンの花の部分で淹れたお茶からは、緊張を解きほぐす甘い香りが立ち上る。

ささくれだっていた勇希の心も、リンデンティーの湯気と共に徐々に解きほぐされていく。カウンターのスツールに、ふたり並んで腰を下ろす。

そっと口に含んだリンデンティーは、ほんのちょっと蜂蜜を溶かしたような甘い味がした。無条件で甘やかしてくれるお母さんのような優しい味は、ひとりで抱え込むことはないんだよ、と優しく勇希の背を押してくれた。

「先生……」

「ん？」

「実はわたし、紫乃さんのご家族に駅前のバス停で会って――」

勇希は紫乃の娘、洋子に言われたことと、それが原因で陽斗と言い争いになり、手が滑ってトレイを彼の頬にぶつけてしまったことを打ち明けた。

たどたどしい勇希の説明を、先生は最後まで黙って聞いていた。

「陽斗くんはいい子なんだけど、いつも判断を誤っちゃうんだよね」

先生はどこか寂しそうに微笑む。

「それでいつも人に誤解されたり、騙されたりして傷ついちゃうんだ。まあ、本人の自業自得な面が多いんだけどね」

先生が陽斗を庇うのが、勇希には少し面白くない。紫乃のお金で遊んでいる、としか思えないのに。

「陽斗さんって、どんな人なんですか？　なんで去年、洋館《ここ》に泊まったんですか？」

先生は顎に手を当てて、うーんと軽く唸る。

「彼はねえ、深夜の二時頃に、真っ赤な目に腫れた瞼でカフェに入ってきたんだ。なんでも帰る家を無くしたようで。カフェが二十四時間営業だと知ると、お茶一杯でずっと居座ろうとしたんだ。面白いよね」

先生がクスクスと思い出し笑いをする。そこは笑うところじゃないだろうと、勇希は陽斗の図々しさと、先生のあまりの寛大さに呆れる。

「陽斗さんも魔法修行をしたんですか？」

「うん。でも三日で投げ出したけどね」

「どうして？」

「さあ？」

先生は小首を傾げる。優しげなタレ目は何かを隠しているようだが、教える気はなさそうだ。

会話の終わりの気配を感じて、勇希はスツールから下りる。片付けようと手に取った空のカップには、まだ甘い香りが残っていた。

月齢24.9　有明月《ありあけづき》

駅前のスーパーマーケットに行くには、ドクダミの小径を通って、バス通りを横切り、曽我部の家がある細い道を下りていくのが一番の近道だ。

だが、今日のように時間と体力に余裕のある時は、勇希は他の道を探索がてらに歩いて買い物に行く。三週間ちょっとしか住んでいないこの街は、まだまだ知らない道が多く、歩くほどに新しい発見がある。

バス通りを下りながら、まだ歩いたことのない道を探していると、反対側の歩道を歩いている長身の後ろ姿が目に入った。動きに合わせて軽やかに揺れる栗色の髪、均整のとれた体つき、長い手足。すれ違う人が思わず二度見している。

陽斗だ。後ろ姿からも、イケメンオーラが後光のように放出されている。

どこに行くのだろう？　この前のこと、もう一度きちんと謝ったほうがいいだろうか。

二呼吸ほど迷ってから、勇希はこっそりと陽斗の後をつけていった。

陽斗は勇希の知らない横道に入り、坂を上り、やがて夏の花で彩られた可愛らしい庭のある一軒家に辿り着く。

陽斗は柵に絡みつく時計草《とけいそう》を指で突きながら、庭を眺める。

しばらくして、家から人が出てきた。水色の着物を纏った紫乃だった。

いつもこの時間に水やりをしているのか、紫乃は袖をさばきながら慣れた仕草で庭の隅にあるホースを手に取る。つまんだホースの先から、扇状に水が降り注ぎ、庭に虹《にじ》ができる。

「こんにちは」

陽斗が声をかけると、紫乃が振り返り、目を丸くする。

「あら、こんにちは」

「きれいな花だなぁ、って思って見とれていました」

「まあ」

紫乃が嬉しそうに顔をほころばせ、それから陽斗の顔をじっと見つめる。

「俺の顔に何か？」

「あら、ごめんなさい。少し、亡くなった主人に似ていたものですから」

紫乃の白皙《はくせき》の頬にうっすらと紅がさす。

勇希は隣の家の垣根に身を隠しながら、陽斗と紫乃の会話に聞き耳を立てる。

やはり紫乃は陽斗のことも覚えていない。陽斗はそれを承知で、初対面のように振る舞っている。

「あなたの姿を見たら、主人と喫茶店に通っていたことを思い出すわ。わたしたちがまだ若い時のこと。喫茶店なんて、当時は少し贅沢《ぜいたく》なデートでしたのよ」

紫乃が少女の面影を浮かべて、恥じらうように微笑む。それから、ふと切なげに目を細めた。

「最近、主人が生きていた時のことをよく思い出すの。でも、主人から贈られたはずのものが、どうしても思い出せなくてもどかしいのよ。いやね、歳をとると」

紫乃の手元から伸びている虹が悲しげに揺れる。虹は消えたり、現れたりしながら、植物たちの頭を撫でていく。

「ねえ、俺とデートする？」

突拍子もない陽斗の申し出に、紫乃が持っていたホースを落としそうになる。

「嫌だわ。からかわないでくださいな。あなたのような素敵な男性が、こんなおばあちゃんなんかと」

「旦那さんとのデートを再現したら、思い出せるかもしれないよ。それに、俺のこと好きになったでしょう。一目惚れ？」

「あら、やだ」

紫乃がうつむき、頬がさらに赤みを増す。

「ねえ、行こうよ」

「でも……」

「一緒にお茶でも飲んだら、きっと思い出すよ」

水を浴びた植物がキラキラと輝く。それ以上に輝いた表情を浮かべた紫乃が、恥じらいつつも、うなずいた。

腰を屈めて垣根に隠れ、様子を窺っていた勇希は、完全に声をかけるタイミングを逸してしまった。謝罪は次の機会にと、こっそり立ち去ろうと腰を上げた時だった。

「あっ！」

陽斗が短く叫び、突然勇希のほうへ走ってきた。

「わっ!!」「きゃ!!」

中腰で垣根に隠れていた勇希とぶつかり、ふたりして道に倒れ込む。

紫乃の家の玄関が開いた。顔を出したのは洋子だ。

「ちょっと、あなた！」

陽斗が勇希の腕を取って立ち上がる。

「逃げるよ」

「なんでっ⁉」

陽斗に引っ張られて勇希も駆け出す。

背後から洋子の呼び止める声が聞こえてきた。だが、追ってくる気配はない。

勇希と陽斗はバス通りに戻ってから、ようやく速度を緩めた。

「暑いっ！」

先に陽斗が音を上げ、空き地に生えている樫の木の下に座り込んだ。勇希も地面から飛び出している根っこをイス代わりに、陽斗の隣に腰を下ろす。

風が吹くたび、頭上で葉擦れの音が鳴り、ちらりちらりと青い空が見え隠れする。

勇希は自分以上にぐったりと疲れた様子の、陽斗の横顔を見る。汗を流している姿も、むかつくほど格好いい。とりあえずトレイが当たった右頬に何の痕《あと》も残っていないのを確認して、胸を撫で下ろす。

「なんで逃げたんですか？」

逃げるということは、やはり悪いことをしている自覚があるのだと、勇希はきつい口調で尋ねる。

陽斗は子どものように口を尖らせる。

「そっちこそ、なんであんなところにいたの？」

「先にこっちの質問に答えてください」

「俺のこと好きだからつけてきたんだろう」

「違います！　好きじゃないです！　本当にしつこいです！」

陽斗がいじけたように膝を抱える。

「この前のことをちゃんと謝ろうと思っていたら、紫乃さんが出てきて、タイミングを計っていただけです。はい、答えました。今度はそっちが答えてください」

陽斗は踵で土を叩くように掘る。子どもが拗ねているのと変わらない。

「逃げたってことは、逃げなきゃいけない理由があるんですよね。家族の人が紫乃さんが外出するのを心配しているの知っているんですよね。それなのに、なんで紫乃さんを執拗《しつよう》に連れ出すんですか。紫乃さんの恋心を弄んでいるんですか？　食事代を浮かせるためですか？」

「違うよ。俺は紫乃さんに旦那さんの贈り物を思い出させたいんだ。その手伝いがしたいの」

「なんで手伝いをしたいの？　紫乃さんに気に入られるため？　紫乃さんの財産を狙っているの？」

「へ？　どうして？」

　きょとんとした目で問われ、逆に勇希が狼狽える。

「どうしてって、えっと。財産を譲るって遺言状書かせたりとか、旦那さんの贈り物を横取りするとか。紫乃さん、思い出しても次の日には忘れているわけでしょ」

　陽斗は心底感嘆した様子で、土を掘る足を止めた。

「すごい。そんなこと考えているんだ。悪党だね。俺、考えもつかなかった」

　嫌味か、と勇希の脳みそがカチンと音を立てる。何か言い返そうと言葉を探す勇希よりも、先に陽斗が口を開いた。

「ごめんね」

「え？　今、なんて？」

幻聴かと勇希が聞き返す。陽斗は抱えた膝を見つめながら続ける。

「謝りに来てくれたなら、俺も謝るよ。ブスとか、いろいろ意地悪してごめん。本当にブスだなんて思ってないよ。前髪はむさいし、目も恐いし、でもそんなにブスじゃないよ。もうちょっと身なりを整えたら、それなりになると思う」

「……」

本当に謝る気があるのだろうか、と勇希は恐いと言われた目を吊り上げる。

「ごめんね。羨ましかったんだ」

予期しない陽斗の言葉に、勇希は不意を突かれる。

「羨ましい？　わたしのことが？」

「うん」

「なんで？」

キラキラの美青年が、ニキビをむさい前髪で隠しているような中学生の何が羨ましいのか。

「だって、あの洋館に三週間もいてさ、マスターにも褒められてさ。過去ノートだって、ちゃんと書けているんでしょ」

過去ノート！　勇希の体に電流が走る。陽斗もやっぱり魔法修行をしたんだ。先生が魔法使いだってことも知っているんだ。

悔しいような思いと、同胞を得た喜びが交ざって、なんだか複雑な気持ちになる。

「俺、全然書けなかった。一行も。思い出したくなかったんだ、昔のこと。あの真っ白い紙と真っ直ぐな罫線を見ていると、あの頃の感情が昨日のことのように蘇ってきて、雁字《がんじ》搦《がら》めになっちゃうんだよね。ノートの中に閉じこめられて、二度と出てこられない気がしちゃうんだ。罫線が牢獄の格子に見えて怖かった」

勇希の心臓がドクンと胸の内側を叩く。自分と同じだ。

「俺の親は物心ついた時から典型的な仮面夫婦、家庭内別居。今時、そんなの珍しくもないけど。両親からは、お前さえいなければ離婚していると言われていた」

陽斗がふっと肩の力を緩めたのが、空気を通して伝わった。諦めに似た柔らかな空気が漂う。

「どっちも俺を手放したくなかったんだ。俺はこの通り、見目麗《うるわ》しいし、学校の成績もよかったからね。学校行事の時は夫婦で仲良く、まあ仲のよいふりだけど、必ず出席していた。子は鎹《かすがい》って言うじゃん。俺がいることによって家族が離れないでいるなら、俺は世界一の鎹になろうって思った。めちゃくちゃ勉強をがんばったよ。学年で常に上位三位に入っていた。模試ではいつも東大合格圏内」

陽斗が口を閉ざして、頭上の葉を見上げる。目に映っているのはたぶん、濃い緑の葉ではなく、彼の運命の分岐点だ。

風に何度か前髪を煽《あお》られてから、ようやく決心したように再び陽斗が口を開く。

「絶対に、絶対に東大に入ってやる。そう思って気合いを入れた高校三年の夏休み前の模擬試験、その前日に高熱が出た。一週間ほど熱にうなされ、ようやく体調が戻った時には、俺は高校生活のことをほとんど忘れていたんだ。本当に不思議なんだけど、そこだけ穴が開いたように記憶が消えていた。日本語も忘れてないし、家族のこともわかる。中学時代のことも、一部消えていたけどだいたい覚えていた。なのに、高校に入ってからの記憶だけが消えていたんだ。部分的な記憶喪失。高校の先生や友だちの顔とか名前とかも忘れた。重要なのは……」

陽斗の目に涙が滲んだ。

「高校で習ったことを忘れていたこと。東大どころか、どんなにレベルの低い大学でも受からない成績になっていた」

陽斗の心に添うように、強い風が葉を殴り、葉擦れの音が攻撃するように降ってくる。

「ああ、終わったなって思った。もう自分は自慢の息子じゃない。幸せな家族ごっこはこれで終了。両親は離婚して、俺はどちらからも引き取りを拒否されるだろうって。だから、捨てられるぐらいなら、捨ててしまえって、高校卒業と同時に家を飛び出した。それまでの成績と出席日数のお陰で、高校は卒業できたんだ」

太陽が真上に向かい、風の温度も上がっている。だけど暑さは感じなかった。

「両親を喜ばせるために学校の勉強ばっかしていて、それが消えて無くなったら、もう何にも残っていないわけじゃん。俺はただの馬鹿で、世間知らずの青二才で、何にもできなくて。それでも顔がいいから、雑誌のモデルとかして、ホストクラブにもスカウトされて、お金出してくれる女性とかいて、なんとなくやってこれたんだ。好きって言われると嬉しくて、誰とでも付き合って、そのたびにいろんなトラブルが起きちゃうんだ」

勇希は啞然とする。誰とでもって、それほど愛情に飢えていたのだろうか。

「断るって選択肢はないの？」

「顔しか取り柄のない俺でも、好きになってくれる人がいるんだって、嬉しかったから。でも今は違うよ。マスターにもさんざん迷惑かけたし。俺、今は断ることにしているんだ。もうずっと断りっぱなしで、ひとりぼっち」

「それはまた、極端ですね」

ものすごい恋愛音痴というか、愛情の受け取り方も、かけ方もたぶん彼は知らないのだ。

「だからキミの告白も断るけど、気を悪くしないでね」

「大丈夫です。する気もする予定もまったくありませんから」

陽斗が信じられないという目で勇希を見る。さっきまで抱いていた陽斗への同情心がきれいさっぱり飛んでいった。しんみりした空気はすでにない。

「それより紫乃さんのこと、まだ答えてもらってませんけど」

「あ、そっか。紫乃さんはさ、会うたびに、俺のこと好きって言ってくれるから。俺、それが嬉しくて、毎日会いに行くの」

陽斗の横顔がふわりと優しくなる。

「さっきも言ったとおり、俺、今は告白を全部断ってひとりぼっちだから、寂しくなってマスターに会いに行こうとしたの。その途中で、たまたま庭にいる紫乃さんと出会ってさ。何度忘れても、出会えば必ず、一目惚れしてくれるの。それが嬉しい。お前はどうせ忘れちゃうから意味がないって言ったけど、紫乃さん、全部忘れているわけじゃないよ。少しは覚えているんだ。今日だって俺のこと、どこか見覚えがあるって顔をしていた。会話も少しずつ違ってきている。具体的には、旦那さんの思い出。

俺に会うたびに、旦那さんの記憶が少しずつ鮮明になってきているみたい」

「本当に？」

夫に似ている陽斗を見ているうちに、記憶が蘇るなんてことがあるのだろうか。

「五回目ぐらいの出会いで、紫乃さん、旦那さんから何かを贈ってもらったことを思い出したんだ。それからだよ、俺が紫乃さんを連れ出すようになったのは。俺が思い出させちゃったなら、責任とらなきゃって。何度忘れても、何度も思い出すなら、きっととても大切なことなんだよ。紫乃さんの幸せな記憶、旦那さんと喫茶店でデートしたことを再現し続けたら、そのうち思い出せるんじゃないかと思うんだ」

陽斗は真剣だった。もしかしたら、紫乃に自分を重ねて、失った記憶を取り戻す可能性を探っているのかもしれない。それとも記憶を失った苦しみを持つ者同士として、純粋に紫乃の側に寄り添ってあげたいのかもしれない。

勇希は陽斗を疑い傷つけてしまったことを悔やむ。

陽斗がいきなり立ち上がり、ズボンについた土を払う。

「紫乃さんの娘、いつもこの時間はパートに出ているのに。今日は夏休みかな。まさか家にいるとは思わなかった。失敗、失敗」

「あの……」

謝ろうと勇希が口を開きかけるのと同時ぐらいに、陽斗はさっさと歩き出してしまう。道に出る一歩手前で振り返り、勇希に向かってバイバイする。

「俺、今日はバイトあるから帰るね。マスターによろしく」

勇希は自分も買い物の途中だったことを思い出した。


電球の明かりの下で淡い橙色に染まるノートに、事実だけが飾りのない言葉で連なる。

勇希はベッドに寝転がったまま、シャープペンを指先で回し、一行もノートに文字を書くことができなかったという陽斗の言葉を思い出す。

きっと陽斗はノートを前に、幼い頃から両親の不仲に心を痛めていたことや、いい子でいようと無理をしていた苦しさを蘇らせてしまったに違いない。

そして、すべての努力が無駄になってしまった虚無感も。

勇希はノートを閉じて、窓辺に寄る。

勇希には幸せな思い出がある。少なくとも、母親が亡くなるまでは穏やかで平和な日々だった。母に愛された記憶も残っている。それは特別な愛情でも幸福でもなく、たいていの子どもが親から当たり前に受け取る平凡な日常だ。

陽斗にはそれがない。

黒い空に切り傷のような細い月が浮かんでいる。

過去ノートが辛いと言って洋館を飛び出した陽斗は、勇希にその辛い過去を話してくれた。勇希は自分のことを誰かに打ち明けるなんてできない。

陽斗はここを出て一年の間に、彼なりに自分の過去を消化できたのではないかと思う。だとしたら羨ましい。

「勇希ちゃん」

突然、名前を呼ばれて、勇希は窓の下をのぞく。

屋敷の周りを囲むように生えているゼラニウムの向こうに、黒い人影が勇希に向かって手を振っている。

「眠れないの？」

勇希の部屋の窓から漏れる光が届く場所まで人影が近づいてきて、ゆっくりと先生の姿に変わっていく。

「月光浴ですか？　わたしも行っていいですか？」

半分陰になっていたけれど、先生がふにゃりと笑うのがわかった。

勇希は部屋から駆け出す。

日中は相変わらず暑いが、夜風にはほんの少し秋の気配が感じられた。頼りなげな月明かりの下を歩いて行く先生の白いシャツを目印に、緑と土のにおいをかき分けてついていく。

背の低い多年草のハーブが並ぶ場所に来ると、先生は足を止めて月を仰いだ。

「もうすぐ新月《しんげつ》だね」

畑で一番、空が広く見える場所だ。

「新月の夜は、新しい目標を立てたり、願い事をするのにふさわしい。勇希ちゃんは叶《かな》えたい夢とかある？」

「それは……」

それは将来の夢とか目標とかだろうか。勇希は口ごもる。

遠い将来なんて考えられない。周りの友だちは、まず高校合格が当面の目標だろう。自分は？　きっと就職して、横井町の家を出ることを望まれている。無言の圧力を感じるからこそ、横井町の伯父伯母に高校へ行きたいと言えずにいる。奨学金を得られるとしても、さらに三年間衣食住を甘えさせてもらえるだろうか。将来、働いて返す、と言って承諾してもらえるか。

先生なら？

先生なら勇希を三年間ここに置いてくれるだろうか。カフェも畑も手伝うし、高校生ならアルバイトができる。バイト代を全額入れてもいい。

「先生は……」

勇希は洋館に来た日のことを思い出し、言いかけた言葉を呑み込む。

断ったはずの姪がいきなり現れて驚き戸惑っていた先生の顔。横井町の伯母との電話。夏休みだけ、という条件で譲歩してくれたに違いない。

「先生も新月に何か願ったりするんですか？」

本当に聞きたいことは、諦めと共に胸の奥にしまった。

「僕？」

先生が月に向かって苦笑した。

「うん、願っているよ、新月がくるたび」

先生は願い事の内容までは口にしなかった。新月がくるたびに祈っているのは、未だに願いが叶わないからだろうか。そう思うと、勇希は聞けなかった。

勇希も頼りなげな細い月を見つめ、願ってみる。心の中でまたこの洋館に戻る日がありますようにと。

「勇希ちゃん」

先生が細く白い月を指さす。

「その願いが本当に心から望むことなら、あの月を引き寄せるぐらいの強い意志を持つんだ。魔法は自己の意志をコントロールする力だよ。強い意志が勇気と行動を呼び起こす。人は行動しなければ、指一本動かせないんだ」

勇希は月ではなく、隣に立つ先生を見つめる。ほんわりと銀色に浮かぶ横顔の輪郭と白いシャツ。

「周りの人を巻き込み、運命を巻き込み、希望を引き寄せるほどの強い意志。それが魔法だよ。勇希ちゃんの願いは？」

正面から問われ、勇希は戸惑う。

強い意志、強い勇気。突然のことで心の準備がままならない。

「わたしは……まだ、中学を卒業したらどうなるかわからないし……」

「卒業したら、どうしたいの？」

先生が静かに問う。いつもと変わらない、穏やかな口調。だけど声には、勇希の決意を促すような凜とした響きがあった。

「どうしたいのかわかれば、何をするべきかもわかるはず」

夜風が草木を鳴らして去っていくたびに、濃厚な緑と土のにおいが体を撫でる。

先生の声は月まで届きそうなぐらい、真っ直ぐに響く。

勇希はグッと両手を握って、先生の言葉を反芻《はんすう》する。

行動しなければ指一本動かせない。

本当に望んでいることならば……。

「わたし、また、この洋館に来たいです。ここでハーブを育てながら、ハーブの勉強がしたいです」

思いを吐き出した勇希に、先生がふにゃりと笑う。

月光に溶けそうなほど、柔らかな微笑みだった。

「じゃあ、ずっとここにいる？」

「え？」

「勇希ちゃんが望むのなら、ずっとここにいていいんだよ。必要なら養子縁組もして。僕はこのカフェを継いでくれる人を探しているんだ」

勇希は驚愕する。胸の奥が震えた。

伯父は男子でなければ意味がないと、ずっと勇希の養子縁組を断ってきたはずだ。

「わっ、わたしでもいいんですか？」

草のざわめきも、虫の音も消える。

「結論を急ぐことはないよ。自分の心に耳を傾けて、ゆっくり考えて」

月光が草や花に落ちる音が聞こえてきそうな、静かな夜。


——十五歳になったら、運命が回り出す。

月齢25.9　二十七日月

床がフワフワと頼りない。ハーブの香りが苦くなったり、甘くなったりと不安定だ。

いや、カフェはいつもと同じ。違うのは勇希のほう。勇希の心が宙に浮いている。

単なる寝不足とは違う。興奮して、混乱して、夢と現実の境目に自信がない。

カウンターに立っている先生もいつもどおりで、昨夜のことは夢だったのではないかと不安になる。

魔法使いたちが大切にしてきた畑とカフェを継ぐ。

できるのか？　勇希は自分に問う。

大丈夫。必要なことは、きっと先生が教えてくれる。

まだ夏休みが終わるまで二週間以上ある。勇希の答えは決まっているけれど、焦ることはない。きちんと覚悟を決めて、先生にはっきり返事をしよう。

それに今の保護者である横井町の伯父、伯母にも話をする必要がある。彼らは決して反対などしないだろうが。

チリン。ベルが客を告げる。

「いらっしゃいま……」

勇希の口が固まる。

カフェに入ってきたのは紫乃の娘、洋子だった。勇希はすっかり陽斗のことなど忘れていた。

「いらっしゃいませ」

勇希の失態を覆い隠すように、先生がふにゃりと相手を脱力させるほどの人懐こい笑みを浮かべて歓迎の意を表す。

洋子は一瞬だけ表情を和らげたが、すぐに厳しい顔になり、店内をさっと見回した。先生と勇希しかいないのを確認してから、カウンターに歩み寄る。

「あなた、あの青年と知り合いだったの⁉」

洋子にカウンター越しに真正面から睨まれ、勇希はしどろもどろに返答する。

「知り合いって言うか、あの……、知り合ったって言うか」

陽斗と逃げ出したのを、しっかり見られていたのだ。共犯と思われても仕方ない。

「母はもうすぐ八十になるし、記憶障害もあるんですよ。家族に内緒で外出させるなんて、あんまりじゃないですかっ。こっちは心配で心配で堪《たま》らないんですよ」

洋子の剣幕に怯みそうになるが、勇気を振り絞って反論する。

「内緒で連れ出したのは確かに悪いけれど、あの人には財産を奪おうとか、邪《よこしま》な下心はありません。単純に、紫乃さんの思い出を取り戻してあげたいだけなんです」

「思い出？」

「その、紫乃さんの、旦那さんとの思い出を……」

「父との思い出ですって。それを他人に⁉」

勇希が怯む。その背後から援護射撃のように、ラベンダーの爽やかな香りが流れてきた。

「立ち話もなんですから、こちらに」

先生がトレイにアメシストを溶かしたような薄青紫色のお茶を持って、洋子をテーブルに誘う。

すっきりとした甘い香りに肩を抱かれるように、洋子は素直にテーブルについたが、リラックス効果のあるラベンダーティーも、今の彼女には効かないらしい。胡乱な目で勇希を睨む。

「紫乃さんは、旦那さんとの思い出を取り戻そうとしているんです。陽斗さんは自分が思い出させてしまったから、責任を感じているだけです」

先生は勇希の隣で穏やかに目尻を下げている。

できるところまで、頑張ってごらん。詰まったら、僕が代わるよ、と言ってくれている眼差しが、勇希を支える。

「陽斗さんは、紫乃さんが旦那さんと喫茶店でデートしていたことを再現すれば、記憶が戻ると信じているんです」

「ふん。なによ、それ」

洋子が冷たく突き放すように鼻を鳴らす。

「それは……」

ちゃんと説明しなければと、心が焦るほどに、口は重たく堅くなってしまう。

チリン。ベルが鳴った。

最悪のタイミングで、陽斗と紫乃がカフェに入ってくる。

げげっ、という顔をした陽斗の隣で、紫乃が日向《ひなた》のような笑顔でカフェを見回す。

「まあ、小さくて可愛らしいお店ですこと。あら、洋子も来ていたの？」

「お母さんっ。わたし以外の人と外出しないでって、言ったでしょう」

洋子は今言った自分の言葉に大げさにため息をついてみせる。

「どうせ忘れちゃうのね。ところで、その男は一体誰？」

洋子は、紫乃の後ろに隠れるようにして立っている陽斗に険しい一瞥をくれる。紫乃の小さな体では、いくら陽斗が背を屈めていても、縦からも横からもはみ出してしまう。

紫乃が恥じらうように口に手を当てる。

「陽斗さんというの。お庭を褒めてくださったのよ。そして、お茶に誘ってくださったの」

「知らない人と出かけるなんて。お母さん、何考えているの」

娘の叱責《しっせき》に、紫乃は小さく肩を竦める。

「近所の喫茶店に行くだけですもの。それに彼、どこかお父さんに似てない？」

「長身以外、似てないわよ。まあ、あまりお父さんのことは覚えていないけど」

洋子は紫乃を押しのけて、陽斗に詰め寄る。

「うちの母をこっそり連れ出して、一体どういうつもりですかっ⁉」

「こっそりじゃなきゃ、連れ出せないいじゃん。断ったってどうせダメって言うんでしよ。紫乃さんを閉じこめるようなことしてさ」

「閉じこめるなんて人聞きの悪い。母はもう高齢だし、記憶障害だってあるんです。あなただってわかっているんでしょう。一体、何が目的なんですか。母にはたいした財産なんてないですよ。それともその思い出とやらに価値があるんですか。くだらない！」

「思い出に価値はあるよ！」

人が変わったように、陽斗が怒鳴る。

洋子も紫乃も勇希も、突然の陽斗の変貌に、雷に打たれたように静止した。

「あるよ！　思い出したいことを思い出せない辛さがわかんないの？　思い出せないって、その時間が消えてしまうことだよ。確かにあった過去がないことになっちゃうんだよ！」

怒鳴りながら、大粒の涙が陽斗の目から零れる。

「紫乃さんは思い出したいんだよ、旦那さんからもらった何かを。思い出さなきゃ、それはなかったことになるんだよ。旦那さんだって、悲しいよ」

突然雷雨のごとく泣き出した陽斗に、洋子の怒りはすっかり削がれたようだ。

「成功するかはわかんないよ。でも、旦那さんと過ごした幸せなシーンを繰り返せば、思い出すかもしれないじゃん。だって、贈り物をもらった時、紫乃さんはすごく幸せだったんだよ。同じ気持ちになれば、記憶が戻るかもしれないじゃん」

紫乃が泣き続ける陽斗の背中を慰めるようにさする。

「さあ、お茶を淹れますから、座ってください」

いつの間にかカウンターに戻っていた先生が、停滞した空気に風を吹き込むような声で、沈痛な面持ちのみんなに呼びかける。

洋子は渋々と座っていたイスに、陽斗と紫乃は隣のテーブルに腰を下ろす。

「ごめんね、洋子。心配かけて」

隣でそっと紫乃が囁《ささや》く。

「でも、こんなおばあちゃんの心配なんか無用よ。それに、もう十分生きたし。何があっても悔いはないわ。残り少ない時間、好きにさせて」

母の満足そうな表情に、多少心を動かされたのだろう。洋子が苦々しい表情で、言いたいことを呑み込む。

「こうして陽斗さんと喫茶店にいると、お父さんとよくコーヒーを飲んだことを思い出すわ。今はもう、歳を取って胃腸が弱くなったから飲めないけど」

「歳を取ったからじゃない。お母さんは昔っからコーヒーが飲めなかったでしょ。お父さんの淹れたコーヒーなら飲めたって前に言ってたけど、それは無理して飲んでいただけでしょ」

「そんなことないわ。お父さんのコーヒーはとても美味しくて――」

洋子は萎《しお》れたように項垂れて小さく首を振り、紫乃の言葉を遮る。

「お母さん、記憶障害だけでなく、認知症も進んでいるのね。お母さんはカフェインが苦手で、コーヒーだけでなく、緑茶もほとんど飲まなかったでしょう」

紫乃が傷ついたような目をして洋子を見つめ、声に涙をにじませる。

「ちゃんとコーヒーを飲んでいましたよ。喫茶店で飲む贅沢なコーヒーは、もちろん美味しかったけど、わたしはお父さんが家で淹れてくれるコーヒーが一番好きだった。本当に……。嘘じゃないわ。お父さんが亡くなってからは、まったく口にしなくなったけど」

「口にしないんじゃなくて、口にできないのよ。訪問先でコーヒーを出されて、礼儀でちょっと口にしただけで胃が痛くなったって言っていたじゃない」

「あなたが覚えていないのよ。お父さんが死んだのは、洋子が五歳の時だったでしょう。それまでは、よくお父さんがコーヒーを淹れてくれたのよ」

勇希はカウンターの中から、母の病状の進行を知って激しく落胆する洋子と、信じてもらえぬ悲しみと戸惑いを浮かべた紫乃をハラハラしながら見守る。陽斗もどうしていいかわからないようで、テーブルの下で無駄に長い脚を何度も組み替えている。

先生が何かを思いついたように、小さく声を上げた。隣に立つ勇希だけが、かろうじてそれに気づく。

勇希が疑問の目を向けると、先生は得意げな笑みを見せて、一度棚から取ったカモミールの瓶を元に戻した。代わりに焦げ茶色の粗い粉が入った瓶を手に取り、小さなソース鍋でその粉を煮出した。

勇希が鍋をのぞき込む。お焦げと木と薬を混ぜたにおいがした。水はどんどん黒く濁っていく。これはなんだろうと思っていると、先生が火を止めた。

同時に、洋子が紫乃の腕を取ってイスから立ち上がる音が響く。

「さ、お母さん、帰りましょう」

「ちょっと、待ってよ」

慌てて立ち上がる陽斗を、洋子がギロリと睨む。

「母は病気なんです。もう二度と母を連れ出したりしないでくださいっ！」

洋子がドアノブに手を掛け、チリンとベルが鳴る。

「ちょっと待って、この香り」

洋子に引っ張られるままに、カフェを出ようとした紫乃の足が止まった。

トレイに五つのカップを載せた先生が、洋子と紫乃に呼びかける。

「お茶が入りました。ぜひ、飲んでいってくれませんか。そうすれば、紫乃さんの言葉が正しいとわかると思いますよ」

洋子が思い切り疑わしそうな目で先生を睨む。だが先生は意に介さず、とぼけたようにテーブルにカップを並べ始めた。

不思議な香りがカップから躍り出す。今までに勇希が嗅いだことのあるハーブティーとは明らかに異なった香り。

ハーメルンの笛に操られた子どものように、紫乃がふわふわとした足取りでイスに戻る。仕方なく、洋子も紫乃についていく。

「これ、コーヒー？」

いち早くカップを手に持ち、においを嗅いだ陽斗が首を傾げる。

光沢を放つ黒い液体は、確かにコーヒーに似ていた。

洋子は胡乱な表情で、紫乃は怖々とした様子で、それぞれカップに口をつけた。

「不味い！」

一口飲んだ洋子が、放り出すようにカップをソーサーに戻す。

「なんなのこれ？　香りもないし、味も淡泊すぎ」

非難の目を先生に向けながら、洋子が厳しい感想を吐き出す。

口にした陽斗も微妙な顔でカップをのぞき込む。

勇希には美味しいのか不味いのかわからない。そもそも、コーヒー自体ほとんど飲んだことがない。たまにコーヒー牛乳を口にするぐらいだ。焦げた木のような香りと、ほんのりとした苦み。これがコーヒーなら、自分は好きにはなれないと思った。

「こんな不味いものを飲ませるなんて、とんでもないカフェね！」

洋子が再び立ち上がる。

だが紫乃はカップを両手に持ったまま、微動だにしない。時が止まったように、手の中にある黒い液体を胸の前で抱いている。

「お母さん？」

「これよ……」

紫乃の唇が震え、掠れた声がこぼれ落ちる。

「これ、お父さんが淹れてくれたコーヒーだわ」

「こんなコーヒーが？」

洋子が憎々しげにカップの中の黒い液体を指さす。

「これはコーヒーではなく、ダンデライオンティーです」

　皆の視線が先生に集まった。

「タンポポの根を乾燥させ、その根を炒って粉にしたものを煮出したのがこれです。巷《ちまた》ではタンポポコーヒーという名で通っていますが、コーヒーとはまったくの別物です。タンポポの根が原料なので、カフェインは入っていません。だから、カフェインに弱い紫乃さんでも飲めたのでしょう。本物のコーヒーに比べたら、香りは違うし、苦みやコクが薄くて、少し甘みがある」

「要するに、父と母は偽のコーヒーを飲んでいたってことですか？」

　洋子が小鼻にシワを寄せる。

「戦時中から戦後しばらくの間、コーヒー豆の輸入がままならなくて、代用品を使っていたと聞いたことがあります。それは炒った黒豆だったり、タンポポの根だったりしたそうです。紫乃さんと旦那さんが逢瀬《おうせ》を重ねていた時代を考えれば、代用品のコーヒーを楽しんでいた可能性があるかと思って」

「そうです……」

　洋子が反論する前に、紫乃が口を開く。

「そうです。これが夫が淹れてくれたコーヒーです。少し甘くて、ほんのりと香る焦げ臭さと木のにおい。優しくて、穏やかな味」

　紫乃の目に涙がこみ上げてくる。

「この味……、確かにこの味です」

　陽斗が不思議そうにカップを傾けながら尋ねる。

「タンポポって、そこらへんに生えているタンポポ？」

「そう。そこらへんに生えているタンポポ」

　陽斗の質問に、先生が嬉しそうにふにゃりと笑う。

　紫乃が静かに言う。

「当たり前にありすぎて、その有り難さを誰もが忘れている。そんな花」

　紫乃の目から、梅雨《つゆ》の雨のようにしとしとと涙がこぼれ落ちる。

　音もなく、ただ静かに。

「お母さん」

　洋子がそっと寄り添い、紫乃の背中をさする。

「洋子、あなたはタンポポの綿毛を飛ばして遊ぶのが好きだったわ。覚えてない？」

　洋子は少し考え込み、小さく首を振る。

「まだ、小さかったものね」

　紫乃が着物の袖で、そっと涙を拭う。

「お父さん、わたしのために、庭をタンポポでいっぱいにしてくれたのよ。でも、雑草が伸び放題って、ご近所さんからは思われていたみたい」

　ふふふ、と紫乃は泣き笑いの顔で、袖をそっと下ろす。

「お父さんがくれた贈り物。わたしが嫁ぐまでにお庭をタンポポでいっぱいにしてくれた。宝物だったけど……もう、とっくに手放してしまったのよね」

　紫乃が小さくため息を落とす。洋子の顔が苦しそうに歪んだ。

　紫乃は残りのタンポポコーヒーを飲み干すと、涙で輝く瞳で陽斗を見つめる。

「陽斗さん。ありがとうございます。お陰で長い間患《わずら》っていた胸のしこりがとれたような、すっきりとした気分です」

　陽斗はニコニコと満足げな笑みを浮かべる。

「よかったね、紫乃さん。大切な思い出が戻って」

「ええ、本当にありがとう」

　紫乃はゆっくり立ち上がり、先生に小さく頭を下げる。

「タンポポコーヒー、美味しゅうございました。また、いただきに来ますね」

「ありがとうございます。ぜひ、またのご来店をお待ちしています」

「お母さん、先に行って。わたしは会計していくから」

紫乃を先に退店させて、洋子はバッグから財布を取り出す。

「お代は結構ですよ。こちらが勝手にお出ししたものですから」

先生が断ると、洋子は少し躊躇ってから千円札をテーブルに置いた。

「迷惑料です。騒いですみませんでした。それから、母がまたこの男に連れられてやって来たら、すぐにわたしに連絡してください。連絡先はあの子が知ってます」

洋子がカウンターの中の勇希を視線で指し、それから陽斗を上から睨みつける。

「もう二度と母に近づかないで。思い出したって、どうせ明日には忘れるんだから」

「これを飲んだら、また思い出せるよ」

陽斗はタンポポコーヒーをカップの中でくゆらせる。

「そのたびに、家を売った悲しみを母に思い出させる気!? なんて残酷なことを」

陽斗が顔を上げて、洋子を睨み返す。

「紫乃さんは俺に会う前からずっと、記憶を、旦那さんからもらった宝物の思い出を取り戻したがっていたんだ。長い間胸につっかえていたって言ってたじゃん」

「その宝物はもうないのよ。父が死んで、家を売るしかなかったんです。大好きな家を失った悲しみを思い出したくなかったから忘れたんです。母の涙を見たでしょう」

「俺にはうれし涙に見えたよ。旦那さんが紫乃さんのために作った庭だよ。忘れちゃうってことは、それが無かったことになっちゃうんだよ」

「勝手なこと言わないで。あなたに母の何がわかるって言うの。記憶が戻った？　どうせ明日には忘れる記憶じゃない。良いことをしたつもり？　母をあなたの自己満足のために使わないでちょうだい！」

「自己満足だとっ！」

陽斗がイスを蹴って立ち上がった。洋子の顔が引き攣る。

「陽斗くん」

先生が前に出て、陽斗の肩を押さえた。力が抜けたように、陽斗がストンとイスに腰を下ろし、黙り込む。

「とにかく、もうわたしたちに構わないで」

洋子はバッグを肩にかけ直し、肩を怒らせてカフェを出て行った。

チリンと寂しそうなベルの音が消えると、重たい空気がのし掛かる。

「俺、自己満足なんかじゃ……」

ぐすん、と鼻を鳴らして、陽斗が大粒の涙をテーブルに落とした。

●月齢0.5　新月

「なんでわたしが手伝わなきゃならないの。この暑い中」

八つ当たりを兼ねて、ザクザクと土にシャベルを突き刺しながら勇希が愚痴る。

タンポポの根は縦に長い。掘り出すのは結構難しい。

「この前の一件で、マスターがダンデライオンティーの在庫が少ないことに気づいたからだろ。それに今日は曇っていて、そんなに暑くないじゃん」

同じく軍手で汗を拭く陽斗が、掘り出したばかりのタンポポの根の土を丁寧に払い、ビニール袋に入れる。

「葉っぱはこっちの袋ね。野菜として使えるなんて知らなかったよ、俺」

「先生に頼まれたのは、あんたでしょ。なんで、わたしまでやる羽目にっ」

「だって、ひとりじゃつまんないし、大変じゃん。勇希ちゃんもって言ったら、そうだねって同意したのはマスターだよ」

先生に頼まれれば嫌とは言えない。でも、陽斗が勇希もと言わなければ、彼を手伝う羽目にはならなかったはずだ。恨めしげに陽斗を睨みつける。

「ほらぁ、その目。前髪からのぞく目が怖いんだって。暑苦しいのは、お前の前髪だよ」

「うるさいですっ」

勇希はさらに力を入れて土にシャベルを突き刺す。

しばし無言のまま、ふたりは地主のわからない、見捨てられたように放置されただだっ広い空き地に生えるタンポポの葉を摘み、根を掘っていった。

「お前、いつまであそこにいんの？」

陽斗に問われ、勇希はまだ先生にちゃんと返事をしていないことを思い出す。

「できれば、ずっといたいと思ってる。養子に、してくれるって言ったし」

「養子？　親は？」

「親は死んだ。親戚の家を転々としているの。できれば一箇所に落ち着きたいし、それに、先生、じゃない、伯父さんは今までに会った親戚の誰よりも優しいし」

魔法修行とか、ハーブ畑とか、赤字のカフェとか、付属するものがいろいろあるけれど、勇希はそれを重荷とは考えていない。

「伯父さん？」

「うん。今は山口県の伯父さんの家で暮らしているんだけど、夏休みの間だけこっちに預けられたの。夏休みが終わったら一度は帰らないといけないけど、中学を卒業したらか、あるいはもっと早くに、ここに戻ってきたい」

横井町の伯父たちは、勇希が出て行くと言ったら喜ぶだろう。決して反対はするまい。今夜にでも先生に相談して、高校へ通ってもいいか聞いてみよう。

「マスター、姪なんていたっけ？」

「いますよ。目の前に」

血の繋がりもない他人が、どれだけ先生のことを知っているのだ。

「陽斗さんはなんで、あの洋館に来たの？」

「昔の俺は、好きって言ってくれる人に無条件でついていっちゃったんだ。すごく好きだって言ってくれた女性がいて、その人のマンションで一緒に暮らしてたんだ。俺は結婚まで考えていたのに、ある日突然単身赴任の旦那さんが帰ってきて、殴られて身一つで追い出されて。お金も帰る場所もなく、彷徨い続けて深夜になって、疲れ果てたところにオレンジ色の光が見えた。そこがマスターのカフェだったんだよね」

陽斗が思い出し笑いをする。

「マスターって、変な人だよね」

泣き虫で変人なあなたに言われたくないだろうが、と勇希は心の中でつっこむ。

「素性のわからない俺を家に上げて、あげく住んでもいいけど魔法の修行をすることが条件って。怪しいと思ったけど、俺も行くところがなかったから」

「それで過去ノートが嫌になって出て行ったんですよね」

陽斗は笑みを消した。

「逃げ出したのは嫌だったからじゃない」

勇希のシャベルが止まる。

「俺、料理も掃除もほとんどしたことがなかったから、手際が悪くて気もきかなくて、マスターに呆れられたよ。過去ノートも白いページが底のない闇に、罫線が牢屋の格子に見えて怖かった。だけど、逃げ出したんじゃないんだ。むしろ逆。飛び出したかったんだ」

「飛び出す？」

「俺のこと、好きって言ってくれる人はいっぱいいた。今だって、街歩いているだけで告白されたりするよ。でもさ、マスターはなんか違うんだよね。好きって言ってくれたことはないけど、全身で受け止めてくれるって言うか、受け入れてくれるって言うか。なんかすごく安心して、マスターがいるなら、このカフェがあるなら、俺はもっと飛べるんじゃないかなって思っちゃったんだ。そしたら嬉しくて、いてもたってもいられなくて、思わず二階から飛んじゃった」

「……完全にバカですね」

陽斗がムッとする。

彼のセリフを否定しながらも、勇希には陽斗の気持ちがなんとなく理解できた。いつでも自分を受け入れてくれる、甘えさせてくれる、自分の家や家族があるから、人は思いきって外に飛び出していけるのかもしれない。

当たり前にそれを持っている人は気づかない。幸せな時には気づかない。それが当たり前ではないことに。

戻る家のない、勇希や陽斗には、それが特別な力になるのだ。

ビニール袋に入れられた、タンポポの葉や根がつんと香る。自らの存在を誇示しているように。

ドクダミもタンポポも、雑草として見れば、抜いても抜いても生えてくる、繁殖能力の強いやっかいな代物。だけど、勇希のようにニキビに悩んでいたり、紫乃のようにコーヒーが飲めなかったり、悩みを持っている人から見れば、救いの植物になる。

「だからって、本当に二階から飛び降りる必要はないじゃないですか。ケガ、しなかったんですか？」

「ああ、それは大丈夫」

陽斗はからりとイケメンスマイルで答える。

「窓の下のゼラニウムが、クッションになってくれたから」

勇希の部屋の下のゼラニウムだけ、生長が遅い秘密を知った。

「まあ……、そうやって飛び出して、でもやっぱり何度も失敗して、マスターには迷惑かけたけど。俺には今まで、困った時に頼ったり、話を聞いてくれる人なんていなかったから。マスターがいてくれると勇気が出る。失敗して落ち込んでも、また頑張れる」

陽斗が勇希に向かって、へらりと笑う。

「マスターの養子になるってことは、あのカフェも受け継ぐってことだろ。俺のこともちゃんと受け入れてよね。これからも顔を出すし、困った時は相談に乗ってね」

それはすごく嫌だ。初めて、先生の養子になることを躊躇う要素が見つかった。

でも、先生と一緒に暮らしたいという気持ちのほうが勝《まさ》る。どう折り合いをつけていこうか。そう悩みながらタンポポの根を引っ張っていると、陽斗が思い出したように繰り返す。

「でもさ、姪って本当？　マスターはひとりっ子だよ」

陽斗の胡乱な瞳に、勇希は反抗するように言う。

「確かにある意味、ひとりっ子ですけど、腹違いの兄弟がいるんです」

陽斗が怪訝な顔をする。

「えー、そうなの？　聞いてないよ」

「聞いていないだけです」

「でもさ、マスターは中学生の時に、畑になっている不味い果物を食べているところを見つかって、それで養子になったんだろ。それからは実家と交流がないって聞いてるよ。姪なんて言われて、すぐに信じたのかな？」

「え？　不味い果物？　養子？」

陽斗がきょとんとした目をする。

「あれ？　知らない？　畑に枇杷の木とか、柿の木とか、他にも果物の木があるじゃん。あれ、見た目は美味しそうだけど、ジャムかコンポートにしないと食べられないぐらい不味いんだよ」

勇希の手からシャベルが落ちた。

――昔、この畑の実を盗んだ不埒な男子がいてね。不味いのに、それでも空腹を紛らわせるために何度も盗んで、あげく見つかったことがある。

あれは陽斗のことではない？　盗んだのは先生？　どういうこと？

陽斗が立ち上がって、軍手を外し、服についた土を払う。

「こんだけ葉も根も集めたし、そろそろ帰ろうか」

勇希も立ち上がり、絡みつく疑問や違和感も一緒に落とすように、乱暴にズボンを払った。

・LESSON 3　当たり前にある幸せ
レシピ：ダンデライオン……むくみや便秘が気になる時に
ローズマリー……気分転換に、勉学のお供に、頭をすっきりさせたい時に

EXAMINATION

月齢1.5　繊月《せんげつ》

雨を孕みすぎた黒い雲は重く厚く、リンデンの木のてっぺんが突き刺さりそうなほど低く見えた。

それでもなかなか雨は降らず、のし掛かる湿った空気に陰鬱な気持ちになりながら、勇希はベッドに腰掛ける。

いつもより一時間ほど早く寝る準備をして過去ノートを開くが、陽斗の言葉が引っかかり、自分の過去よりも先生の過去が気になってしょうがない。

先生が他人の畑の果実を盗んだというのが信じられない。今の穏やかな先生からは想像できないが、子どもの頃はやんちゃだったのか。それに、先生は子どもの頃に神奈川県に来たことになる。なぜ？　養子の件も初めて知った。勇希の耳に届いていないだけで、伯父や伯母たちは知っているのだろうか。思った以上に先生と藤原家の確執は深いのかもしれない。

優しい先生に、どんな過去があったのだろう。

シャープペンの先でノートを突いていると、突然昼間のように明るくなった。窓の外に、シルエットになったハーブ畑が一瞬浮かぶ。

夜が戻った瞬間、雷鳴が轟《とどろ》いた。

勇希が上半身を起こして窓をのぞくのと同時に、ガラスをたたき割るような勢いで雨が落ちてきた。

豪雨がハーブの葉や花を、容赦なく殴りつけている。

窓から見下ろしたハーブ畑は、悲鳴を上げているようだった。

月齢2.5　三日月

「花はほとんど散っちゃってるね」

朝、畑を歩きながら、先生がもともと下がっている目尻をさらに下げ、悲しげにハーブを見下ろす。

昨夜の暴風雨のせいで、畑は巨人が歩いた跡のようになっている。それでも木が倒れたりしなくてよかったと、先生が勇希を安心させるように微笑んでみせる。

「水たまりの排水もしなきゃいけないし、僕は今日一日畑にいることになるから、勇希ちゃんにはカフェの留守番と昼食と夕食の用意をお願いしていいかな」

「わたしも畑仕事手伝います」

どうせカフェは曽我部さんぐらいしか来ないし、という言葉は省略する。

「ありがとう。でも、とりあえず勇希ちゃんは、いつもの開店準備をお願い」

勇希は言われたとおりカフェに戻って、開店の準備を始める。基本二十四時間営業のカフェで、開店準備なんてなんだかおかしい気がするが、朝の時間が一応の区切りらしい。

勇希は一通り朝の掃除を終えると、やっぱり畑にいる先生を手伝ったほうがいいかと考えカフェを出る。

『畑にいます。ご用の方は声をかけてください』のプレートをドアノブに掛けて振り返った時、ひとりの男がカフェに向かって歩いてくるのに気づく。

勇希は瞬きをして目を凝らす。

見知らぬ中年の男だ。こんな時間に新規の客？

男が勇希の前に立った。歳は五十歳前後で、顔も体も厳《いか》つい。柔道着でも着ていれば武道家に見えるだろうが、アロハシャツに似た柄入りの半袖シャツに白いズボンを身につけた姿はガラの悪いチンピラといった風情《ふぜい》だ。

勇希がいらっしゃいませと言うよりも早く、男が口を開いた。

「お前が藤原勇希か？」

勇希の肩がビクッと跳ねる。知らない男が自分の名前を知っているという気味の悪さ。

「え、あの、そうですけど。どちら様でしょうか？」

男はズボンのポケットから財布を取り出し、中から運転免許証を抜いて勇希の目の前に突きつける。

「藤原英一《えいいち》。藤原家の長男で、お前の伯父だ」

「……え？」

男が何を言っているのか、勇希はすぐに理解できなかった。

男はよく見ろと言わんばかりに、運転免許証をさらに勇希の顔に近づける。

目の前の男と免許証の顔写真は確かに一致していて、氏名の欄には『藤原英一』と記載されている。

「伯父……さん？」

「そうだ。お前が横井町の弟から預かって欲しいと連絡があった美穂子《みほこ》の娘だな」

勇希の背筋に冷たいものが落ちる。横井町の伯父のことも、母の名前も知っている。

目の前の男は、本当に藤原家の長兄なのだ。

では……、では、先生は？

横井町の伯母と電話をして、拒絶された勇希をずっと洋館《いえ》に置いてくれた先生は何者なのだ？

「その様子だと、やっぱりお前は騙されていたんだな」

長兄の伯父、英一が勇希を押しのけるようにして乱暴にカフェに足を踏み入れる。

チリンと、ベルが悲鳴をあげた。

英一がカフェを見回し、店内に誰もいないことを悟ると玄関に身を縮ませて立っている勇希に怒鳴る。

「家主はどこにいる！」

勇希の体がビクッと震える。先生を見つけたら殴りかかっていきそうな英一の険しい形相に恐れを抱いて、先生の居場所を教えることを躊躇う。

「家の中かっ？」

英一がズカズカとカウンターに入って、奥へ続くドアを開けようとする。

「違います！」

とっさに英一を引き留める。

「畑にいます。わたしが呼んできますから」

「いい！　お前はさっさと荷物をまとめて、出られるようにしておけ！」

足が竦み、動けずにいる勇希に向かって、英一が再び怒鳴る。

「さっさとしろ！」

勇希は英一と目を合わせないようにしてカウンターを通り過ぎ、屋敷に入ると廊下を全速力で走り抜け、先生の部屋に向かう。

先生の部屋からは畑に直接出ることができる。

勇希は先生の部屋に飛び込み、その勢いのまま大きなダブルベッドの前を通り抜け、ガラス戸に向かう。

カーテンを開けると、昨夜の暴風雨が嘘のような真っ青な空と、嵐の名残《なごり》を残す緑の草木が眩しい。

勇希は力一杯ガラス戸を開け、ハーブ畑に飛び出し先生の姿を探す。

予想はついた。先生は一番被害が大きかったカモミールの辺りにいた。

「先生！」

勇希が駆け寄ると、先生が驚いて振り返る。足下には無残にも水浸しになって横たわっているカモミールの花。

「どうしたの、勇希ちゃん。そんなに慌てて」

「あの……」

先生を目の前にして、勇希は言葉に詰まる。

勇希に向けられる優しい眼差しも、ふにゃりと垂れた人懐こいタレ目も、いつもと変わらない。

だけど、目の前にいるのは、今朝までの先生じゃない。

ずっと伯父だと思っていた人物が、突然見知らぬ他人に変わってしまった。

「えっと、あの……」

勇希が言い淀《よど》んでいると、先生が何かに気づいたようにピクリと視線を上げた。

「お前は何をやっているんだ！」

いきなり背後から怒声が飛んできて、勇希は怯えて振り返る。肩を怒らせた英一がこちらに早足で向かってきた。

「荷物をまとめてこいと言っただろう！」

言うが早いか、英一の平手が勇希の頭を引っぱたく。

よろけた勇希の腕を素早く取って支え、先生が英一を非難する。

「いきなり何をするんですかっ」

「何をするだって？」

英一が凄《すご》んだ。

「お前こそ何をするつもりだ。俺のふりをして姪を騙していたくせに」

先生の顔から、英一に対する怒気が一掃された。微かな驚きの色を浮かべて、英一の厳つい顔を見つめている。

「他人がひとの家の躾《しつけ》に口出しするな！　いいか、二度と俺たちの家に関わるんじゃねえぞ。もしまた、こいつに接触でもしてきたら、監禁罪で訴えるからな」

監禁罪!?

勇希は先生の顔を見上げ、心の中で訴える。

先生何か言って。違うって言って。先生はわたしを騙したりなんかしていないでしょう。悪いことなんてしていないよね。

「早く支度しろ！」

英一の手が、先生に支えられていないほうの勇希の腕を摑んで、乱暴に引き寄せた。

先生の手が勇希の腕を簡単に離れる。あまりにもあっさりと離れてしまったことが、勇希の胸をギュッと締め付ける。

「そんなに急ぐこともないでしょう。カフェでお茶でも飲みながら少し、お話ししませんか」

丁重に声をかけた先生に向かって、英一はいきなり拳を振り上げた。

「ふざけんな！」

「先生！」

突然左頬を殴られた先生が、バランスを崩して後ろに倒れる。水たまりの泥水が飛び跳ねて、白いシャツにいくつもの茶色い染みを作る。

倒れた先生を一瞥すると、英一は勇希を睨みつけ、怒鳴る。

「早くしろって何度も言わせるな！」

体を竦ませる勇希に向かって、英一が拳を振り上げた。

「やめなさい」

泥水に浸かりながら、先生が声を上げる。英一のような怒鳴り声でも、大声でもなかったが、体の内側を鞭で叩かれたように響いた。勇希も英一も、金縛《かなしば》りに遭ったかのように一瞬動きが止まった。

「勇希ちゃん」

先生が上半身を起こしながら、ふにゃりと微笑む。

「大丈夫だよ」

殴られた自分の心配は要《い》らないという意味か、それとも勇希の今後に向けられた言葉なのかわからなかった。

だが、この場を治めるには、勇希がさっさと荷物をまとめ、英一についていくしかない。

「いいか、門のところで待ってる。五分以内に来いよ」

勇希は大きくうなずき、洋館へと走っていった。


来た時と同じ、学校指定のリュックバッグに紙袋二つを持って、勇希は門のすぐ側に路駐してあった英一の車に乗り込んだ。

勇希がシートベルトを締め終える前に、車は乱暴に走り出す。

バックミラーに映っていた洋館は、すぐに見えなくなってしまった。

寂しさと不安が、どんどん胸を支配していく。

お礼もお別れも言わずに出てきてしまった。先生だけではない。マダムにも、曽我部にも、たまにこっそり遊びに来る克哉と陽斗にも何も言えないまま。

「お前、養子になれとか言われたか？」

信号待ちの時にいきなり話しかけられて、勇希は飛び上がりそうになる。

「えっと、養子？」

「そうだ。養子にならないかと言われたりしたか？」

「あ、はい」

「やっぱり！」

英一がハンドルを殴った。勇希は自分が殴られたかのようにギュッと身を縮こまらせた。

「お前、まさか養子縁組の書類にサインなんかしていないだろうなっ」

「……はい」

英一が大きく息を吐き出す。

「ふう。危なかった。お前、危うくあいつに騙されるところだったんだぞ」

「騙す？　誰を、どうしてですか？」

英一は勇希の質問には答えず、むっつりと黙り込んでしまった。勇希は諦めて、視線を窓に向ける。土地勘がまったくない勇希には、車がどちらの方向へ進んでいるのか皆目見当がつかない。ただ見える景色が、洋館のあった街よりもずっと閑散としてきていることから、東京からさらに遠い場所、神奈川《かながわ》県の西のほうに進んでいるのではないかとおおざっぱに推測する。ここで放り出されたら、どうしていいかわからない。

なぜ、先生は伯父のふりを？

養子になることと、騙されることとの繋がりがわからない。

藤原家の人たちは、勇希を厄介払いしたがっていた。たとえ他人だろうと悪人だろうと、勇希を引き取ると言ったら諸手《もろて》を挙げて喜ぶはずだ。

英一だって、勇希を預かりたくなかったのだ。現に横井町の伯父の打診を断った。他人に自分のふりをされたら、気分は悪いだろう。でも、お陰で厄介な姪を預からなくても済むのだ。そこはラッキーと思うところではないのか。

そもそも、なぜ英一は今頃になって、勇希を引き取りに来たのだ？

見知らぬ男と勇希が、そうとは知らずに暮らしているのを知って心配になったから？

洋館での勇希に対する態度からは、とてもそうだとは思えない。勇希はちらりと英一の横顔を盗み見る。血の繋がりは感じる。えらが張った厳つい顔だから、最初は気づかなかったが、地味な一重の目が、横井町の伯父や母に似ている。

残りの夏休みを英一と過ごさなければならないのかと思うと、恐ろしさで鼓動が悲鳴をあげるように激しくなる。

「着いたぞ。降りろ」

キャベツ畑とネギ畑が広がる緑豊かな中に、突き出た岩のように一定の距離を空けて民家が建っている。

のんびりとした風景には似合わない、整備された国道がまっすぐに延びている。広い一本道。どこからどこへ続いているのか、勇希には見当もつかない。

車が停まったのは、広い庭のある旧家で、平屋の母屋《おもや》と、倉庫を改造したような離れがあった。

これが生前贈与されたという屋敷だろうか。周りの家と比べても立派なものだ。だが、一目で手入れされていないとわかる庭が、お化け屋敷化した空き家の雰囲気を醸し出し、主人に大切にされていないと嘆いているように見えた。

勇希は荷物をひとりで持って、英一の後をついていく。

玄関先の表札とその下に書かれている住所を見て、勇希は声を上げそうになった。生徒手帳に書いた住所と町の漢字が一字違う。他は丁目も番地も一緒なのに。

勇希はたった一字違いの住所を訪ねたのだ。

「早く入れ」

呆然と突っ立ったままの勇希に、英一が苛立ち声を張り上げる。家に上がったとたん、埃とアルコールのにおいがして、勇希は吐きそうになった。

「そこに座って待て」

　通された居間の座卓の、ぺしゃんこな座布団に腰を下ろすと、なんだか湿っていて気持ちが悪く、勇希はそっと腰を移動させて畳の上に直《じか》に座り直した。

　座卓の上にはウイスキーの瓶と競馬新聞。居間と続いている台所には、空き缶や空き瓶が転がっているのが見えた。

　喉が渇いた。先生ならまず、お茶にしようと言ってくれるのに、となんだか懐かしく思えてくる。

　先生は勇希を騙していた？　しかし、偶然間違えてやって来た勇希の伯父のふりをして、先生に何の得があるというのか。

　横井町の伯母は先生と話していた。伯母は先生のことを英一だと思って、勇希を押しつけ合っていたのだろうか？

　次々と湧き出る疑問。考えがまとまらない。頭の中をぐるぐるとかき回されているようだ。

　英一が大きな茶封筒を持って戻ってきた。

　勇希の前に座り、封筒から取り出したのは『養子縁組届』。

「伯父さんは、わたしを養子にしてくれるんですか？」

「そうだ。嬉しいか？」

英一がニヤリと笑った。悪意が透けて見えるような、ゾッとする笑みだった。

「ここの枠内を書け」

インクが少なくなっているボールペンを勇希の手に押しつける。すでに養親の欄には英一の乱雑な文字が並んでいた。ボールペンを持つ勇希の手が震える。悪寒《おかん》が手から腕を伝って背筋を下りていく。

「あの、でも横井町の伯父さんに相談しないと。学校のこととかもあるし」

「転校が嫌なら横井町の家に戻ればいい。べつに養父だからといって、同居しなければならないわけじゃないからな。いいから、書け」

英一に凄まれ、勇希は仕方なくボールペンを動かす。

すべての欄が埋まると、英一は満足そうに笑みを浮かべ、書類を丁寧に封筒に戻した。

「後はあいつに連絡すればOKだ。お前の立ち会いが必要らしいから、明後日《あさって》まではこの家にいてもらうぞ」

明後日といえば勇希の誕生日だ。

英一は人が変わったように機嫌が良くなり、というより浮かれ出し、鼻歌を歌いながら座卓の上にあるウイスキーの瓶に手を伸ばす。

「お前も飲むか？」

底に白い物がこびりついたグラスに、ウイスキーを注ぎながら英一が勇希に口の端を上げてみせる。勇希は激しく首を振って拒絶する。

英一は氷も入れず、ストレートでウイスキーをグビッと飲み干した。酒臭い息が吐き出される。二杯目も大胆に呷《あお》った。

上機嫌の英一の様子を見て、勇希は遠慮がちに尋ねる。

「どうしていきなりわたしを養子にしてくれるんですか？　あいつって、どなたですか？」

「お前、よかったな。これで無事、遺産が手に入るぜ」

「……え？」

怪訝な顔をした勇希が面白かったのか、英一が喉の奥で笑い出す。

「なんだ、お前も知らなかったのか。喜べよ。誰も知らなかったお前の父親が、遺産を残してくれたぞ」

父親！　勇希の息が止まる。

「あいつって、わたしの父——」

いや違う。英一の言葉をもう一度冷静に反芻して、勇希の唇が固まる。

財産ではなく遺産と言った。つまり、父はこの世にいない。

父親がわかったと同時に、その死を知らされ、喜んでいいのか、悲しめばいいのか、それとも今まで何もしてくれなかったことを怒ればいいのか、様々な感情がお互いを殺し合い、出てきたのは涙だけだった。

「それにしても俺に気づいてもらってよかったな。ずっと留守にしていて、危うく遺産をどこの馬の骨ともわからぬ男に取られるところだったぜ」

殴られた先生のことを思い出し、勇希は涙を手の甲で乱暴に拭って言う。

「先生は遺産なんて知らなかったはずです。わたしだって知らなかったんだから」

「馬鹿だな。お前はあの男に懐いてるようだが、それだって計算ずくだろう。虎視《こし》眈々《たんたん》と、お前を養子に取り込む算段を練っていたんだ」

英一は自慢するように胸を反らし、三杯目のウイスキーを流し込む。

「お前が金になるかどうか、お前の周りを探っていたんだ。特に俺をな。よくこの家に来てたらしい」

「先生はほとんど家にいました」

先生の外出といえば、勇希と一緒に買い物に行くか、曽我部の家に行くか、注文が入った抽出液を発送するために郵便局に行くぐらいだ。車で数十分かかる英一の家を探るほど、長く勇希の側を離れたことはない。

だが、英一は勇希の言葉を笑い飛ばし、中学生のガキなんてこの程度かと楽しげに勇希の頭を小突いた。

「人を使っていたんだよ。いつもフリフリの服を着た中年の女だって、近所の人から聞いたぜ。目立っていたから、注目の的だったらしい。探りを入れるならもっと地味な服装にすればいいのに、馬鹿だな。その女とグルになって、お前に金儲けの種があるかどうか調べていたんだ」

マダムのことだ。本当は還暦を過ぎているが、四十代後半ぐらいに見える。

「そいつが俺の留守中に届いた弁護士からの封筒を見つけたんだろう。封筒には弁護士事務所の住所が書いてあるからな。俺よりも先に、お前の遺産のことを聞き出したに違いない」

勇希の署名入りの書類が手に入ったからか、それともアルコールのせいか、英一の口はますます滑らかになる。

「遺産はお前が十五歳になった時に、お前とその親に譲るというものだ。俺たちは仲良く遺産を半分こ。だけど、お前はまだ未成年だから、俺が管理してやる。安心しろ。

だらしない妹の始末を、この兄がきちんとつけてやる」

　母のことを言われ、勇希の胸がカッと熱くなった。

「あの男の養子になんかなっていたら、非道《ひど》いことになるところだったぞ。遺産が入ったとたん手のひらを返すに違いない。下手すりゃ、保護者の名のもと、全部横取りされたかも」

「そんなこと――」

　否定しようとする勇希を、英一は鼻で嗤《わら》う。

「どこに金のかかるガキを、しかも血も繋がらないのに引き取るお人好《よ》しがいるんだ。ああ、もしかしたら、別の意味で可愛がるつもりだったのかもな。向こうはお前が他人だって知っているんだし」

　英一が下卑たいやらしい笑みを浮かべる。

「お前、大人しくしていればそこそこ可愛いしな」

　今度こそ嘔吐《おうと》しそうになった。陽斗にブスと言われた時よりも、ずっとずっと気分が悪い。羞恥《しゅうち》と怒りで、膝の上に置いた手が震える。

「現に、お前に家を間違えているって言わなかったんだろ。お前はあいつを、ずっと俺だと思っていたんだろ」

確かに。言われてみれば、勇希は先生の名前さえ知らない。胸の奥が鈍く痛む。大きな洋館、ハーブ畑。維持するだけでもたいそうな金が必要に違いない。なのにカフェは赤字。ハーブの抽出液などを売っているようだが、それだって繁盛しているようには見えなかった。英一の言うとおりなのだろうか。

胸が熱く、痛くなっていく。

夕飯はカップラーメンだった。久しぶりに食べたインスタントの濃い味が、まだ喉の奥を焼いている。食欲を誘うのに、どこか味気ないにおいが鼻の奥に残っている。

勇希にあてがわれたのは、倉庫を改造したような離れだった。

一階は十畳ほどの仕切りのないだだっ広い空間で、窓が無かった。階段部分は吹き抜けで、二階は六畳の部屋がひとつ。しばらく使われていなかったようで、どこもかしこも埃だらけだ。

トイレはあるが風呂はないので、母屋に借りに行かなくてはならない。

勇希は見つけてきた布で軽く掃除をし、着替えを持つと、風呂を借りに行こうと扉に手を掛けて愕然とする。

外側から鍵が掛けられている。

そういえば確か、扉には閂《かんぬき》があった。まさか、それを閉められるとは！　勇希はガタガタと扉を揺らす。古びた家屋だからもしかして壊れるのではないかという期待を込めて。だが、錆びた扉は頑固な老人のように堅牢だった。

自分は監禁されている。

その事実を知って、勇希の胸に冷たく黒い塊が落ちる。

お前の立ち会いが必要らしいからそれまではこの家にいてもらうぞ、という英一の言葉を思い出す。

つまり遺産を受け取る手続きが済む明後日まで、ここにいなければならない。

風呂は諦めて、勇希は二階に戻る。

幸いにも二階には普通の住居のような窓があり、すべてを開け放てば夜風が入り、耐えられないほどではない。

六畳の部屋は、乱雑に積まれた新聞や雑誌、洗濯せずに放置された服の山、何が入っているのかわからない段ボールに占拠されて、実質三畳ほどの広さしかなかった。ずっと洗濯も日干しもしていない毛布を敷き布団代わりに広げて、荷物を置けばほとんどスペースは残っていない。

窓枠に触れると、ざらりとした砂の感触がして、反射的に手を引っ込める。

眠気は当分訪れそうにない。

勇希は毛布の真ん中に膝を抱えて座り込み、考えを巡らす。

血が繋がっているとはいえ、こんな伯父が養父だなんて嫌だ。まだ横井町の伯父のほうがずっとマシだ。だけど勇希にはここを抜け出す手段がない。

一階はトイレにしか窓がなく、しかも小さくて勇希の体は通り抜けることができない。

逃げるには二階の窓から飛び降りるしかない。

勇希は窓から外をのぞいて、ブルっと身を震わせた。絶対無理だ。

隙を見てここから逃げ出せたとしても、その先どうしたらいいかわからない。お金は横井町の家に帰る夜行バスのぶんしか持っていないし、地理もまったくわからない。

周りは閑散とした道路と畑。電車はあるのか？　警察は？　警察にたどり着ければ、未成年者だから保護され、横井町の家まで帰る手段が手に入るかもしれない。

勇希の署名のある書類が手に入った以上、英一は手続きを済ませば養父になれるだろう。そうすれば、いくらあるのかわからないが、父の遺産の半分は英一のものだ。

それは、もう構わない。ただ父親面をして勇希に干渉して欲しくない。

父。

勇希はいきなり死を知らされた父に思いを馳《は》せる。

どんな人だったのだろう。母は決して喋らなかった。親族さえ知らなかった父。

正直なところ、父に関して思うところは今まで何も無かった。

友だちに両親が揃っているのを、羨ましく思うことはあったが、面影さえ知らない人物に対して感情は湧かなかった。会いたいとか、どんな人なのかとか、まったく気にならなかったわけではないが、彼が母と勇希を人生から排除し無かったものにしたように、勇希も父という存在を完全に排除していた。

最初から無かったものに関しては、有ることなど想像できない。

それでも、自分に遺産を残してくれたという事実は、勇希の心を温かくさせた。

父は勇希を無かったことなんかにしていなかったのだ。それが単純に嬉しかった。

だから、同時にこの世からいなくなったと知って、少し苦しくなった。

感謝も伝えられず、ずっと無かったものにしていたことへの謝罪もできない。

自分はどこまでも親との縁が薄い人生だと、勇希は自嘲《じちょう》する。

それなのに、望まない養父は突然できる。

勇希は膝を抱えていた腕を解《ほど》き、気を紛らわせるために、英語の教科書でも読もうかとリュックバッグを開ける。

掴み出した教科書やノートの中に、過去ノートが混ざって床に落ちた。

偶然に開いたページに、勇希の目は釘付《くぎづ》けになる。

——十五歳になったら、運命が回り出す。

確かに今、勇希の運命は大きく回り始めた。

マダムのカードを思い出す。自分の輪はどちらに回っているのだ？

不安なまま、勇希は眠りにつく。

月齢3.5　四日月

監禁生活二日目。

昼頃、英一が菓子パン二個を離れの中に放り投げる。二階にいた勇希は、扉が開いた音を聞いて一階に駆けていったが、すでに扉は閉まっていて、メロンパンとクリームパンが床に転がっていた。ずいぶん遅い朝食だ。

洗面所で水は飲めるし、体を拭くこともできるので、不便ではあるが食事を与えてくれる限り、なんとか持ちこたえられそうだ。

それにしても、これから自分はどうなってしまうのだろう。

勇希はメロンパンを口にしながら考える。

英一が自分を養ってくれるとは思えない。遺産相続の手続きが終われば追い出されるのだろうか。それとも、この離れぐらいは貸してくれるのだろうか。

勇希自身の手に入る遺産がどれほどのものかわからないが、そこから自分の学費や食費を出して、英一の元から学校に通うことを想像し、背筋が凍った。

嫌だ。

中学三年の二学期に転校する不便さだけではない。あの下品な伯父と暮らすなんて。

予定通り、夏休みが終わったら横井町の伯父の元に帰るか。英一にとっては、それが一番有難いだろう。だが、もし英一に遺産が渡って、今養ってくれている横井町の伯父や、これまで面倒を見てくれた他の伯父たちがそのことを知ったら、勇希に対する感情はもっと悪くなるに違いない。

先生のところは？

養子になるかいと聞いた、先生のふにゃりとした笑顔を思い出す。

先生と過ごした日々が懐かしく、温かく蘇る。できれば、ずっとあの中にいたい。

だけど、本当に信用していいの？

頭の片隅から冷たい声が問いかける。

監禁されたまま外に出ることもできず、勇希はぼんやりと一日を過ごした。

気がつけば、すでに陽が落ちかけていて、部屋が薄暗くなっていた。電気をつけようかと立ち上がった時、扉の開く音と何かが放り込まれた気配がした。一階に下りると、コンビニの袋の中に、おにぎりとサラダが入っていた。夕食らしい。

二階に戻り、袋から出してはみたものの食欲はなく、壁にもたれて暮れゆく空を眺めた。

「これからどうすればいいんだろう」

抑えきれず、心細さが漏れる。

暮れかかった群青《ぐんじょう》の空に、透けているような白い月が浮かんでいる。三日月から少しだけ上弦の月に近づいた月と目が合う。

――ねえ、勇希ちゃんはどうしたいの？

ふいに、耳元で先生の声が聞こえた気がした。

月に吸い寄せられるように、勇希は窓枠から身を乗り出す。

――もしも迷った時は月を仰ぐといい。

――月の光は心の中を照らしてくれる。本当の願望を、進むべき道を、ちゃんと照らしてくれるよ。

勇希は夕闇に浮かぶ、かなり欠けている月を見上げる。

わたしはこれからどうなるのだろうと不安をぶつければ、お前はどうなりたいんだと問いかけてくる鋭利な月光。

祈るように月を見つめていると、その光に胸を突き刺されたように、体の奥がチクリと痛む。

このまま英一の元に？　横井の伯父のところへ帰る？　どこへ行けばいいの？

胸と目頭が熱くなった。

月が霞《かす》む。

溜まっていた涙が落ちると、月の輪郭が鮮明になった。

ハーブの香りに包まれた畑、ミント風呂から上がった肌に涼をもたらす夜風、月光に浮かぶ先生の白いシャツが鮮やかに勇希の胸に蘇る。

どうなるの？　否《いな》、どうしたいの？

自分は運命の輪を、どちらに回したいのだ。

「先生のところへ帰りたい……」

ぽつりと本音が零れる。

たとえ下心があったとしてもいい。先生が教えてくれたハーブの知識は本物だ。勇希に出してくれたハーブティーや料理の美味しさも、曽我部のカレーを再現したのも、克哉に枇杷のコンポートを振る舞ったのも、陽斗に何度も手を差し伸べるのも、全部本物の愛情がなければできないことだ。

どうしたいのって？

あの洋館へ、カフェへ、ふにゃっと笑う先生のところへ帰りたい！　今すぐにでも、こんなカビ臭い離れを飛び出して帰りたい。

だけど……。勇希は二階から遠い地面を見下ろして唇を嚙む。自分は無力で何もできない子どもだ。たった三メートルの距離をどうすることもできない。

「さっさと帰れ！」

突然、英一の怒鳴り声が聞こえた。勇希は動きを止めて耳を澄ます。

もうひとりの声は、小さくて聞こえない。

勇希は母屋が見える窓に駆け寄り、身を乗り出す。

玄関の扉がピシャリと閉まる音。閉じられた扉の前で、立ち尽くす長身の青年。夕闇に浮かぶスラリとした後ろ姿からも、イケメンオーラが漂っている。

陽斗だ！　なぜ、ここに。

勇希は服が汚れるのもかまわず、さらに身を乗り出す。

しばらく諦めきれないように扉の前に佇《たたず》んでいた陽斗が、ようやく肩を落として庭先を歩いて行く。

勇希は大きく手を振る。だが、陽斗は気づかない。

勇希はとっさにおにぎりを摑んで、力の限り陽斗の背中に向かって投げつけた。

おにぎりは大きな弧を描いて、躑躅《つつじ》の木に突き刺さるように落下した。

躑躅の葉がボスッという音を立てて震え、陽斗が驚いて身を縮めた。しばらく躑躅の木を訝しげに睨んでいたが、ゆっくりと身を起こして近づいていく。そして、おにぎりに気づく。陽斗は手を伸ばして、包装されたままのおにぎりを手に、キョロキョロと辺りを見回し、離れの二階から手を振っている勇希の姿を見つけた。

陽斗は周りに生えている紫蘇の葉を蹴散らしながら、漆喰《しっくい》で仕上げられた土壁に寄って勇希を見上げる。勇希が質問をぶつけるより先に、陽斗がのんびりと言う。

「なんだ元気そうじゃん」

「へ？」

「安心した。じゃあね」

陽斗がヘラリとした笑みを浮かべて手を振り、離れから去ろうとする。

「ちょっと待ってよ！　わたし、監禁されているのよ！　どこが安心よっ！」

「監禁？」

「外から門がかかっていて出られないの。開けて」

「えー、面倒くさい。俺、マスターから勇希ちゃんが元気か見てきてって言われただけだもん。じゃあ」

　ここから出る鍵になるかもしれない陽斗を逃すまいと、勇希は身を乗り出す。

「助けてくれたら、好きになるかも！」

　踵を返そうとした陽斗の動きが止まる。

「きっと、好きになっちゃう……かも」

　陽斗が満面の笑みを浮かべて、勇希を見上げる。

「そっかぁ。でも、ごめんね。振っちゃうけど」

「そんなことは、どうでもいいから、早く門を開けて。お願い」

「そんなこと？」

　陽斗は顔を顰めて唇を尖らせる。だがふて腐れながらも、離れの正面へと回っていく。勇希も素早く荷物を持って、階段を下りて扉の前に立つ。

　ガチャン、ガチャンと重たい金属がぶつかる音がする。

「ダメ。門に錠がかかっている」

外に出られるという期待を一瞬で吹き飛ばした陽斗の言葉。

「頑丈で、鍵がないと無理」

「そんな……」

両手に持った荷物がとたんに重くなり、勇希はよろけて座り込む。重い沈黙が続く。

「本当に、出たい？」

勇希の気持ちを確かめるように、厚い扉越しに陽斗が沈黙を破る。

「もちろん！　でも……」

鍵のある場所がわからない。英一が持っているのかもしれない。

「わかった。ちょっと待ってろよ」

「え？」

陽斗が去っていく気配を感じた。

「ちょっと、何をする気！」

扉を叩くが反応は無し。しばらく待っても、扉の向こうは押し黙ったまま。もしかして、帰ってしまったのだろうか。希望を絶たれて、勇希は力なく二階へ戻り、膝を抱える。

それから三十分ほど経った頃か、勇希は自分を呼ぶ陽斗の声に顔を上げた。飛び出す勢いで、窓から顔を出す。得意げに胸を張った陽斗と目が合う。

「準備よし！　さあ、飛び降りろ！」

意気揚々と、勇希に向かって言う。

「と、飛び降りる⁉」

いつの間にか、離れを囲む紫蘇の上に、どこから持ってきたのかわからない布団が数枚、折り重ねて敷いてあった。

「こ、ここから？」

「大丈夫。洋館の二階はもっと高いだろ。あそこから飛び降りて無事だった俺が言うんだから」

怖じ気づく勇希に、陽斗が自信満々に言い放つ。

「信じろ！　布団を！」

俺を、と言わないだけマシだ。

勇希は窓枠を握りしめて、夕闇に浮かぶ布団を見つめる。

手にグッと力が籠もる。確かに、ここを出るには、これしかない。

躊躇ってはダメだ。

勇希は自分に言い聞かせる。

躊躇わずに窓枠を蹴らなければ、布団が敷いてある場所よりも手前に落ちてしまう。そこはただの土。死ぬことはないにしても、大きなケガを負うことは必至だ。

――人は行動しなければ指一本動かせないんだよ。

先生の言葉が勇希の背中を押す。

「月のご加護を！」

大きく深呼吸をして、足に力を入れた。

フワッと、勇希の体が月に向かって浮かび上がる。陽斗と目が合った気がした。

洋館の二階から飛び降りた陽斗の気持ちがわかった気がする。

人は帰れる場所があると、躊躇いなく飛び出していけるのだ。

ボスッ、という音が体中に響いた。

紫蘇のツンとした香りが爆発したように広がる。

「勇希ちゃん！」

陽斗が駆け寄って、勇希を抱き上げた。

「凄いにおい。しばらく紫蘇臭いかな」

「においなんてどうでもいいから。痛いところは？」

勇希は陽斗の腕の中で、足首や手首を動かす。

全身に衝撃は感じたが、今はもう痛みも違和感もなかった。

「立てる、歩ける」

勇希は陽斗の腕からも飛び降りて、地面に着地した。自分の髪から、服から、紫蘇の香りが立ち上る。

「近くに車停めてあるから、そこまで歩ける？」

勇希は力強くうなずく。

「よし。行くよ」

陽斗は勇希を支えるように腕を取った。

庭を抜けて公道に出ると、勇希は足枷《あしかせ》が外れたように自由な気分になる。空気が美味しく感じられて、大きく息を吸い込んだ。

英一の家の門から十メートルほど離れた場所に、可愛らしいピンクの軽自動車が路駐している。

「マダムの車、借りたの？　運転、できるんだ」

「都心じゃないし、車がないと不便だからね。最初に世話になった女性に免許を取らされた。で、毎日送り迎えしていたよ」

それってヒモ……、という言葉は呑み込み、代わりに気になっていたことを尋ねる。

「あの布団はどこから？」

「来る途中に見つけた婦人会館に行って、そこにいる女性たちに笑顔で頼んだら、みんな快く不用な布団や毛布をくれたよ」

陽斗は布団をゲットした煌《きら》めくスマイルで答えた。

陽斗が運転するマダムの車が、洋館の門をくぐる。

夜の闇に浮かぶカフェの明かりを見つけると、勇希は待ちきれずにシートベルトを外した。

車が停車するやいなや、飛び出してカフェへと走る。

「え？」

ドアノブへと伸ばした腕が止まる。そこにぶら下がっているプレートに目が釘付けになる。

『closed』

初めて見た相手を拒む文字に、胸の奥が冷たくなる。

勇希はゆっくりとカフェの扉を開ける。チリンと、頼りなげなベルの音。

closedでも鍵は掛かっておらず、完全にシャットアウトしていないところに、先生の面影を見た気がして、少しホッとした。

「先生」

カフェに足を踏み入れ、ハーブの香りに包まれながら、勇希は先生を呼ぶ。closedということは、先生がここにいないのは確かだ。それでも呼びかけずにはいられなかった。

買い物にでも行っているのか。

勇希はカウンターの中に入る。いつも使っているケトルやガラスポットが冷たい。先生が出て行ってから、だいぶ時間が経っているようだ。

カタン……。

キッチンの奥、バックヤードのほうから音がした。

「先生？　お帰りですか？」

暗いバックヤード部屋をのぞくと、整頓された室内がぼんやりと浮かび上がっている。ふと、その一角が揺らめく。

「誰！」

声を上げると同時に、勇希は照明のスイッチを押す。

「わあぁっ！」

甲高い悲鳴とともに人影が飛び上がり、勇希は息を呑む。

「……克哉……くん」

人影の正体は、克哉だった。お互いに驚愕の表情で見つめ合う。

「こんなところで、何してるの？」

勇希の質問で、我に返った克哉の目にぶわっと涙が浮かぶ。

「ゆっ、勇希ちゃん、どこ行ってたんだよぉ」

言葉と一緒に涙が零れ出す。勇希は慌てて駆け寄り、ポケットから取り出したハンカチで克哉の涙を拭ってやる。

「一体、どうしたの？　家に帰らないと怒られるんじゃないの？」

「それどころじゃないよ。店長がお巡《まわ》りさんに連れて行かれちゃったんだよ！」

「ええっ！」

先生が警察に連れて行かれた⁉

「ゆ、きちゃん、い、いないし。俺、どうしていいか、わっ、わかんなくて」

克哉がしゃくりあげながら訴える。

「リビングでお菓子食べてたら、お店のほうで大きな音がして、見に行ったら、い、いきなりお巡りさんたちが入ってきて、店長を連れて行っちゃったんだよ。俺、勇希ちゃんに知らせようと思って、ずっ、ずっと、待っていたのにっ。うわぁーん」

堰《せき》を切ったように泣き出した克哉を抱きしめながら、勇希自身も混乱していた。

「あー疲れた。マスター、なんか冷たいもの飲みたい」

携帯電話をいじりながらカフェに入ってきた陽斗は、カウンターの奥を覗き込み首を傾げた。

「そのガキ誰？　マスターは？　喉渇いたんだけど」

「それどころじゃないの。先生が警察に連れて行かれたって」

「へ？　何で？」

「知らないよぉっ」

勇希の代わりに泣きながら答える克哉に、陽斗が詰め寄る。

「警察の人は何て言っていた？」

「わっ、わかんない」

「思い出せよ。何か言っていただろう。言っているはずだ」

泣きべそのまま、克哉は自分の手をじっと見つめて、ぽつりと零す。

「か、かんきんざい。って何？」

監禁罪。たどたどしい克哉の言葉が漢字に変換されると、勇希は喉の奥で小さく悲鳴を上げた。

「ねえっ、て、店長は、悪いことなんて、していないよね」

克哉が勇希のシャツを引っ張って尋ねる。

「もちろんだよ。きっと、何かの間違いだって。それより、もう遅いから早く帰らないと。送ってあげる」

克哉を励ますために無理に明るく言って、陽斗に頼んで車を出してもらう。大儀見家の豪邸の前に着き、克哉が家の中に入っていったのを見届けると、勇希の表情はとたんにこわばり手が震え出した。

「どうしよう、わたしのせいだ」

「マスターが警察に連れて行かれた理由、知ってるの？」

運転席の陽斗はハンドルに寄りかかりながら、勇希を横目で睨む。

「きっと、わたしの伯父が訴えたんだと思う。先生が伯父のフリをして、わたしを騙していたんだって」

「どういうこと？　訴えた伯父さんって、お前を監禁したやつのこと？　マスターも伯父さんじゃないの？」

「先生は伯父さんじゃなかったの。わたしが勘違いしていたの。でも、先生も否定しなかったから、わたしはずっと先生のこと伯父さんだと思っていて。でも、騙されていたわけじゃない。先生は行き場のないわたしを家に置いてくれただけなのに」

「じゃあ、あの家に戻って、その伯父さんに誤解だから訴えを取り下げてくれって言えばいいじゃん」

勇希は激しく首を横に振る。

「伯父は、先生が自分のふりをして、わたしと養子縁組を結んで遺産を横取りしようとしたと疑っているから、わたしたちの言うことなんて聞いてくれない。警察に通報したのだって、邪魔者を排除したつもりなのよ」

英一の望む通り、勇希は彼との養子縁組に承諾《サイン》したのに。あんまりだ。

「とにかく先生の冤罪《えんざい》を晴らさなきゃ。どうすればいいの？　警察に行けばいいの？」

「うん。まずは警察だな」

「今からでも大丈夫かな。先生に会えるかな」

「大丈夫。警察は二十四時間営業だろ。で、どこの警察署に行けばいいんだ？」

「え？」

「え？　って、え？」

ふたりは顔を見合わせる。

「警察署、でしょ」

「だからどこの？」

「どこのって、どこ？」

「わかんないよ。俺、警察に捕まったことなんてないもんっ」

陽斗が逆ギレ気味に声を荒げれば、勇希の声もつられて険しくなる。

「わたしだってないわよ！」

不安が心を苛つかせる。怒鳴っても解決はしない。そんなことはわかっているが、具体的にどうすればいいのかわからず、車内の空気は険悪になるばかり。

「お前のせいなんだから、お前がなんとかマスターを助ける方法を考えろよ」

「そんなこと言ったって、わからないものはしょうがないでしょ。そっちこそ、いい大人なんだから、知恵の一つや二つ出してよ」

「警察に連行なんて、ドラマの中ぐらいしか知らないよ」

勇希だって同じだ。まさかドラマのワンシーンのようなことが自分の周りで起きるなんて。

殺風景な取調室に閉じこめられた先生。強面《こわもて》の警官が入ってきて、事務的に黙秘権と弁護士を呼ぶ権利があることを告げると、すぐに厳しく先生に尋問する様子を想像し身震いした瞬間、勇希の頭にある人物が閃く。

「曽我部さん！」

「誰？」

「カフェの常連のおじいさんなの。弁護士さんだから、どうすればいいのかわかるんじゃないかな」

「どこに住んでるの？」

「すぐ近く」

勇希のナビゲーションでピンクの車は十分も経たずに、曽我部の家の前に停車する。縁側に座ってお茶を飲みながら、夜風で涼をとる曽我部の姿が見えた。

勇希は車から急いで降りて、垣根越しに曽我部に呼びかける。

「曽我部さん！」

曽我部が驚いた顔で勇希を見る。そして、すぐに気まずそうに目を逸らした。

「曽我部さん？」

曽我部が手にしていた湯飲みを置き、勇希のそばに重い足取りでやって来て、心底すまなそうに告げた。

「その……、大変申し訳ないが、今回の件はやはり引き受けかねる、と店長に伝えてくれないか」

勇希の体が強ばった。胸の奥が重く引き攣って、言葉も出てこない。

曽我部は先生が警察に連れて行かれたことを知っている。きっと先生が弁護をお願いしたんだ。それなのに、曽我部は力になれないと……。

「よい代案が浮かんだら連絡するから、と伝えてくれ。本当に申し訳ない」

一方的に言うと、曽我部は勇希に背を向け、家へと入って行ってしまった。


カフェに戻るとお帰りの抱擁《ほうよう》のごとく、様々なハーブの香りが勇希を包む。

長いことここで愛されてきた木製のテーブルとイスも、この店の守護神のような使えないレジスターも、ピカピカに磨かれた透明ガラスのティーセットも、カウンター奥の壁に並ぶ様々なハーブも、昨日までと何も変わらない。

ただ、先生がいない。

じん……と眼球が熱を帯びる。

「そいつ、企業弁護士で、刑事事件は専門外なんだろ。じゃあ、やる気があっても役に立たないよ」

「でも、せめて他の弁護士さんを紹介してくれるとか……」

けんもほろろな曽我部の態度に陽斗は憤慨し、勇希はひどく落胆していた。

「ああいうエリートたちは自分の利益が第一で、保身ばかり考えている。面倒なことか、金にならないこととかはしないの」

ハーブの香りが染みついたテーブルにぐったりと肘をつき、勇希はこみ上げてくる涙と戦う。泣いている場合じゃない。先生はもっとつらい目に遭っているかもしれないのに。

チリン、とベルが鳴り、最後の頼みの綱がやって来たことを告げる。

フリルとレースをたっぷりあしらったニットのワンピースを身につけたマダムに、勇希が飛びつく。

「マダムっ！　先生が、先生がわたしのせいで。一刻も早く、先生の無実を証明しないと。先生に会えますか？　わたし、どうすればいいのかわかんなくて」

マダムは勇希を落ち着かせるように、柔らかな笑みを湛《たた》えてそっと肩に手を置く。

「落ち着いて。大丈夫だから。どのみちこんな遅い時間では面会も無理。今日はたっぷりご飯を食べて、ぐっすりお休みなさい」

「で、でも、一秒でも早く先生を助けなければ」

「そうだよ。早くマスターを助けなきゃ」

陽斗も勇希に追随する。

「これは月の導き」

マダムはふたりの子どもを慰めるように、穏やかな微笑みを浮かべる。

「まずは腹ごしらえをしましょう。なにごともそれからですよ」

マダムは勇希と陽斗の手を取って、屋敷の中へと誘う。

「心配することはありません。わたくしたちは魔法使いです。意志の力で、望む未来を引き寄せることができます」

マダムが自信たっぷりに胸を張って宣言する。

「さあ、リビングへ行きましょう。たくさん食べて、たくさん寝て、明日に備えましょう。明日はきっと、ヴァルプルギスの宴のごとく賑《にぎ》やかになるでしょうから」

先生が連行されたというのに、マダムはなぜか楽しげだ。

胡乱な目でマダムを見ると、目が合った。

「勇希さんにとっては、ひとつの試練になるかしら」

不安を瞳に宿した勇希に、マダムは不思議な慈愛に満ちた眼差しを向ける。

「大丈夫。心配しないで。勇希さんならできますよ。自分の心に素直になればいいのです」

勇希は唇をぐっと引き結ぶ。警官と対峙《たいじ》しても怖じけることなく、先生が無実であることをきちんと説明しなければ。

マダムが勇希を力づけるように抱きしめた。

「月のご加護がありますように」

月齢4.5　五日月

鳥の鳴き声で目覚める朝。窓から流れ込んでくる植物《ハーブ》のにおい。

勇希は母鳥の羽の中で目覚めたような、心地よさと安心感に包まれる。しばらくベッドの感触を確かめて、ここに帰ってこれたことが夢ではないことを確かめる。はっきりと現実だと確信すると、ベッドから抜け出し、手早く支度を整える。服は昨日着ていた物しかなく、夜に洗って干しておいたが、まだ紫蘇のにおいが微かに残っている。

昨夜家に帰ったマダムは去り際に、朝になったらまたここに来るからそれまで心を落ち着けて待っていなさいと言った。

時刻は午前六時。

マダムが何時にやって来るか、具体的な時間は告げられていないが、畑の手入れをする時間ぐらいはあるだろうと、勇希は部屋を出る。

廊下に出ると、窓から朝日が差し込み明るいにもかかわらず、屋敷全体が主がいないことを寂しがっているように感じた。朝の風に靡く草木も、どこか元気なく見える。

外への出入り口は、屋敷の玄関、先生の部屋、カフェのドアの三カ所がある。朝のお務めは、いつもカフェのドアから畑に向かう。

だけど今朝は、先生の部屋へ足を運ぶ。そこが一番畑に近い出入り口だから、というのは後付けの理由で、先生のいない寂しさが自然と足を向かせた。

廊下を歩きながら、勇希は先生の部屋のドアが少し開いているのに気づく。近寄っていくと、中から物音がし、人のいる気配が感じられた。

もしかして、先生が深夜に釈放されて帰ってきたのか。

「先生！」

勇希は勢いよくドアを開けた。

大きなダブルベッドの上にいる人物がもぞりと、上半身を擡げた。乱れ髪も、寝起きの不機嫌な表情も麗しい陽斗が、目を擦りながらあくびをする。

期待を裏切られた勇希は、八つ当たりのように声を荒げた。

「なんでっ。なんであなたがここで寝ているの。先生のベッドでしょ！」

「だって、他にベッドのある部屋ないじゃん」

「図々しい、図々しい、図々しいっ！」

「えー、なんで。マスターは別に気にしないと思うけど」

確かに先生はそれくらいのこと気にしないだろう。だが、勇希の胸にはモヤっとした怒りが広がる。

「第一、なんで泊まっているの？　帰ったんじゃないの？」

「帰ったら、また今朝来なくちゃいけないんだから面倒だろ。それより、まだ六時じゃん。マダムが来たら起こして」

陽斗が再びベッドに横になる。

「また寝るの⁉　先生が大変なことになっているのに、なんでそんなに呑気なの」

「……だって、俺、朝に弱いんだもん。ここに住んでいた時も、毎朝寝坊して、マスターが呆れてたなぁ」

「できなかったの、過去ノートだけじゃないじゃない！」

捨て台詞を残し、勇希は勇ましく部屋を横切って、ガラス戸から外に出た。

先生に教えられたことを思い出しながら、花がらを摘んだり、元気のない株に水や栄養剤をやったりして、ひととおりの畑仕事を終え、それから朝食を摂って、カフェの掃除をして、マダムがやって来るのを待つ。だが、十時を過ぎてもマダムは現れない。

さすがに寝飽きたか、それとも腹が減ったのか、陽斗も起きてきて、キッチンを漁り適当に腹ごしらえすると、勇希と一緒にカフェでマダムを待った。

「もうすぐ十一時なのに、マダム遅いよね」

「電話番号知っているんでしょ。電話してみてよ」

「さっきしたよ。でも留守電なんだ」

陽斗がふてくされたように言う。

「まさか、マダムの身にもなにか」

英一はマダムのことも知っている。

急に不安が迫《せ》り上がってきて、勇希はカフェを飛び出した。石柱の立派な門の前に立ち、マダムのピンク色の車が見えないか目を凝らす。

ここで見張っているからといって、事態が好転するわけでもないことはわかっている。でも、気持ちがはやって何もせずにはいられない。マダムを迎えに行くように、自然と足が動き出していた。

その時、明らかに法定速度を超えたスピードで、黒い車が近づいてきた。

勇希の心臓が胸を突き破る勢いで跳ねた。

英一の車だ。

紫蘇の上に置きっぱなしにした布団を見つけて、勇希が逃げ出したことを知ったのだ。

勇希はすばやく身を翻《ひるがえ》し、全速力で走り出す。洋館に逃げ込んで鍵を掛けてしまえば、英一も手出しはできまい。

だが車は勇希を軽く追い越し、進路を妨害するように、門の前で急停車した。

勇希は立ち止まり、ドクダミの小径に逃げ込むか、回れ右して反対側に逃げるか迷う。その間に、英一が車から降りてきた。

勇希は反射的に駆け出したが、追いつかれて腕を掴まれる。

「来い！」

英一が力一杯腕を引っ張り、勇希は足を踏ん張って抵抗する。肩が抜けそうになり、痛みに顔が歪む。

「助けて！」

人通りはない。カフェにいる陽斗までは届かない。だが一縷《いちる》の望みをかけて、あらん限りの声で叫ぶ。

「助けて!!」

「黙れ！」

英一が勇希の頭を思い切り殴った。勇希の視界が一瞬真っ白になり、体から力が抜ける。すかさず英一が勇希の腕を引き上げ、そのまま引き摺るように車に連れて行こうとする。

キキキー！

耳をつんざくブレーキ音と共に、一台のタクシーが勇希と英一がもみ合う横で停まった。

「何をやっている！」

太い男の声に、英一の手が緩んだ。勇希はすかさず腕を振りほどこうとするが、すぐに英一が摑みかかる。

タクシーから降りてきた男が、英一と勇希の間に割って入った。その男の顔を見て、勇希が、驚愕の声を上げる。

「横井の伯父さん！」

なぜここに、と考える間もなく、横井町の家の前に勇希が世話になった長瀬《ながせ》町《ちょう》の伯父と、もうひとり見知らぬ男がタクシーから出てきた。

英一は最後にタクシーから降りてきた男の顔を見たとたん、勇希の腕を離した。

ようやく解放された勇希が腕に目をやると、摑まれていたところが真っ赤になって、爪痕からうっすらと血が滲んでいた。

横井町の伯父たちと同じぐらいの歳に見えるもうひとりの男が、コホンとひとつ咳をし、勇希に向かって名乗りを上げる。

「わたくしは坂田《さかた》敬一《けいいち》、キミのお父さんに雇われた弁護士です。とりあえず、腰を落ち着けて話し合いましょう」


勇希と共にカフェに入ってきた四人の中年男の中に、昨日怒鳴られた英一の姿を見つけて、陽斗が露骨に顔を顰めた。持っていた携帯電話を乱暴にポケットにしまう。

「何？　なんなのあいつら？」

陽斗は不快さを隠さず勇希に尋ねる。一応声を落としてはいるが、狭い店内のこと、たぶん相手に聞こえている。

「灰色のスーツを着た人は弁護士さん。あとはわたしの伯父さんたち。よくわかんないけど、弁護士さんが話し合いの場にここを指定したようなの」

四人は狭い店内にしばし戸惑っていたようだが、やがて三つのテーブルに分かれて腰を下ろした。三人用の四角いテーブルに横井町と長瀬町の伯父、ふたり用の丸テーブルに弁護士と英一がそれぞれ座る。

勇希は四つのグラスに水を注ぎ、伯父たちに差し出す。

「藤原勇希ちゃん。キミが一番の関係者だ。座ってください」

亡き父が雇ったという弁護士の坂田が、自分の正面にある席を勧めた。早く座れという無言の圧力が伯父たちからかかる。

勇希は迷う。先生を助けるほうが先だ。だけど、マダムはまだ来ない。

「早くしろ」

英一が脅すように命令する。その声を聞いたとたん、閃いた。

マダムを待つまでもない。ここに先生を陥れた張本人がいるのだ。それに弁護士だって目の前にいる。自分がいなければ話し合いが始まらないというのなら、協力せざるを得なくしてしまえばいい。

勇希は水を載せてきたトレイを胸に抱き、勇気を振り絞るようにギュッと握った。

「遺産の話し合いの前に、しなきゃいけないことがあります」

少し足が震えていた。だが、勇希の決意を乗せた声は、店内に朗々と響く。

　勇希は英一の顔を見下ろし、さっきよりも大きな、はっきりとした声をぶつける。

「伯父さんのせいですよね。わたしと一緒に警察に行って、先生は無実で、自分の訴えが間違いだった、と明言してください！」

　坂田も、ふたりの伯父たちも、驚いて勇希を見上げる。

　特にふたりの伯父たちは、別人を見るような目をした。横井町の伯父は二年、長瀬町の伯父は四年一緒に暮らしたが、勇希が大声を上げたり、こんなにはっきりと自分の意志を主張したのを見たことがなかった。

「あのな勇希」と横井町の伯父が口を開きかけたが、英一のせせら笑いに邪魔される。

「俺を養父に選んで、遺産が手に入ればやってやるよ」

　英一は勇希の遺産のことが他の兄弟に漏れていることを知って開き直った。欲望をまったく隠さない。

　勇希の胸に嫌悪を超えて憎悪が湧き上がる。トレイを持つ手が震え、思わず腕を振り上げそうになったその時――。

「すみません、遅れまして」

　緊迫した空気をふにゃりとほぐすような、どこか牧歌的で柔らかい、しかし聞く者の心にまですっと入ってくる声の持ち主が、カウンターの奥から現れる。

「先生！」

店では店長かマスターと呼ぶこと、という約束を忘れて勇希が叫ぶ。

白いシャツに黒いカフェエプロンをつけた先生が、いつもの礼儀正しくも親しげな笑みを浮かべてやって来た。

「心配かけちゃったみたいだね。ごめんね」

ポンポンと優しく頭に触れられ、勇希の目から安堵の涙がこぼれた。

「わたし、早く助けに行かなきゃって、先生がこのまま……帰ってこれなく……なったら、どうしようかって……」

嬉しいのに次から次へと涙がこぼれて、声がどんどんくぐもっていく。

勇希の涙と言葉に、先生が困惑する。

「あれ？　ちょっと前、警察署を出る時、陽斗くんに電話したんだけど。十分ほどで帰るからって。伝わっていなかった？」

陽斗が慌てて言い訳をする。

「言う前に、そっちで何か始まっちゃってタイミングが……」

「横井町の藤原さんが無実を証明してくれたんだよ。僕に勇希ちゃんを預けたんだと」

いろいろお手数をおかけしまして、と先生は横井町の伯父に頭を下げ、伯父も気まずそうな顔で小さく頭を下げて応えた。

なぜ横井町の伯父が先生のために？

勇希は問いかけるように先生を見る。だが先生は勇希のためにイスを引き、座るように促すと、店長らしく「どうぞ話し合いを続けてください」と言い残してカウンターへ行ってしまう。

坂田はちらりと去っていく先生の後ろ姿に視線を投げたが何も言わず、ビジネスバッグから書類の束を取り出した。

「今回はわたくしの不手際で藤原家のみなさまには混乱を招き、非常にご迷惑をおかけしたことをお詫《わ》び申し上げます」

坂田が丁寧に頭を下げる。

「まさか藤原美穂子さん、キミのお母さんが亡くなっていたなんて知らなかったもので」

坂田は勇希の目をしっかりと見つめる。

「遅くなりましたが、お悔やみと、お母様のご冥福《めいふく》をお祈りいたします」

勇希は唇を噛みしめ、坂田に向かって一礼する。

「さて、さっそく本題に入りましょう」

伯父たちが一言も聞き漏らすまいと、坂田のほうに顔を向け身を乗り出す。

「依頼人である故萩野孝男《はぎのたかお》氏は自分の血を引く、藤原勇希さんが十五歳になったら、会いに行き自分の財産の一部を譲るつもりでした」

生まれて初めて聞いた父親の名を、勇希は心に刻みつけるよう胸の中で復唱する。

「なぜ十五歳まで待つのかということに関しては、故人のプライバシーに関わる問題なのでここでは割愛させていただきます。が」

坂田が書類から目を上げ、勇希に慈愛と悲哀がこもった微笑みを向ける。

「キミが十五歳になる日を、本当に指折り数えて楽しみにしていたんだよ。せめて、あと一年生きていれば会えたのに。彼はさぞかし無念だったろう」

勇希の心がキュッと音を立てた。喜べばいいのか、悲しめばいいのかわからない。だけど今までのっぺらぼうだった父親像に、少しだけ表情が現れた気がした。

「萩野氏は万が一のことを考えて、遺言を残しておりました。自分にもしものことがあって、直接勇希さんに渡すことができなかった場合、その役目をわたくしに託したのです。遺産の一部を勇希さんと、自分の代わりに勇希さんを育ててくれる者に渡して欲しいと」

勇希の顔が一瞬険しくなったのに気づき、坂田が急いで付け加える。

「誤解しないで欲しい。キミと母親を引き離すという意味ではない。彼はできるかぎり父親の責任を果たしたいと考えていたんだ。経済的な援助はもちろん、キミが望み、そして美穂子さんが許してくれるのなら、認知、もしくは養子縁組をする用意もできていた」

坂田は孝男《ちちおや》の思いを代弁するように、勇希に真摯な目を向ける。

「萩野氏はまさかこんなに早く自分に死が訪れるなんて思っていなかったでしょう。だが、それ以上に想定外だったのは、勇希ちゃんのお母さん、美穂子さんが亡くなっていたことです。それはわたくしも同様でした。そのせいで勇希ちゃんの居場所が摑めず、このように慌ただしい運びとなってしまいました」

坂田がもう一度頭を下げ、横井町と長瀬町の伯父が決まり悪そうに目を逸らす。

「萩野氏は美穂子さんと勇希ちゃんに財産を譲る気でいましたから、美穂子さんが亡くなっていた場合については細かい指定をしていませんでした。なので今回は、本来美穂子さんが受け取るはずだったぶんをどう配分するかご相談したいと思います」

「簡単ですよ」

坂田が言い終えるやいなや、横井町の伯父が提案する。

「美穂子が亡くなった後、勇希を養育した年数で割って配分すればいい。今までのぶんと、勇希が二十歳になるまでのぶんを」

横井町と長瀬町の伯父の間ではもう話がついているようだ。顔を見合わせ、これで解決とばかりにうなずく。

それに横やりを入れたのは英一だった。

「今までのぶんは関係ないだろ。十五歳からの養育者に対して遺産を払うって言ってんだから。これからは俺がこいつを養ってやるから、遺産も俺がすべて受け取る。養子縁組の書類だってもうできているんだ」

横井町の伯父が勢いよく立ち上がり、イスが悲鳴を上げる。

「何、勝手なこと言っているんだ。今まで何もせず、本家にだって寄りつかなかったくせに。兄さんはもう帰ってくれ！」

英一がハーブの香りを蹴散らすように高笑いする。

「お前らこそ何言ってんだ。今まで散々、こいつを養子にしろと押しつけてきたじゃねえか。だからご要望に応えて、養子にするって。お前ら、もうこいつを養育すんの嫌なんだろう。藤原家の恥、妹の不始末を宣伝しているようなもんだもんな。この夏も預かれって、お前の女房がヒステリックに電話を何度もかけてきたじゃねーか」

横井町の伯父が顔を真っ赤にしてテーブルを叩く。

「それを兄さんは拒否したじゃないか。しかも、家をずっと留守にして。女のところにでも行っていたのか」

「お前らだって拒否したろ。俺は引き受けるなんて一言も言っていないのに、こいつを追い出して」

どんなに仲のいい兄弟でも、遺産が絡むと骨肉の争いを繰り広げる。そんな光景を坂田は何度も見てきた。金は感情がないからいい。誰にどんな扱いを受けようと苦しまない。目の前で固く拳を握りしめている勇希を痛ましく思う。

「そのあげく、赤の他人に遺産を横取りされるところだったんだぞ」

英一が顎をしゃくり、いつの間にかトレイを持ってテーブルに近づいてきた先生を一瞥する。

先生は英一の憎々しげな視線を華麗に無視して、いつもの流麗な手つきでカップをテーブルに置いていく。

「お待たせしました」

ほぼ中央に座っている勇希の鼻先を、すべてのカップが通り過ぎていく。

勇希の鼻の奥がクンと刺激される。

勇希は自分を含め、五人の前に置かれたカップを見比べる。どれも見た目は同じ、琥珀《こはく》を溶かしたような黄金色《こがねいろ》をしていた。だけど、勇希のカップだけ少し金色が濃い。

香りが違うことにも気づいていた。

英一がカップに口をつけて、うっと小さく顔を顰めた。

勇希は彼らに出されたお茶の正体を、香りと色で見極めた。

アーティチョークだ。

古くから野菜や薬草として重宝されていた植物で、夏バテに最適。先生は汗だくで買い物から帰ってきた勇希によく淹れてくれた。

だが、英一のお茶は、勇希が飲んでいたものと香りの強さも色の濃さも違う。アーティチョークティーは適量で淹れれば色が薄い。英一が手にしているのは、もっとハッキリとした茶色に近い金色。かなり濃く淹れたのだ。

アーティチョークティーはほろ苦い。夏の暑さには、そのほろ苦さが美味しく感じるのだが、濃すぎれば非常に苦くなる。

色みからして、英一のお茶は相当苦いはずだ。

坂田と、横井町と長瀬町の伯父に出されたのは同じお茶で、アーティチョークの香りがしたが、他の香りも含んでいた。きっとアーティチョークの苦みを抑えるために、同じ色合いになりそうな柿の葉をブレンドしたに違いない。

そして、勇希の手の中にあるハーブティーは、それらとはまったく異なる香り。テーブルに並べてしまえば、香りは混ざり合い、同じ色合いであれば違いはわからない。

坂田や伯父たちはハーブティーに慣れていないのだろう。口をつけた時は、アレという顔をするが、やがてこんなものかというようにカップをソーサーに戻す。

英一だけは、もう二度とカップに口をつけることはないだろう。

苦虫を噛み潰したような顔で、しきりに喉の辺りを摩っている。

勇希は少しだけ笑いそうになった。お陰で凝《しこ》っていた心が少しほぐれる。

英一に苦いお茶を出したのは、先生なりの復讐《ふくしゅう》なのかもしれない。自分を殴ったことへの復讐か、それとも勇希にした仕打ちを怒っているのか。

克哉の母親にエルダーフラワーの葉のにおいを嗅がせた時もそうだった。先生は意外と子どもっぽくて、執念深いのかもしれない。そう思ったらなんだか可笑しくて、腹の奥に力が湧いた。

勇希は自分のお茶に口をつける。ほんのりとした爽やかな苦み。清々しい香りがポンと背中を押してくれるように口の中ではじける。

勇希のお茶だけがアーティチョークではなかった。舌の上で転がすようにゆっくりと味わい、勇希はその正体に気づく。

タイム。ギリシャ語の「勇気」に由来する名を持つハーブ。これは、先生からのメッセージ。

「とにかく、今回のことで兄さんには預けられないことがわかった。今まで通り、ほぼ絶縁状態でいてくれていいから」

「こいつに遺産がついたら、押し付け合いから奪い合いかよ」

英一が弟たちを嘲笑《あざわら》う。

「兄さんだって同じだろっ。今まで何一つ協力してこないで――」

長瀬町の伯父が怒鳴ろうとするのを、横井町の伯父が抑える。

「少なくとも中学卒業まではうちで預かることになっているし、俺が後見人になっているんだ。このまま預かるのが妥当だろ」

「ちょっと待てよ。二十歳まで預かる気かよ！」

長瀬町の伯父が英一に負けない、大声を出した。

勇希は罵《のの》り合いに発展しそうな伯父たちを冷静な目で見ていた。自分の押し付け合いから、奪い合いになったが、嬉しくもない。ただ、わかっているのは、自分はもう母が死んだ時の七歳の子どもではない。

勇希は息を大きく吸う。胸の中でタイムの香りが強くなる。それは勇気の香り。

「わたしは中学を卒業したら、ここで暮らしたいです」

勇希の一言に、シン、と店内が静まった。

英一は怒りの形相で勇希を睨み、横井町と長瀬町の伯父は勇希が何を言っているのかわからないといった呆けた顔をした。

坂田は興味深そうに、勇希の言葉に耳を傾けている。

「できれば高校に通いたい。ここから通いたいです。だから親代わりは、先生にお願いしたいです」

「それはつまり、あそこにいる彼のことかね」

坂田がカウンターのほうを振り向くと、他の伯父たちも一斉に剣呑な視線を先生に向ける。

先生はグラスを磨きながら、勇希に向かってふにゃりと目尻を下げる。

「よかった。後継者になってくれるんだね」

横井町の伯父が立ち上がった。イスが後ろに倒れ、大きな音を立てる。

「勇希！　お前、こんなどこの馬の骨とも知れぬ男を保護者にするなんて」

英一が高らかに笑う。

「その馬の骨に一ヶ月も預けっぱなしにしたのは誰だよ」

「兄さんが拒否したからだろ！」

「俺は最初から承諾なんてしてないのに、お前が家から追い出したんだろ。のたれ死にでもしてくれればラッキーとでも思ったのか」

長瀬町の伯父も眉間に深いシワを作って、横井町の伯父を非難する。

「兄さんが不在なのを知ってて、勇希を行かせたのか？」

横井町の伯父があからさまに動揺した。

「不在なのは知らなかった。ただ、その時は家《うち》も誰もいなくてな。兄さんが帰ってくるまでこちらで預かってくれると言うから、甘えさせてもらったんだ」

英一がふんと鼻を鳴らす。

「どこの馬の骨とも知れない奴に甘える？　お陰で鳶《とんび》に油揚げをさらわれそうだ。こうならないように、せっかく警察に足止めしておいたのに、助けた馬鹿がいるし」

横井町の伯父がテーブルを叩いた。カップからお茶が飛び散る。

「余計なことしやがって！　そのせいで警察から連絡が来て大変だったんだぞ。兄さんは後見人でも、養ったこともないくせに！　くだらない知恵なんか回して」

横井町の伯父は、先生が英一ではないと知っていたのだ。

そうか、と勇希の胸に答えがストンと落ちて、わずかに残っていた疑惑を消す。

先生は言わなかったんじゃない。言えなかったんだ。

勇希がどちらからも拒否されて、行き場がないのだと教えられなかったのだ。

まだ中学生の女の子に、居場所がない事実を教えて傷つけたくなかったのだ。

英一が先生に下卑た笑いを向け、いやらしく言う。

「あんたはうまくたらし込んだな。後ろのイケメン兄ちゃんを使ったのか？　中学生のガキをたらし込むのは簡単だったろ」

横井町と長瀬町の伯父が勇希に詰め寄る。

「本気か？　たった一ヶ月一緒に住んだ程度で、養父にするほど、あいつを信用しているのか？　ただ泊めるのと、親代わりになるのは全然別だぞ」

「今までの恩を忘れたか。不倫なんてみっともないことをして、藤原家に泥を塗って、みんなに恥をかかせた美穂子の後始末をしてやっているんだぞ」

勇希の胸に冷たい塊が落ちて、割れる。飛び散った欠片は、痛みをもたらすが、その胸の痛みは今までのように勇希を挫《くじ》けさせるのではなく、発憤させた。

勇希はイスを蹴って立ち上がった。

やかましかった伯父たちの口が閉じる。

立ち上がった勇希の体からタイムが香った。ユウキ、同じ名前《いみ》を持つハーブ。

「今まで本当にありがとうございます。交流もなく、ほとんど他人のようだったわたしを引き取って育ててくれて」

勇希は横井町と長瀬町の伯父に深く頭を下げる。

「母のしたことは確かに非難されるべきです。でも、わたしにとってはただひとりの優しい母です。だからどうか、わたしの前でだけは、母を悪く言わないでください。母を悪く言われたら、否定するしかないから」

坂田が被告人の訴えを聞くように、勇希の言葉に真剣に耳を傾けていた。先生は少し嬉しそうに目尻を下げて、勇希を見守っている。

横井町と長瀬町の伯父は、気圧されるように固まっていた。

「でも、伯父さんたちの気持ちはわかります。わたしを養うことの大変さも、多少は理解しているつもりです。ですから今までの養育費の一部として、わたしが受け取るぶんの遺産をすべて伯父さんたちに渡します。あとは適当に配分してください。べつに構いませんよね、坂田さん」

「問題ありません。勇希ちゃんがそう望むのなら」

伯父たちが驚愕と恥辱が混ざった表情を浮かべる。

「いや、勇希の取りぶんまでは、なあ」

「ああ……」

横井町の伯父と長瀬町の伯父は、考えあぐねるように口をもごもごさせながら、ちらりちらりとお互いを見る。その歯切れの悪さに、本音と建て前が見え隠れする。

「僕も放棄しますから、あとはそちらの采配《さいはい》におまかせします」

カウンターからのんびりとした先生の声。

とたんに横井町と長瀬町の伯父が勢いを取り戻す。

「その言葉、本気か⁉」

先生がうなずくと、伯父たちが畳みかける。

「後から言いがかりをつけるなよ」

「ここにいる人間すべてが証人だぞ」

「なんだよ、せっかく遺産が手に入るのに。それを知って、こいつを預かっていたんじゃねーのか。二千万だぜ。こいつをたらし込めば、美穂子のぶんも合わせて倍の四千万だ」

坂田の眉がピクンと動いた。

一方、先生は、英一の揶揄《やゆ》をつかみどころのない笑顔でふにゃりとかわし、グラスを磨きながら答える。

「僕に必要なのは、畑とカフェを受け継いでくれる誰か」

「このクソ不味い茶を作る後継者かっ」

英一のセリフに、先生が一瞬してやったりという顔をしたのを勇希は見逃さなかった。きっと、そうとう苦かったに違いない。

「勇希ちゃんは、賢くて優しくて勇気のある女の子です。それに気づかない人たちがいたのは残念ですが、お陰で彼女をここに迎えられることに、これ以上ない喜びを感じます。きっと、よき後継者になってくれるでしょう」

勇希の胸がジンと熱くなった。

複雑な表情をした伯父たちに、坂田が哀れみの目を向けて口を開く。

「ところで、もう一つ謝罪しなければならないことがあるようです。遺産の額ですが」

伯父たちの関心が坂田に集中し、先生の挑発的なセリフなどもう忘れてしまったようだ。

「最初にお伝えしたとおり、萩野氏は既婚者です。婚姻後に築いた資産は妻と共有と見なされるのが慣例なので、今回、勇希ちゃんとその保護者に残された遺産は、萩野氏の独身時代の資産です。独身時代の資産は、萩野氏本人のものと認められ自由になりますから。お預かりした資産はすべて株式証券になります」

それがどうかしたのか、という伯父たちの視線を受けて、坂田は小さく咳払いをした。

「みなさま、遺産の評価額を誤解しているようで。おそらく資料の一番最初に記載されている金額をご覧になったのだと思われますが、それは萩野氏が初めて資産リストを作った八十年代のもの、つまりその頃の評価額なのです」

坂田の言わんとしていることを先取りして、伯父たちの表情が強ばる。

「ご存じの通り、ピーク時には三万九千円近くを付けた日経平均株価も、バブル崩壊後は低迷するばかり。さらにリーマンショックなど最近の動向も受け、萩野氏が遺された株券の価値は目減りする一方です。しかも、倒産して今は存在しない企業の株券、つまり紙切れ同然のものも多いのです。勇希ちゃんの行方を探すので精一杯だったため、資料をわかりやすく整理してお渡しすることができず、誤解を招いてしまったようです。これはわたくしの不手際でございます」

坂田が立ち上がり、深々と頭を下げる。

伯父たちが引きつった顔で恐る恐る尋ねる。

「それで、今現在の評価額はどれくらいなんですか？」

坂田は書類を捲って、一枚の紙を取り出し、横井町と長瀬町の伯父の前に置く。

「今朝の新聞で算出した額です」

所有株とその株価が記載された一覧表を両側から伯父たちがのぞき込んだ。

「百二十一万⁉」

横井町の伯父が悲鳴に似た叫びを上げる。

「桁《けた》が違うのでは？」

長瀬町の伯父が紙を引ったくり、顔を近づける。

「手数料と税金を引くと、百万円弱になるでしょう」

坂田は銀行の窓口にいる行員のように、事務的な口調で淡々と告げる。

「ひゃ、百万っ」

伯父の声が裏返る。勇希に半分、残りを二人で分けたら、二十五万だ。

勇希は他人事ながら気の毒になる。二千万の皮算用をしていた伯父たちの落胆ぶりは激しかった。魂が抜けたような顔をして、表を呆然と見つめている。

ぷっ、とカウンターの中で陽斗が吹き出す。

さきほどまでの剣呑さはすっかりなくなって、気の抜けた雰囲気が間延びしながら漂う。

非常に決まり悪そうな顔で、横井町と長瀬町の伯父が視線を交差させる。

「では手続きとして、これらの書類のご用意が必要になります」

今度は一枚の紙ではなく、ちょっとした冊子を坂田が取り出す。

「なかなか煩雑なので、司法書士にご相談することをお勧めします。わたくしの事務所でもお引き受けいたしますが、どうなさいますか？」

長瀬町の伯父が声を潜める。

「その場合、その、料金はどのぐらいなんですか？」

「だいたい十万から二十万の間になります」

英一が突然、立ち上がった。

「バカバカしい、時間を無駄にした。最初から百万だって知っていれば無視したのに」

英一は忌々しそうに吐き捨てると、ふたりの伯父にも勇希にも目を合わせずにさっさとカフェを出て行ってしまった。

取り残されたふたりの伯父は、落胆と困惑でぐったりと疲れたようだ。眉間を指で揉《も》んだり、何度もため息をつく。

長瀬町の伯父が先に決心したようで、大きく息を吐くと立ち上がって、カウンターへと歩いて行く。

カウンターを挟んで、先生と長瀬町の伯父が向かい合った。

「子どもを育てるというのは簡単なことじゃないぞ。一緒に暮らすだけだって、いろんな問題が起こるだろう。うまくいかなくなったからといって、放り出せない。その覚悟があってのことか？」

「はい」

先生は短く、簡潔に、はっきりと答えた。どんな顔をしていたのか勇希からは見えなかった。

長瀬町の伯父が納得したようにうなずき、テーブルに戻ってくる。

「坂田さん。わたしは放棄する。美穂子、いや彼の取りぶんの二分の一は勇希に」

「二分の一？」

横井町の伯父が不満げな声を出す。

「俺のほうが二年も長く勇希を預かっているんだ。本当なら二分の一以上貰ってもいいはずだ」

横井町の伯父は黙り込む。

「これで俺のほうはすべて片がついた。もう美穂子の件で悩むこともない」

長瀬町の伯父は小さく肩を竦めて、スッキリした顔を勇希に向ける。

「よさそうな人でよかったな。健康には気をつけるんだぞ」

勇希ははい、と小さく返事する。

「では、わたしはこれで」

長瀬町の伯父が坂田に頭を下げ、ドアに向かう。それを先生が呼び止めた。

「もしお時間があるなら、ぜひもう少しお付き合いください。そろそろパーティが始まりますから」

「パーティ？」

長瀬町の伯父がドアの前で怪訝そうに振り返る。

その時、チリン、とドアが勢いよく開いて、魔法使いが入ってきた。

尖った黒い帽子に、長い顎髭《あごひげ》、まだ残暑が厳しいというのに黒いマントを羽織っている。

パン!!

銃声のような音に、カフェにいた全員が首を竦めて目を剝く。

「ハッピーバースデイ！」

魔法使いの手から色とりどりの細いリボンが宙を舞い、螺旋《らせん》を描いて床に落ちる。

「……え！」

勇希たちよりも、いきなりクラッカーを鳴らした魔法使いのほうが驚いた様子で固まっている。

魔法使いが帽子と髭を取った。

「どういうことだ。誰も変装なんかしていないじゃないかっ！　それに準備だって」

髭の下から現れた見覚えのある顔を見て、勇希は飛び上がる。

「曽我部さん！」

先生が感激した様子で、曽我部に対して両手を広げ歓迎する。

曽我部は気まずそうに帽子を被って顔を隠す。

「曽我部さん、魔法使いの格好似合ってますね。まさか引き受けてくれるとは」

「良枝《あね》に無理矢理やらされたんだ。パーティやプレゼントの協力はしても、こんな格好をするつもりはなかった。みんなも仮装すると言うから仕方なく。なのに、誰も仮装なんかしていないではないかっ」

先生がふにゃりと目尻を下げる。

「あ、すみません。昨日、詳細をご連絡しようと思っていたのですが、ちょっと警察に事情聴取されていまして」

「警察⁉　何があったんですか！」

曽我部の驚愕した顔を見て、勇希は悟った。曽我部が昨夜、引き受けないと言ったのは先生の件ではなく仮装のことだったのだ。

「そっちはもう解決済みです。でも、パーティの準備が遅れていて、これからなんです」

再び、チリンと大きくベルが鳴る。

「店長！」

克哉がカフェに飛び込んできて、先生のエプロンにしがみつく。

「ああ、心配させてごめんね」

先生は克哉の頭に右手を置くと、優しく撫でるようにポンポンと弾ませる。

「お、お巡りさんに連れて行かれちゃったから、俺、びっくりして。まだバースデイカード完成してないよ」

克哉が勇希の顔を見て、しまったという表情をする。先生が連行された時、屋敷のリビングでカードを描いていたのだろう。

克哉は泣き笑いの顔で、勇希のほうを向く。

「なんだよー、勇希ちゃんも何も準備してないじゃん。で、この人たち誰？」

勇希は呆然としていた。

あまりにも突然で、想像さえしなかったことだったので。

ハッピーバースデイ？　確かに今日は勇希の誕生日だ。だが誕生日は祝うものではない。自分の誕生の秘密を知った時から、めでたい日ではなくなった。祝ってくれる人もいなかった。

チリン、とまた陽気にベルが鳴る。

「あら、あら、遅くなっちゃってごめんなさいね」

いつもよりフリルとレースが三割増しのワンピースでおしゃれしたマダムが、両手に荷物を持って入ってくる。

「まあ、まあ、準備がまったく進んでいないじゃないの。ほら、陽斗さん、そんなところに隠れていないで手伝って」

マダムは大きな荷物を陽斗に押しつける。えー、と言う陽斗の頬を軽くつまんだ。

「はい、これを並べておいてね」

先生は冷蔵庫から、ハーブの入ったリキュールをカウンターに並べる。カラフルな色合いがどれも美しい。

チリン、と今度は上品にベルが鳴り、魔女が入ってくる。その正体は良枝だ。

「こんにちは。これケーキ、お口に合うといいですけどって、あら？　みなさん、普通の服装で」

　ピンクのリボンがかかった白い箱を差し出し、小首を傾げる。

「お、お前のせいで恥をかいたぞ！」

　曽我部が良枝を責めると、マダムが間に入る。

「恥なんて。とても素敵ですよ。今日は特別なパーティですもの」

「まあ、よかった。なにかお手伝いできることはありますか？　あ、お皿並べましょうか？　立食パーティなら、テーブルを中央に移動したほうがいいかしら。あ、飾り用の花も用意しましたの。飾っていいかしら？」

　止《とど》まることなくおしゃべりを続けながら、良枝は体をねじ込むようにカウンターに入って、先生が磨いたグラスを並べ始める。

「……ずいぶんと、楽しそうですね」

　突然賑やかになったカフェに、坂田が目を丸くする。

　先生は歌うように答える。

「前菜はルッコラとタンポポのサラダにレモングラスのスープ。バジルの冷製パスタに、ローズマリーのビスコッティ。メインはスパイスとハーブを揉み込んで熟成させた鶏《とり》の香草焼き。デザートはローズヒップのシャーベット、ハイビスカスのゼリー。

お酒はハーブを漬けた白ワインと、リキュール。他に良枝さんがケーキを焼いてきてくれたそうです」

「それは豪華だな」

坂田が思わず唾を飲み込む。

マダムが呆然としている勇希のそばに寄って、耳元で囁く。

「さあ、勇希さんは準備をしましょうね」

「準備？」

戸惑う勇希の腕に、マダムが自分の腕をからませる。

「ただのパーティじゃつまらないから、仮装パーティにしましょうと提案したのは、勇希さんを変身させるのが目的でしたのよ」

「え？」

「さ、こちらにいらっしゃい。お姫様に変身しましょう。わたくしが少女だった頃のお洋服をたくさん持ってきたの。たぶんサイズは合うと思うわ。わたくしも少女の頃は、勇希さんのようにスリムでしたのよ。ほほほ」

勇希はマダムに引っ張られながら、屋敷に引きずり込まれる。

マダムのなすがまま、気がつけば前髪を切られ、髪を軽くカールされ、薄いピンク色のワンピースを着ていた。

鏡の前に立つ勇希を、マダムがうっとりと眺める。

「やっぱり、わたくしの思った通り。まるでオードリー・ヘップバーンだわ」

正直なところ、勇希もすっかりイメージが変わった自分に驚いていた。

前髪が短くなり、ハッキリと見える大きなツリ目は、コケティッシュな猫のように、つかみどころのない可愛らしさがあった。隠していた時は、相手の顔色を窺うような陰気さと険しさがあったのに。

シンプルなワンピースも似合っている。袖の膨らみや裾のレースが、勇希の細い体を、貧弱にではなく、華奢《きゃしゃ》に見せてくれる。

「さ、パーティ会場に戻りましょう。そろそろ主役が登場する時間ですよ」

カフェに姿を現した勇希を迎えたのは、その変貌ぶりに言葉を失い、感嘆のため息を漏らす人々だった。長い間一緒に暮らしてきた伯父たちさえ、最初は誰が入ってきたかわからなかった。

一同が言葉を失っている中、最初に飛び出してきたのは克哉だった。

「勇希ちゃん、イメチェン？　すげー、似合ってるじゃん」

子どもらしい素直な感想に、勇希が照れ笑いを返す。

「ほらね、俺の言った通りじゃん。うざったい前髪を切ればいいって。あ、でもまだ、ニキビが少し残っているね」

勇希は側にあるグラスを手に取って、陽斗に投げつけたくなったが我慢した。

「さあ、乾杯しよう」

先生のかけ声でグラスのぶつかり合う音が響き、そして、マダムがリードするハッピーバースデイの歌。

勇希と克哉には、ミント入りのサイダー。大人たちにはレモングラス入りの白ワイン。どちらも夏にふさわしい、さっぱりとした飲み心地に、遠慮がちだった坂田の緊張もほぐれ、巻き込まれて帰るに帰れずにいるふたりの伯父の表情も和らぐ。

次々に運ばれてくる料理をいただくほどに、みんなの心は溶けていき、気がつけばパーティはどんどん陽気さを増し盛り上がっていた。

最初はぎこちなく警戒するようだったふたりの伯父も、良枝とマダムに囲まれ楽しそうに笑い声を上げている。坂田は曽我部と、同じ弁護士同士話が合うのか、討論をするように会話を弾ませている。

勇希は先生、陽斗、克哉の四人で、料理を味わいながら近況を語り合う。

克哉は母親が今でも爆発したようにヒステリックになるが、ご飯を抜いたりはしなくなり、時々、一緒に料理をするようになったことと、成績がちょっぴり上がったこと、そして今日は特別だからと、カフェに寄ることを許してもらったことを嬉しそうに何度も繰り返す。

陽斗は頻度こそ少なくなったが、懲りずに紫乃に会いに行っているそうだ。春になったらこっそり綿毛を紫乃の家の庭に吹いて、タンポポを根付かせてやると地味な作戦を打ち明けた。その後で、ぽつりと紫乃の病状が悪化していることを一粒の涙と一緒に零した。

勇希は並べられた料理や、人々の笑顔を、ガラスの向こうから眺めている気分になる。なんだか現実感がない。

ふと、夢ではないかと思うたび、先生がタイミングよく勇希のグラスに飲み物を注いだり、話しかけたりして、宙に舞ってしまいそうになる勇希の意識を繋ぎ止めてくれる。

お昼少し過ぎに始まったパーティは、夕方になってもお開きになる気配を見せない。最後のデザートが出て、一段落した雰囲気になった時、坂田が勇希の耳元でそっと囁いた。

「勇希ちゃん。少しだけ、ふたりきりでお話ししてもいいかな」

ふたりは静けさを求め、そっとカフェを抜け出し、ハーブ畑へと歩いて行く。沈みかけた陽の下、長い影は風に揺れるたび、夕闇に呑み込まれそうになる。

カフェの騒音が遠くなって、代わりに土と植物のにおいを強く感じてきた頃、坂田が口を開いた。

「さっき横井町の伯父さんもね、自分のぶんを放棄すると言ってきた。だから遺産はすべて、勇希ちゃんのものだ。といっても、百万円ぐらいだけど。ああ、諸手続きは任せて欲しい。もちろん無料でさせてもらう」

どうして、という勇希の視線を受けて坂田が答える。

「萩野氏、つまりキミのお父さんとは友人だったんだ。友人の子どもからお金はとれないよ」

友人という言葉に、勇希の心臓がドクンと大きく打つ。

「お父さんのこと、知りたいかい？」

勇希は言葉に詰まる。知りたいと言っても、知りたくないと言っても嘘になりそうだ。誤魔化すように、遠回しに尋ねる。

「なんで、十五歳だったんですか？」

坂田が優しく目を細めた。

「憶測だが、美穂子さんにとって、十五歳が大人へのひとつの目安だったのだろう。美穂子さんが孝男、キミのお父さんと出会い、恋に落ちたのが十五歳の時だったようだ。孝男から聞いただけだから、真偽のほどは怪しいが」

坂田は眉尻を下げ、肩を竦めてみせた。

「彼女は十五歳になったらキミの出生の秘密も、父親のことも打ち明けるつもりだったらしい。キミを身籠もった時、美穂子さんは姿を消したそうだ。既婚者である孝男と彼の家族に迷惑をかけまいと去っていった。母子《おやこ》で生きる決心をして。孝男はキミたちの行方を本当に必死に捜したよ。言い訳かもしれないが、すでに孝男の結婚生活は破綻《はたん》していた。だが解消はできなかった。孝男はキミが小学生になる頃、ようやくふたりの居場所を突き止めた。そして、美穂子さんに言われたのだ。キミが十五歳になるまでは、母子の静かな生活をただ見守っていて欲しいと。時が来れば、すべて打ち明け、我が子の判断を尊重する。十五なら、十分にそれができるはずだから、と」

気がつけば、畑の端にある、不味い果樹が並ぶ場所まで来てしまった。ふたりは枇杷の木の下で立ち止まり、群青の空にすでに姿を現している月を見上げた。

「十五になるまでは、キミに会わせないと言われたそうだ。孝男も美穂子さんの考えを尊重して承諾したが、でもどうしても我慢できなくなって、一度だけキミにこっそり会いに行ったらしい。ランドセルを背負ったキミがどんなに可愛らしかったか話してくれたよ」

勇希の足がピタッと止まった。

——十五歳になったら、運命が回り出す。

昔出会った魔法使いは、父だった。

「ふたりは確かに罪を犯した。だが、勇希ちゃんには関係のないことだ。キミが罪悪感を持つ必要はない。それと、孝男がキミのことを本当に愛していたことを、信じて欲しい」

坂田はスーツのポケットから小さな箱を取り出した。

「わたくしに託された遺品の中に入っていたものだ。なかなか離婚協議が進まず、決着がつく前に亡くなって、キミにほんのわずかな財産しか残してやれなかったのを、孝男は天国で悔しがっているだろうな。キミが十五になる前に離婚し、美穂子さんにプロポーズするつもりだったらしい」

坂田は勇希の手に小さな箱を載せた。薄暗くて色はよくわからないが、濃紺か深紫色で、ベルベットのような手触りだった。

蓋《ふた》を開けると、指輪が入っていた。一粒のダイヤモンドが月の光を反射して、星のようにキラキラと輝く。

「美穂子さんの代わりに受け取って欲しい」

勇希は指輪をそっとつまんで箱から取り出し、ダイヤモンドをのぞき込むように見つめる。指先に小さな光の欠片が集まって煌めいている。

なんだか泣いているみたいだ、と勇希が感じた時、本物の涙が指先に落ちた。

「話は以上だ。先にカフェに戻らせてもらうよ」

遠ざかっていく坂田の足音が聞こえなくなっても、勇希は木のように佇んだまま、手の中の光が何か言いたげに輝くのをじっと見ていた。

どれくらいそうしていただろう。

「勇希ちゃん」

先生に名前を呼ばれて振り向くと、月がさっきよりもずいぶん高い位置にあった。

「そろそろお開きだから、主役を迎えに来た」

先生は勇希の隣に立ち、手を伸ばした。

頭を撫でられるのかと思ったが、先生の手は勇希の頭よりももっと上に伸び、枇杷の実を摑むと力まかせにもいだ。

枝が揺れて、葉がざわめく。

「僕なりに肥料とか研究してみたんだけど、ちっとも美味しくならないんだよね。この果樹にかかっている魔法は、そうとう強力らしい」

手の中で枇杷を転がしながら、先生はクスクスと笑う。

「初めてこの枇杷に手を伸ばした時は、まだ片岡千秋《かたおかちあき》という名前だった。今は東雲《しののめ》千秋。まだ、きちんと名乗っていなかったね。ごめんね」

勇希は改めて、伯父ではなかった人、父親代わりになる人、東雲千秋の顔を見た。人懐こそうなタレ目が、弱ったようにふにゃりと細くなる。

「隠すつもりも騙すつもりもなかったんだ。言わなきゃ、言わなきゃと思いながら、なかなかタイミングが掴めず」

相手が傷つくとわかっていることを言うのは、とても勇気がいる。騙されたなんて思ってない。勇希がそう伝えようとする前に、先生がさらに弱った顔をして頭をかく。

「そしたら、いつの間にか忘れちゃってて」

「……わす、れた？」

勇希がぽかんと口を開ける。うっかり指輪を落とすところだった。

「うん。もう一緒に暮らす生活がしっくりしすぎて。どのタイミングで言おうかと悩んでいたこと、すっかり忘れてた。カミングアウトも済んで、家族になったような気がしていた」

勇希が肩を震わせる。笑いがこみ上げてきた。だが、零れたのは涙だった。

「ちゃんと自己紹介しないとね。でも、今更何を言ったらいいのかな？　聞きたいことがあったら、なんでもどうぞ」

勇希は指輪を箱に戻しながら、先生と初めて会った時のことを思い出す。

夏の暑い昼下がり、揺れるカモミールの前で、突然やって来た勇希に驚き、タレ目をまん丸くしていた先生の顔。

姪と名乗り、泊めて欲しいと懇願する他人の女の子に、先生はすぐに人違いだと指摘しなかった。

「陽斗さんに、先生はひとりっ子だって聞きました。いきなり伯父さんとか、姪とか言われて驚きましたよね。どうして、すぐに間違いだって言わなかったんですか？」

「勇希ちゃんと目が合ったとたん、心の声が聞こえた」

先生は自分の耳を人差し指で突きながら、少し得意げだ。

「それって、前に言っていた読心魔法？」

「うん」

疑わしそうに尋ねる勇希に、先生は自信たっぷりにうなずく。

「だけど、いつでも聞こえるわけじゃないんだ。よほど大きな声でないと」

先生が懐かしそうに目を細めて、勇希の頭をポンポンと優しく叩いた。

「すごく大きな声で、こっちがパニックになりそうなほどだった」

「……わたし、何を言っていたんですか？」

あの時、考えていたことを思い出し、勇希の頰が熱くなる。伯父がロリコンでなければいいとか、泣き落とせるかとか、どうやって同情を引こうかとかいろいろ計算していたのが聞こえていたとしたら、そうとう恥ずかしい。

「助けて、って」

「え？」

羞恥でうつむき加減になっていた、勇希の顔が跳ね上がった。

「助けて、助けてって、悲鳴を上げるように何度も叫んでいた。とにかく落ち着かせて、事情を聞かないとって思ったんだけど、よっぽど疲れていたのか、ラベンダーティーを飲んだらすぐに眠っちゃったよね」

クスッと先生が笑う。

「悪いとは思ったんだけど、ポケットから落ちた生徒手帳を見させてもらった。それで現住所に記載されていた横井町の藤原さんに連絡をしたんだ」

その先は想像がつく。先生は英一に連絡をしたが相手は不在。それを横井町の伯母に伝えたが、伯母は勇希を拒否。帰すにしてもすでに夜。

先生は一連のやりとりで、勇希の居場所がないことを悟り、悲鳴の理由を知ったに違いない。

「そういえば、わたしも先生を見てすごく驚きました。伯父さんは五十近くって聞いていたのに、とても若く見えたから」

実際、英一は年相応の外見だった。

「五十かぁ。そう見えていたら、少しショックだったよ。僕は来年、四十になる」

それでも十分若く見える。勇希は三十五歳以下だと思っていた。

先生は枇杷を片手で弄びながら、丁寧に本を捲るように語り始めた。

「この枇杷を盗んだのが十二の時。五回目の時に、屋敷の人、先代に見つかった」

「五回も!?」

一口で近寄りたくなくなる枇杷を五回も盗んだとは。

「ずっと食事らしい食事を口にしていなくてね。今で言うところのネグレクトに遭っていたんだ。この畑を見つけた時は、本当に嬉しかったよ。体が弱っていて、味覚もおかしくなっていたんだね。美味しいとは思わなかったけど、空腹よりはマシだった。夢中で食べていたよ。先代に見つかるまで」

「見つかって、どうなったんですか？」

「好きなだけ、食べていいって言われた。枇杷だけでなく、他の果実も。ここにある木には、欲する人に欲するだけその実を与えよという魔法がかけてあるのだと」

先生が克哉に言った言葉のままだ。

「魔法とか、驚いたよ。先代は言葉の通り、僕を責めることはなかった。だけど罪悪感と、お礼の気持ちで畑仕事などを手伝うようになって、十六の時に養子になって、正式に先代の弟子になった。三十五歳の時に先代が亡くなって、それからはひとりで切り盛りしている」

先生はカフェのほうに首を傾げ、歩きながら話そうという仕草をし、ふたりは静かにハーブ畑の間を進み始める。

並んで歩けるほどの幅はなく、自然と勇希は先生の斜め後ろをついていく形になる。

月の光を受けて、青い闇に先生のシャツが白く浮かぶ。

初めて会った時に目に入ったのも、白いシャツの背中だった。不安を背負いながらやってきた勇希に、手を差し伸べて居場所を与えてくれた背中。

夏休みが終わったら、勇希はここを離れる。そして、春の訪れと共に、再び戻ってくるのだ。

「先生」

つい呼びかけてしまったが、次に続ける言葉が見つからない。

受け入れてくれた感謝の気持ちとか、ハーブを学ぶことの喜びとか、遺産相続の争いに巻き込んでしまった謝罪とか、これからもお世話になることへの挨拶とか、将来の抱負とか、言わなければならないこと、言いたいことがありすぎて、渋滞を起こしているように頭の中から出ていかない。

先生は何もかもわかっているよというように、振り返ってふにゃっと微笑む。

「いいんだよ、ゆっくりで。急ぐ必要なんかないんだ」

感情に言葉が追いつかず、固まったままの勇希の頭を、先生の代わりに風が撫でていった。

「そういえば、過去ノートはやめていいよ。もう勇希ちゃんはちゃんと自分と向き合えたし、自分の本当の望みを知ることもできた。そして、それを実現するためにはどうすべきか、考える力も、行動する勇気もある」

先生の言葉が子守歌のように、優しく心に染みていく。勇希が本当は欲していた、そっと寄り添ってくれる言葉を、先生は何度もくれた。

一度しか会えなかった父は言った。十五歳になったら運命が回り出す、と。

父は運命の輪を、たとえ勇希に拒絶されても、娘のために、娘の望むほうへ回す覚悟があったのだろう。

父が回せなかった運命の輪は自分で回したと、少しは自分を誇っていいだろうか。

カフェから漏れる明かりが、勇希と先生の影を少しずつ濃くする。頭上の星は消え、代わりに勇希の胸に希望が瞬いた。

月齢13.5　満月

エンジンが掛かり、山口行きの夜行バスが小刻みに揺れる。

勇希は窓枠に肘をついて、すっかり暗くなった空に月と星を探す。

涙ぐみそうになる勇希とは対照的に、先生は普段通りのふにゃっとした脱力スマイルで、学校にでも送り出すようにカフェのドアから軽く手を上げただけだった。

そして最後に、「いってらっしゃい」と、マダムの車に乗り込む勇希に声をかけた。

「いってきます」と勇希は答えながら、次に会う時には「ただいま」と言っていいんだと思うと、別の涙が生まれてきそうになった。

駅やビルの明かりのせいで、星はすっかり姿を隠している。

だけど、完全な円を描いた月だけは、どんなに都会が夜を消そうとしても負けず、堂々とした姿で夜空に浮かんでいた。

出発のアナウンスが流れ、バタンとドアが閉じる。

気合いを入れるようにガクンと大きくバスが揺れ、ゆっくりと前に進み出した。

満月が勇希についてくる。

勇希はこの夏休みの出来事に思いを巡らせる。

間違ってやって来た女の子を受け入れてくれた、先生のふにゃっとした笑顔や白いシャツが真っ先に浮かんだ。かつて自分が救われたように、先生は勇希の悲鳴に気づいて手を差し伸べてくれた。それが本当に魔法なのか、プロファイリングの域なのか、未だに判断しかねるが、勇希に居場所をくれたことは確かだ。

次に、カフェで出会った人々のことを考える。

前髪を大胆に切って勇希の魅力を引き出してくれたマダム。最初に見せてくれた運命のカードは、勇希にこれから起こることを示唆していたのか。勇希に対するアドバイスだったのか。

最初の印象が最悪だった曽我部は、勇希を助け、勇希のために顔を真っ赤にしながら仮装までしてくれる、気難しいけど優しいおじいさんだった。

克哉のやんちゃぶりを思い出し、口元に笑みが浮かぶ。勉強も、お母さんとの関係も、このままうまくいくといい。

克哉よりも泣き虫な陽斗が心配だ。〝好き〟に惑わされて、変なトラブルに巻き込まれないといいのだが。

紫乃はタンポポコーヒーの味を忘れただろう。忘れても、心のどこかに味の片鱗《へんりん》くらいは残っているのだろうか。

これから戻る横井町の伯父のことを考える。

これまで勇希を引き取ってくれた親族のことを考える。

愛情をかけてもらえたとは思えないが、勇希も彼らを愛していなかった。なのに、最低限のものは与えてくれたのだ。今ならそれがどんなに大変なことか理解できる。今は、感謝の気持ちのほうが大きい。

存在と同時に亡くなったのを知った父のことに想いを馳せる。もし生きていたら、一緒に暮らしたいと願っただろうか？　顔も思い出せないのに、母のために用意したという指輪を手に取った瞬間、深く優しい愛情を感じた。

最後に母を想う。

不倫の意味さえよくわからなかった七歳の時、それでも周囲の人たちの視線で、母が汚れたおぞましい女で、そんな母から生まれた自分も同じく汚らわしい命だと、うつむくしかなかった。親族が母の悪口を言うたび、勇希も母を呪った。

だけど、ちゃんと覚えている。

母と過ごした幸福な日々。母から与えられた、たっぷりの愛情。

もう胸を張って言える。母が大好きだと。愛していると。

バスに引っ張られて、月が一緒に空を走る。

勇希はついてくる月に向かって呟く。

「みんな、幸せになれるといいな」

行きは不安を煽ったバスの揺れも、今はゆりかごのように心地よく感じる。

月のご加護がありますように。

勇希は目を閉じ月に祈ると、そっと眠りの世界に溶けていった。

終

あとがき

私がかけられた魔法の話。

私は偏食の激しい子どもでした。給食はだいたいパンと牛乳しか食べられず、おかずのほとんどを残飯にしていました。

小学三年生の時、新しい担任の先生が八割残した私の給食皿に目をとめました。叱られると感じ、「好き嫌いが多くてごめんなさい」と緊張に声を震わせながら謝った私に、先生は「大丈夫よぉ。そのうちお腹が空いて食べずにはいられなくなるから」とすべての不安を吹き飛ばすように豪快にガハハと笑った（女性の先生でしたが）のでした。

不思議なことに、それから私のお腹は激しい空腹を訴えて、牛乳とパンだけではとても耐えられなくなり、恐る恐る肉や魚を口に運ぶようになったのです。

そのおかげか、今ではほとんどの食材を美味しく食べられるようになりました。

あの時の先生の言葉（と豪快な笑い）は、私にとって魔法の呪文でした。

いいえ、彼女は小学校の教師で、きっと魔女ではありません。あの言葉も長年の教師生活《キャリア》から生まれた言葉だったのだと思います。
　でも、私が魔法にかけられたのも事実です。ずっと背中に張り付いていた給食の苦痛が、次の日からまるっと消えてしまったのですから。

　この物語には、竜《ドラゴン》と戦ったり、雷や炎を出したりする魔法使いは出てきませんが、香草《ハーブ》が奏でる優しい魔法が溢れています。
　一杯のお茶に導かれて（もしかしたら、そのお茶にも魔法がかけられていたのかもしれません）、この物語が生まれ、ハーブの勉強をしているうちに、気がつけばメディカルハーブセラピストの資格を取っていたり、いろいろと脱線して自分がどこに向かっているのかわからなくなった時もありましたが、何とか元の場所に戻り、こうして無事に本にすることができ嬉しく思います。これもすべて担当の黒崎《くろさき》様、素敵な表紙を描いてくださった肋兵器《あばらへいき》様、そしてなによりも読者の皆様のお陰です。心からの感謝をこめて。

皆様に月のご加護がありますように

有間《ありま》カオル